KB202117

여자생활백서

여자 생활 백서

행복할래? 지루할래?

남자보다 짜릿한 여자 인생극복기

안은영 지음

해냄

| 여는 글 |

여자의, 여자에 의한,
여자를 위한 인생 레시피

만약 누군가 나에게 20대 시절로 돌아가 오늘까지를 다시 살라고 한다면 단언컨대 나는 돌아가지 않을 것이다. 그때보다 더 치열하고 이기적인 한편 건강하게 나를 사랑할 자신이 없기 때문이다. 바람에 이끌려 공중에 펄럭이면서도 영혼의 깃발은 파닥파닥 건강한 소리를 내던, 말간 얼굴에 어울리지 않는 절망적인 눈빛으로 신파조의 연시를 읊어대던, 여물지 않은 표정으로 대책 없는 자신감에 휩싸였던, 자고 일어나면 하얗게 잊어버릴 고민들로 밤을 새우던, 입술을 오물거리며 '행복해'와 '지루해'를 연발하던, 아는 것이라곤 쥐뿔 없던 그 아름다운 날들을 나는 도저히 다시 살아낼 자신이 없다.

스무 살. 캠퍼스는 가득 찬 듯 황량했고, 화려한 듯 부조화했으며 나는 뭔가를 배우기엔 이미 늙어버렸다고 심드렁한 표정을 짓곤 했다. 사람과 세상에 대해 상처와 착각을 오가며 정신없이 스무 살 중턱에 다다랐을 때, 나는 막 철이 든 누이처럼 두 손을 가슴에 모아 그 빛나는 청춘에 거듭 감사했던 것 같다.

좋아하는 연예인이라곤 지구상에 제임스 딘 밖에 없던 내가, 그를 만나기 위해 무덤을 파고 들어갈 일도 없는 이 땅에서 연예 기자가 됐을 때 사람들은 이렇게 말했다. "사람 좋아하고 사람 관찰이 취미인 네 적성엔 기자 아니면 무당이 딱이야." 따지고 보면 스물넷쯤에 이르러서야 안팎으로 단정한 매무새를 갖추게 된 셈이다.

온전히 나를 위해 살았고, 내 안에 요동치는 욕망에만 충실했던 내가 내 이야기를 하는 대신 다른 사람의 이야기를 들어줄 자세, 탐색할 준비, 토닥토닥 등을 두드리며 딱 진심만큼의 미소를 지어 보일 수 있게 된 것은 어쨌든 20대 중반에 책임을 동반한 직업이란 걸 갖게 되면서부터였다. 조금 어른이 된 것 같았으니까. 20대 중반은 내가 아닌 누군가를 위해 살아야 하는, 혹은 그 방법을 배워야 하는 시기라고, 나는 믿는다.

만약 누군가 내게 거듭 스물의 강을 지나 서른으로 건너오겠느냐고 묻는다면, 고심하는 척하다 스물에서 서른의 중간쯤 어느 여울목에서 딱 일 년만 살아보겠다고 대답하겠다. 행복했던 일을 연장하고, 아쉬웠던 순간을 되돌리고, 억울한 기억에 어퍼 컷을 날리고 싶어서가 아니라 그 시절을 스르륵 훑어보고 스스로에게 훈장을 하나 만들어주고 싶어서다. 여자들에게 20대에서 30대로 건너가는 시간은 맨땅에서 뒹굴건 하나의 목표를 위해 전력질주를 하건 어떻게 살아도 아름답고 매혹적인 시절이다.

여기 당신과 똑같은 시절을 살아온 한 여자가 내놓는 사랑과 섹스, 연애와 결혼, 패션과 뷰티, 가족과 친구, 직장생활과 인간관계, 취미와 여가에 대한 여우 같은 지침이 있다. 나는 당신이 현명하게 스물과 서른의 여울목을 건넜으면 좋겠다. 바보짓에 부끄러움 없이, 열패감에 위축되는 일 없이 당당하고 건강했으면 좋겠다. 똑똑하기보다 매력적이었으면 좋겠다. 이 책은 2030의 굽이굽이를 멋지게 돌아 나오고 싶은 당신에게 보내는 삼삼하고 야무진 레시피다.

진심 어린 독려와 짜릿한 협박을 번갈아가며 유쾌한 작업으로 이

끌었던 해냄출판사 장한맘 씨, 태평양과 현해탄을 넘어 제 몫을 하고 있는 오랜 멘토 홍선아 강재영 김인숙 박소영 남수영 차은경, 책을 마무리할 수 있도록 묵묵한 시선으로 날 방치해 준 용원중 선배, 달콤한 경험담을 들려준 김소라 하혜령 조유현 등과, 오바이트 참아가며 사진을 찍어준 정진경, 김희전 이연경, 선배 같은 후배 장회정 정소영, 디어유 신승근 부사장, 그리고 든든한 나무 그늘 이상형 님에게 고개 숙여 감사드린다. 시집 좀 가라고 잔소리를 해대는, 늘 고맙고 사랑스러운 두 동생 준형과 환필에겐 '썩어도 준치니까 너무 걱정 말라'고 잘난 척하련다. '우리 딸' 걱정에 갈수록 얼굴이 희뜩해지시는 엄마, 하늘에 계신 아빠께 아직까지도 멋진 딸이 되지 못한 참회와 자랑스러운 딸이 되겠다는 약속을 담아 이 책을 바친다.

2006년 봄, 안국동에서
안은영

| 차례 |

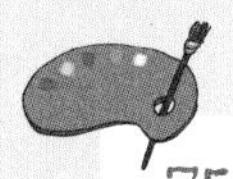

01 :: 절대 남자 보는 눈을 낮추지 말라

여자들이 하이힐을 신는 이유에 대한 재미있는 해석이 있다. 하이힐은 아래를 굽어보고 싶어하는 여자의 허영심을 채우기 위해 만들어졌다는 것!

여기에는 기막힌 보충설명이 있다. 여자들이 굽어보고 싶은 것은 자신을 선망하는 남자들의 '갈구의 눈빛'이라는 것이다. 하이힐을 신었건 슬리퍼를 신었건 남자의 시선을 즐기는 것은 여자라는 '동물'의 본성이다. 그리고 자신을 향한 눈빛이 강렬할수록, 눈빛에 진심이 가득할수록 묘한 흥분과 함께 본성은 아찔하게 충족된다.

하이힐과 함께 눈높이가 올라가면 당신에게 닿기 위한 갈구의 눈빛도 점점 더 힘을 싣게 마련이다. 여기서 하이힐은 자신감·여성성·성적 호감도·지적능력 등을 포함한 여성의 총체적 매력이다. 매력 있는 여성은 주변의 남자 관리도 선수급이다. 절대 한 번에 물갈이하는 법 없이 자신의 매력지수를 조금씩 높여가면서 상대가 눈치채지 못하도록 천천히 격차를 벌려나간다. 결국 노력에 의해 당신의 가치는 높아지고, 당신을 추종하는 뭇 시선들의 함량도 높아진다.

이렇게 팽팽하고 섹시한 긴장감으로 스스로를 휘감은 당신, 그렇다면 어떤 남자를 향해 '오호라, 너 잘 만났다'의 눈빛을 반짝여야 할까? 그 옛날 평강공주는 정말 '자꾸 울면 온달에게 시집보내겠다'는 부모님의 엄포 때문에 그를 신랑으로 받아들인 걸까? 설마 공주씩이나 되는 분이 그렇게 대책 없이 신랑을 정하셨을까? 초야에 묻혀 비렁뱅이처럼 살아서 그럴 뿐, 잘 씻기고 입힌 다음 가르치면 학식과 무예에 능한 도성 안 제일의 킹카가 되리라는 것을 공주는 알아보지 않았을까? 사실은 남자 보는 눈이야말로 왕족급이었다는 사실.

남자를 볼 때 '나를 좋아해 주니 고마울 따름'이라며 아무나 만나기 시작하면 한도 끝도 없다. 문제는 한번 눈을 낮추기 시작하면 고만고만한 남자들만 꼬인다는 사실이다. 사적인 관계든 공적인 관계든 남자에게 후한 점수를 주지 말라. 자기 자신을 가꿀 줄 모르는 여자가 남자에게도 대책 없이 후하고 눈도 낮다. 냉정하게 평가하고 조목조목 따지는 습관을 들여라. 특히 옥석을 구분할 줄 모르는, 아직 미숙한 심미안을 가졌다면 더더욱 긴장을 늦추지 말 것.

자신 있는 여자는 멋진 남자를 알아본다. 소개팅에서 만난 남자가 마음에 들지 않는데도 한 번 더 만나보면 괜찮을지 모르는 일이라고? 남자를 알아보는 여자는 첫눈에 이 남자와 연애를 할지, 친구로 지낼지, 근거리 데이트 상대로 남겨놓을지, 두 번 다시 쳐다보지 않을지, 혹은 원나잇스탠드만 즐기고 말지 파악한다.

괜찮은 남자일수록 외모보다 다른 요소들의 향기가 매혹적인 경우가 많다. 매너 · 센스 · 유머감각 · 자신감 등 연애든 직업상 파트너든 세상의 절반을 차지하고 있는 남자들과 함께 부딪혀 사랑하기 위해서는 절대로 남자 보는 눈을 낮추지 말아야 함을 명심할 것!

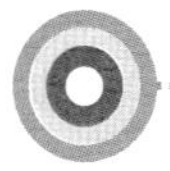

남자 고를 때 체크할 사항

- **참을성이 있는가** 요즘 여자들, 많이 드세다. 화가 나면 막 퍼붓고 돌아서서 후회하는 당신의 불같은 성격을 꾹 참고 다독여줄 수 있는지 알아보라. 이는 성격의 좋고 나쁨이 아니라 사소한 일 때문에 큰일을 그르치지 않을 만큼 현명한가 하는 문제다. 이런 남자를 만나면 망아지 같은 당신의 성격도 '유쾌발랄' 정도로 수위가 낮아질 수 있다.

- **스스로에게 얼마나 객관적인가** 여자친구랑 싸우다 지치면 남자들은 주로 "도대체 여자를 모르겠다"라고 말한다. 진짜 몰라서가 아니라 귀찮아서임을, 그녀가 자신의 어머니처럼 한결같은 위로와 포용으로 감싸주길 바라는 것을 솔직하게 인정할 줄 아는 남자여야 한다. "내가 이기적인 놈인 걸 알지만 노력할게"라는 말이 무턱대고 "널 엄청 사랑하지만 널 잘 모르겠어"보다 진실하다.

- **균형감이 있는가** 옷차림, 여자친구를 둘러싼 가족과 친구들 간의 관계 조율, 질투와 사랑의 이분법, 분노를 다스릴 줄 아는 자기 관리 등 매사 최선을 다해 균형을 유지하는 남자인지 두루두루 살펴보라. 이런 남자라면 책임 있는 사랑을 해나갈 수 있다.

02 나쁜 남자를 유혹하라

나쁜 남자에겐 특유의 향기가 있다. 이중, 삼중을 넘어 오중, 육중 인격체이며 뱀의 민첩한 혓바닥과 늑대의 날카로운 발톱, 하이에나의 차가운 심장과 사슴의 선한 눈망울을 가졌다. 이렇게 완벽한 조건의 남자를 어떻게 사랑하지 않을 수 있을까? 감미로운 말로 정신을 아득하게 만들고, 때론 가슴을 쥐어뜯으며 밤새도록 울리는가 하면, 심장을 파먹을 듯 잔인했다가 속수무책으로 이끌리게 만드는 나쁜 남자.

나쁜 남자는 어수룩하고 순진한 여자들에게 자주 꼬인다고 생각하는 것은 여자들만의 착각. 오히려 '난 좀 잘난 사람이거든' 하는 똑똑녀나 이지적이고 지적인 고상녀에게 더 잘 엮인다. 왜? 정복하는 쾌감 때문이다. 그리고 자기만의 세계가 확고한 여자일수록 단숨에 무너진다는 것을 나쁜 남자들은 훤히 꿰고 있다.

한 여자가 공연장에서 아르바이트를 하다 공연기획사 직원에게 한눈에 반했다. 난생처음 밤잠을 설쳐가며 짝사랑에 빠진 그녀. 몇 차례 전화통화 끝에 만난 그가 하는 말. "나는 여자친구를 한 달 이상 사귀어본 적이 없어. 호감이 가는 여자와는 바로 애인 관계로 발전하긴 하지만 몇 번 만나고 나면 금세 싫증이 나더라고. 한마디로 무책임한 놈이지. 솔직히 너한테 끌리는데 싫증나지 않을지는 잘 모르겠어. 그래도 괜찮다면 나랑 좀 길게 사귀어볼래?" 이런 무뢰한을 앞에 뒀다면 뒷말 들을 것도 없이 일어나 헛다리 제대로 짚은 스스로에게 자괴감을 느껴야 마땅하거늘 '이상하게도' 끌린다. 심지어 슬쩍 도발하고픈 유혹까지 느낀다. 특이 취향이라 욕한대도 할 수 없다. 사람에게는 누구나 피학의 쾌감이란 것이 있으니까. 나쁜 남자에게 번번이 혼쭐이 나고도 또다시 사랑에 빠지는 이유는 여기에 있다.

상황이 이러할진대 어찌 나쁜 남자를 멀리하기만 할 수 있겠는가. 역으로 때론 그들을 매혹할 수 있어야 하지 않겠냐는 말이다. 나쁜 남자를 매혹하라. 나쁜 남자가 제대로 사랑하면, 즉 임자를 만나면 불같이 타오른다. 숱한 여자들을 함락했다고 해서 당신까지 맥없이 무너지란 법은 없다. 지레 겁먹지 말고 매력으로 똘똘 뭉친 그 나쁜 남자의 심장을 벌떡벌떡 뛰게 만들어 마침내 단단히 움켜쥐어보라. 그러려면 어떻게 해야 하냐고? 자, 차근차근 따라하라.

첫 번째 단계, 나쁜 남자를 보는 감식안 키우기. 이 남자가 치명적인지 아닌지는 첫눈에 알 수 있다. "아, 나 사랑에 빠진 것 같아"

라거나 “뭐야, 저 사람이 쳐다보는데 왜 다리가 풀리지?” 싶다면 나쁜 남자일 가능성 90퍼센트!

두 번째 단계, 유혹하는 대로 순순히 이끌리기. 나쁜 남자의 유혹은 어금니가 시큼하도록 달다. 지레 겁먹지 말고 일단 유혹당하라. 가까이 있어야 나쁜 남자의 아킬레스건을 파악할 수 있을 테니까.

세 번째 단계, 절대 먼저 사랑에 빠지지 말 것. 사랑이라고 착각하지도 말 것. 그저 ‘너도 즐겁니? 나도 즐거워’ 정도의 수위만 유

지하면 된다. 그러면서 그 남자의 결정적 스폿(spot)이 무엇인지 파악할 것!

네 번째 단계, 집중 공략. 남자가 나빠지는 이유는 대부분 여자에 대한 공포감과 어릴 적 상처 때문이다. 이를 파악했거나 이 부분을 애써 감추려 한다면 그가 당신에게 하염없이 끌리고 있다고 보면 된다(반대로 약점인 척하면서 자꾸 드러내려 한다면 그냥 작업에 불과하다). 여전히 당신의 다리가 풀린 채로 가까스로 쿨한 척하고 있다면 이제 마음껏 다리를 풀어도 좋다. 이미 그를 매혹했으니까.

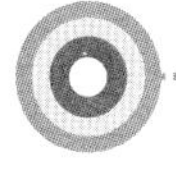

내가 만난 나쁜 남자 베스트 3

- **유독 나에게만 인색한 남자** 돈이라고는 한 푼도 없으면서 하루라도 안 만나주면 바로 삐친다. 만날 때면 매번 특유의 섹시 눈빛을 보내며 내가 모든 데이트 비용을 내게 하고, 화를 내면 "내 사랑이 돈 몇 푼 때문에 짓밟혀야 하는 거야?"라는 말만 늘어놓았다. 나와 헤어지더니 새 애인에게 커플링, 백, 구두 등등 선물 공세를 해댄다.

- **옛 애인을 못 잊는 남자** 자다가 헤어진 여자친구 이름을 너무도 간절히 부르며 "가지 마~"라고 잠꼬대하던 남자. 목이라도 조르고 싶었는데 지금도 여전히 만나고 있다. 좋은데 어떡하겠는가.

- **여자 관계가 복잡한 남자** 그와 한창 연애 중인 나에게 전화한 낯선 여자, "이 남자의 원래 애인인데 그만 놀고 떨어져"라는 협박 아닌 협박. 그는 스토커라고 했지만 살짝 뒷조사를 해봤더니 그녀 말고도 여자가 또 있었다. 헤어지면서 울며불며 난리치던 그 남자, 술만 마시면 전화해 다시 만나자고 징징댄다. 근데 자꾸 마음이 흔들린다. 끙~

03 작업 기간은 2주를 넘기지 말라

마음에 쏙 드는 핸드백을 발견했다고 하자. 그런데 가격이 조금 문제다. 생각보다 약간 오버하는 숫자 때문에 머릿속으로 전자계산기를 두드리는 찰나, 여우같이 생긴 어떤 여자가 "저 백 주세요"라고 내뱉어버리면 그걸로 끝이다.

방금 전까지 당신 마음에 쏙 들던 그 백은 이미 여우같이 생긴(사실은 예쁠 것이다) 낯선 여자의 팔에 대롱대롱 달려 매장을 유유히 빠져나갈 것이다. 뭐, 조금 기다렸다가 다른 디자인으로 고르면 된다. 하지만 적어도 당신이 손에 집히는 아무 백이나 들고 다니며 '아직은 손잡이가 해지지 않았잖아'라고 위안 삼는 궁색녀가 아니라면 누가 뭐래도 당신 것이었던 아름다운 백을 뺏겼다는 사실을 인정해야 한다. 공산품인 핸드백만 해도 이렇게 속상한데 하물며 남자라면 오죽하랴.

남자나 백이나 당신이 기억할 것은 '마음에 쏙 드는'이라는 문구다. 콜렉터(collector)에겐 'One Of Them'일지 모르지만 적어도 당신에겐 'The One'으로 남아주길 바라는 어떤 남자를 만났을 때의 얘기다. 오늘 아침에도 변비로 고생했지만 평소와 달리 찜찜함이 덜하고, 지금 그는 뭐 하고 있을까, 언제 전화하는 게 좋을까 곰곰 궁리하기 시작했다면 '맘에 쏙 드는' 게 맞다. 자, 그렇다면 길어야 2주 안에 승부를 걸어야 하는 까닭!

현실적인 첫째, 당신 눈에 들었다면 이미 다른 사람 눈에도 한두 번 풍덩 빠졌다 나왔다. 지체하다간 경쟁률은 자꾸만 치솟고 프리미엄 때문에 근사하고 막강한 경쟁자들이 속속 생겨날 것이다. 사람의 심리는 참 묘해서 목표를 자극하면 자극할수록 갖고 싶어진다.

시니컬한 둘째, 전화와 문자메시지, 혹은 한두 번의 만남을 가정할 때 2주면 충분한 시간이기 때문. 이 시간 안에 승부를 보지 못한다면 승산은 없다고 봐도 무방하다. 멀쩡한 남자에게 쓸데없는 자뻑 증세를 안겨 그의 짝이 될 미래의 여성을 곤란에 빠뜨리고 싶지 않다면 지지부진한 작업은 지속시키지 말 것.

이성적인 셋째, 달뜬 열정은 그리 오래가지 못한다. 가라앉히는 성분과 치솟는 성분의 호르몬이 서로 상충해 결국 열정은 식어버리게 마련. 일종의 기분 좋은 환각 상태일 때 로맨스는 시작된다. 첫 만남에서 당신의 존재와 의도를 알렸는데도 성과 없이 보름 이상을 넘긴다면, 불필요한 열패감만 생길 뿐이다.

로맨틱한 넷째, 당신의 마음을 그가 모른다고? 천만에! 남자들은 몰라줬으면 할 땐 어김없이 알아채고, 이쯤 되면 알지 않을까 싶을 때 기가 막히게 둔하다. 3초 안에 결정되는 사랑의 감정, 당신의 눈빛에서 일렁이는 스파크를 그가 못 봤을 거라는 생각은 오산이다. 그때부터 그는 이제나 저제나 당신을 기다리고 있다. 당신의 얘기를 귀담아들어줄 남자를 너무 오래 기다리게 하는 것은 숙녀의 도리가 아니다.

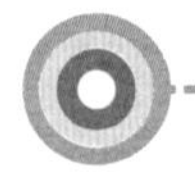

작업의 정석

- **작업이란?** 선수들이 자주 사용하는 '작업'이라는 단어는 목표를 정하고 그 목표에 도달하기까지의 과정을 모두 담은 말이다. 일회성의 호기심일 수도, 연애의 기초 단계일 수도 있다.

- **짝사랑과 혼동하지 말 것** 좋아하는 사람에게 사랑을 고백하는 순간을 노리는 것은 작업이 아니다. 짝사랑은 "오! 저 남자 괜찮은데? 한번 만나볼까?"로 시작하진 않으니까.

- **끝났다면 툭툭 털고 일어설 것** 볼썽사납게 "사랑인 것 같아"라며 울부짖지 말 것. 자기 자신은 안다. 사랑이라고 부르는 것은 소유욕으로 시작해 허탈감으로 끝난다는 것을. 사랑은 절대, 혼자 치는 고스톱이 아니다.

04 먼저 전화하지 말라

연애할 때 더 많이 고백하고 더 많이 요구하는 사람이 앞선 것 같지만 사실은 착각이다. 승자는 오히려 그 반대다. 안타깝게도 머뭇거리며 상대방의 말을 들어주고, 뭔가 빚진 사람처럼 자신 없어하는 사람이 바로 승자다. 매번 애태우고 속상해서 머리가 돌아버릴 것 같은 상황에 처한다면 연애의 방법이나 대상을 바꿔야 할 시점이 됐다는 뜻이다. 고로, 불필요한 고민거리를 만들고 싶지 않다면 조금 덜 보채는 것이 답!

목요일 저녁마다 주말 스케줄을 위해 항상 먼저 전화했거나, 만나기로 한 날 확인 전화 역시 늘 당신 몫이었다면, 심지어 굿나이트 콜까지도 자상한 당신이 먼저였다면 수화기를 내려놓아라.

연애에서 '애교'와 '미련함'은 한끝 차이다. "뭐 어때? 좋아하는

데 자존심이 어딨어?"라고 되묻겠지. 좋은 질문이다. 미안하지만 이건 자존심의 문제가 아니라 연애 습관의 문제다. 먼저 전화하는 버릇이 들면 정말 기다려야 할 때 타이밍을 잃고 습관적으로 돌아선다. 그러면 가장 중요한 순간에 그의 리액션을 놓치게 된다. 연애는, 누르면 툭 하고 튀어나오는 자동판매기와 달라서 언제나 당신의 입맛을 고려해 주지 않는다.

싸우고 돌아서면 반나절을 못 넘기고 전화하는 당신. 전화벨이 울리는 순간 회심의 미소를 짓고 있을 상대방을 짐작하면서도 스스로 감정을 누르지 못하고 수화기를 드는 것은, 링 위에서 항복을 뜻하는 흰 타월을 던지는 것과 같다. 먼저 전화하는 경우, 대부분은 할 말이 남아서가 아니다. 속사포처럼 쏘아댔건 분해서 눈물을 뚝뚝 떨구며 패악을 부렸건 의사 전달은 그걸로 충분하다. 솔직히 당신은 이렇게 해서라도 사과를 받고 싶은 거다. 당신의 심정을 헤아려달라고, 엎드려 절 받을 준비가 다 되었으니 기다리는 당신을 위해 무릎을 꿇으라고. 하지만 절절한 주문은 당신이 전화기를 드는 순간, 순도를 떨어뜨린다.

그에게 꼭 들어야 할 말이 있다면 그가 자발적으로 할 때까지 기다려라. 고통스럽겠지만 3일만 견뎌보라. 속이 부글부글 끓다가 슬슬 애가 타기 시작해도 억지로 콧노래를 부르며 시간을 낚아라. 그래야 연애의 다음 단계로 발전할 수 있다.

무슨 일이 있을 때마다 먼저 전화했다면 조금 더 기다린 다음 의기양양하게 그의 전화를 받아라. 이제 동점이다! 비로소 두 사람의 관계에 건강한 긴장 기류가 형성됐다는 뜻이다. 둘의 연애 감정은 단단해졌을 것이며, 당신을 바라보는 그의 시선은 뜨겁게 온도를 높일 것이다.

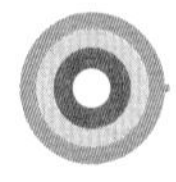

기다리던 그와의 전화통화에서 해서는 안 될 말

- (다짜고짜) **"왜 전화했어?"** 들리는가. 복잡한 생각 끝에 수화기를 든 남자의 심장에서 푸우~ 하고 바람 빠지는 소리. 왜 전화했냐고? 알면서 굳이 왜 묻는가. 그렇게 말할 거면 입 꾹 닫고 있다가 "응… 나야"라고 한 마디만 하라.

- **"네가 뭘 잘못했는지 알아, 몰라?"** 당신과 잘잘못을 따지자고 전화한 것은 분명 아니다. 아마도 그는 당신이 전화를 기다리고 있음을 짐작했을 테고, 더 심각해지기 전에 전화해야겠다고 결심했을 것이며, 당신과 틀어진 채로 시간을 보내는 것이 괴로웠던 게 틀림없다. 그런 사람에게 꼭 그렇게 따지듯 물어야겠는가. 나중에 좋은(?) 말로 협박해도 얼마든지 알아듣는다.

- **"……."** 남자친구와 다툰 상황에서 전화선을 타고 흐르는 침묵은 금이 아니라 똥이다. 남자 속 터지는 꼴 한번 보고 싶다면 계속 침묵하라. 무슨 말이든 해야겠는데 할 말이 없다면 최소한 성의라도 보이고, 아직도 화가 안 풀렸다고 해도 전화한 그의 자존심을 뭉개는 말은 삼가라. 남자라는 족속은 속이 좁아서 나름대로 큰맘 먹고 전화했다가 무안당하면 다음부턴 웬만해선 절대 전화 안 한다.

05 필 받은 남자는 영원히 사랑하라

"너 바보야? 왜 그렇게 말귀를 못 알아듣니?"

당신에게 진저리를 치며 이렇게 묻는 남자가 있다고 치자. 제정신으로, 이성적으로 판단한다면 저토록 아픈 말을 아무렇지도 않게 내뱉어 가슴에 비수를 꽂는 남자를 사랑할 수는 없다. 하지만 당신이 바보라서 가능하다.

사랑에 빠진 바보는 다른 어떤 바보보다 귀가 얇은 한편 외곬수다. 또한 나약한 한편 강하다. 그 바보는 제 살을 후벼 파면서도 고통을 느끼지 못한다. 한 걸음씩 나아갈수록 복잡해지는 미로를 걷고 있다는 것을 모른다. 간혹 제정신이 들 때면 이렇게 아프고 어려운 사랑 따위는 당장이라도 때려치우고 싶어진다. 하지만 이보다 더한 말을 들어도 그를 향한 감정을 거둘 생각은 추호도 없다.

누가 뭐래도 이게 당신이 그를 사랑하는 방식이니까.

사랑이라고 여긴다면 밖에서 들리는 모든 소리로부터 귀를 닫고 당신 내면의 소리에만 집중하라. 이제껏 한 번도 경험하지 못한 격렬한 휘몰이라면 부디 더더욱 포기하지 말라. 끝까지 쟁취하기 위해서가 아니라 이미 사랑이란 걸 시작했기 때문이다. 당신은 빛나는 청춘을 거치는 동안 한번쯤 미친 듯이 사랑해야 할 의무가 있다. 매순간 힘겹던 시간은 흐르고 흘러 당신에게 아름다운 미소와 견결한 심장을 선물할 것이다.

"내 말 들어. 이건 사랑이 아니야."

이런 말을 당신에게 할 수 있는 사람은 부모님도, 친구도 아닌 당신 자신뿐이다. 그를 사랑하는 것은 그들이 아닌 당신인데, 어떻게 그들이 당신의 사랑을 두고 참과 거짓의 명제를 정의할 수 있다는 건가? 그들에겐 가시밭길이어도 당신에겐 꽃길, 그들에겐 볼품없어도 당신에겐 최고의 남자, 그들에겐 집착이어도 당신에겐 축복된 사랑이다. 당신의 사랑이 누군가로부터 끊임없이 의심받는다면 그들에게 이렇게 물어보라. "무슨 권리로 내 심장을 도려내려고 하세요?"

남의 말을 들어보니 이건 아니다 싶고, 요리조리 생각해 보니 스스럼없이 접혀지는 마음은 사랑이 아니다. 친구들의 말을 인정하기 싫어서 만남을 계속하는 것도 사랑이 아니다. 지기 싫어서 집착하는 것은 한계가 있다. 사랑은 다 알면서도 도리 없이, 혹은 기꺼이 혼돈에 빠지는 것이다.

잊지 말아야 할 것은 사랑의 확신만큼 더 강렬한 족쇄는 없다는 것! 스스로 채운 족쇄에 책임을 지기 위해서라도 당신은 마음에 앙금을 남기지 않아야 한다. 전력을 다해 사랑을 소진해야 한다. '그래야 사랑했다 할 수 있겠지.'(이건 조용필의 노래 〈킬리만자로의 표범〉 가사다. 절묘하지 않은가!) 마음을 다해 사랑했고, 몸이 부서져라 고통스러웠으며, 이제 사랑이라면 진저리가 난다는 생각이 들면 그때 포기하라. 가급적 상큼한 기분으로!

환영받지 못하는 사랑을 할 때 많이 듣는 말

- **"그 사람이랑 네가 어울린다고 생각하니?"** 어울리는 조건의 사람을 만나는 것은 나중에 해도 늦지 않다.
- **"너만 행복하면 되는 거야?"** 사랑은 원래 이기적이다. 나 좋자고 하는 게 사랑이다. 성모 마리아와 부처님, 하느님만 빼고.
- **"너 왜 이렇게 변했니?"** 그래, 당신은 변했다! 이렇게 하늘과 땅이 떠르르 움직이게 사랑하는데, 변하지 않고 어떻게 버티겠는가.
- **"나중에 후회할 짓은 하지 마라."** 모르겠다. 후회할지 안 할지…. 그게 중요한가. 젊어서 미친 듯이 사랑에 빠졌다 한들 나중에 후회 좀 하면 어때? 나중에 '후회해도 괜찮을 자신' 있지 않아, 당신?

06 사랑받고 싶다면 머리를 굴려라

겉보기엔 그다지 매력적인 외모가 아닌데 남자들에게 인기만발인 여자들이 있다. 언제나 남자가 끊이지 않고 연애를 할 땐 상대편 남자를 꼼짝없이 사랑의 포로로 만들어버린다. 매혹적인 향기를 풍기는 섹시 걸도 아닌데, 참 요상한 일이다. 심지어 사랑에 실패해도 언제나 당당하다.

나는 가끔 이런 여자의 머릿속을 들여다보면 사랑과 연애에 관한 구획이 정확하고 반듯하게 정리되어 있을 거라는 생각이 든다. 남자를 만날 때 명쾌하게 상황 분류를 마친 다음, 필요한 처세와 사랑법을 그때그때 맛깔나게 내놓아 남자들을 늘 긴장시키는 여자. 한마디로 사랑받기 위해 머리를 쓸 줄 아는 '진짜' 여우들이다.

어설픈 여우는 교태와 애교밖에 모르지만, 진짜 여우는 침묵과

냉정을 적절히 혼합한 황금비율로 상대방의 혼을 빼놓는다. 이런 여자들은 남자를 한시도 가만두지 않지만 겉으로 보기에는 한없이 방목하는 듯 보인다. '마음껏 놀다가 울타리 안으로 들어와, 해질 무렵이면 내가 그리워질 거야'라는 식이다. 남자에게서 한시도 눈을 떼지 않는 것은 기본.

사랑은 지루할 새 없이 흥미진진하다. 연애 감정을 주 재료로 한 정치 행위다. 알면 알수록 더 가까이 다가가기 위해 상대의 과거와 현재가 궁금해지고, 더 많은 감동을 주기 위해 호시탐탐 결정타를 날릴 순간을 기다리며, 싸울 때 자존심 때문에 완벽한 거짓말과 눈물이라는 필살기를 이용하기도 한다.

주의 사항 몇 가지. 남자에게 더 사랑받기 위해 '귀여운' 스토킹 정도는 괜찮다. 하지만 상대방이 알고 나서 질릴 정도의 집착은 삼갈 것. 삐삐를 사용하던 시절, 내 친구는 남자친구의 호출기 비밀번호를 알아내 그의 사생활을 감시하는 게 취미였다. 처음엔 "어, 어떻게 알았어?"라고 대수롭지 않게 넘기던 남자친구는 나중에 그녀가 호출기 비밀번호를 캐내었다는 사실을 알고 불같이 화를 냈다. 뭔가 전략을 세웠다면 적(여기서는 남자친구)이 끝까지 모르게 하든가, 알아차릴 위험이 있다면 처음부터 시도하지 말아야 한다. 자신이 어떻게 할지 수를 읽혀가며 진행하는 게임은 시작부터 이미 진 것과 다름없다.

거짓말이 수반되는 작전은 말 그대로 잔머리다. 잔머리 굴리는 건 뒤끝도 안 좋으니까 가급적 이런 수는 안 쓰는 게 좋다. 당신이 왜 이토록 머리를 써가며 작전을 세워야 하는가 하면 남자친구에게 좀더 매력적으로 보이고 싶어서다. 그의 시선을 당신에게 붙박게 하기 위해서다. 모든 작전은 나중에 들통나더라도 '내 여자친구의 귀여운 여우짓' 정도에서 그쳐야 한다.

한 가지 더! 남자 앞에서 보이는 눈물과 거짓말은 잦으면 잦을수록 효과가 반감된다. 애교도 정도가 있다. "난 매일매일 네 사랑이 고파~"라는 식의 투정이라면 곤란하다. 가끔 눈에 빤히 보이는 투정 어린 여우짓은 귀엽다. 하지만 똑똑한 여자들은 상습적인 투정이 둘의 관계를 갉아먹는다는 것을 알고 있다. 울고 웃는 것 외엔 머리를 쓰지 않는 여자가 사랑받는 시대는 지났다.

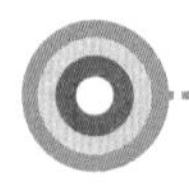

잔머리가 필요한 순간들

- **남자친구가 나를 10년 같이 산 마누라 대하듯 할 때** 이렇게 되기까지 당신이 얼마나 위기의식 없이 천하태평이었던가를 반성할 것! 여자는 남자에게 끊임없이 긴장을 주는 존재여야 한다. 며칠씩 당신의 전화가 없어도 그는 걱정도 하지 않고 그냥 '어디서 잘 있겠지'라고 생각한다면 차이기 전에 빨리 조치를 취하라.

- **함께 있으면 쉽게 짜증을 내고 대화를 피곤하게 여길 때** 당신은 아닐지 몰라도 그는 당신에게 싫증을 느끼고 있다. '지가 어떻게 나를?'이 아니라 '내가 어떻게 했길래?'의 모드로 겸허하게 받아들이고 당신의 의존적인 공주병부터 버려라.

- **다른 여자를 힐금거릴 때** 그는 당신을 사랑한다, 현재까지는. 하지만 언젠가 그는 당신 외에 다른 여자를 '더' 사랑할 수도 있다. 놓치고 싶지 않다면 현명하게 처신해야 한다. 에라 모르겠다, 싫으면 지금처럼 계속 짜증내고 투덜거리고 야식을 먹어라.

07 사랑해도 외롭다는 걸 잊지 말라

사랑하는 사람들이 종종 빠지는 함정 중 하나는 '사랑은 장밋빛'이라는 환상이다. 솔로 생활을 청산하고 드디어 팔짱끼고 극장에 갈 수 있는 사랑하는 사람이 생겼을 땐 마음속으로 '유레카!'를 외치지만 헤어질 땐 '지저스!'를 부르짖는다.

그렇게 처음과 끝이 다른 사랑은 한창 뜨겁게 달아올라 맹렬한 현재진행형일 때도 '외로움'과 '충만감'이라는 수상한 이분법에 시달린다. 마치 조울증이라도 걸린 사람처럼 어떤 날은 구름 위에 있는 듯 행복하다가도, 어떤 날은 온갖 청승을 다 떨며 죽을 듯 우울해진다. "또 싸웠냐? 쯔쯧…" 하며 쉽게 빈정대는 주변 사람들이 정말 얄밉다. 당신은 매번 진지하게 싸우고 극적으로 화해하는데, 남 일이라고 아무 생각 없이 내뱉는 사람들 꼴 보기도 싫다. 멀미

나도록 희비의 쌍곡선을 오가며 머리를 쥐어뜯는 당신. 누군가에게 가슴을 헤집어 보여준 다음 묻고 싶다. "도대체 왜 이렇게 외로운 거예요?" "왜 가끔씩 너무너무 서러워 눈물이 나는 거죠?"

누군가를 사랑하게 됐다. 세상이 아름답게 보이고, 사소한 모든 것들에 의미를 부여하게 됐으며, 당신 자신보다 그 누군가를 먼저 생각하게 됐다. 그도 당신에게 중독됐다고 착각하게 됐으며, 어떠한 경우라도 그 사람과 떨어져 있는 것을 상상할 수 없다. 그런데 이상하다! 조바심이 나고 안절부절 못하게 되는 순간이 많아진다. 이미 감정적으로 충분히 밀착해 있는데도 더 큰 보폭으로 서로가 서로를 향하지 못하는 것 같고, 한 방울의 불순물 없이 그를 향한 그리움으로 꽉 차 있는데도 허전함이 넘실댄다. 사랑이라는 일종의 환각에 빠져 있기 때문이다.

가지려고 할수록 사랑은 인색해진다. '저 사람은 이제 내 것이다'는 감정적 우월감, '우리는 서로 사랑하고 있다'는 견고한 믿음은 사랑이 갖고 있는 치명적인 본전의식을 모르고 하는 소리다. 사랑할수록 일체감과 함께 외로움은 깊어가고, 포만감과 동시에 지독한 허기가 엄습하는 것은 당연하다.

소유하려 하기 시작하면 그 순간 사랑은 다가간 만큼 멀어진다. 일종의 그림자놀이처럼 상대는 가장 밀접한 위치에서 당신과 한몸인 것은 확실하지만 늘 당신과는 다른 방향을 향한다. 완벽한 충만감으로 차 있고, 단 한 번도 묘한 서글픔을 느껴본 적이 없다면 당신은 대단히 큰 착각에 빠져 있는 것이다. 일 년 중 가장 뜻 깊은 생일에 죽음을 떠올리는 것처럼, 사랑은 이별과 늘 한몸이다. 그렇다고 해서 생일에 뜬금없이 죽음에 대해 몰두할 필요는 없는 것처럼 사랑진행형의 단계에서 이별을 염두에 둘 필요는 없다.

사람의 마음은 참으로 오묘해서 이쪽에서 행복할수록 자꾸만 저쪽을 기웃거리게 된다. 행복하게 웃으면서 허전함에 안달하는 사랑의 야누스는 자연스럽다. 이별이라는 현실적인 고통이 따르기 전까지는….

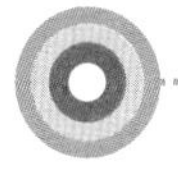

사랑에 대해 너무 많이 알아버린 L양의 고백

사랑한다는 사실이 슬퍼서 눈물을 흘렸던 적 있으세요? 어느 날 책상 앞에 앉아 남자친구에게 편지를 쓰고 있었습니다. 그런데 그만 맨 첫 줄에서 왈칵 눈물이 쏟아지고 말았습니다. 첫 단어는 '사랑하는 OO에게'였는데 '사랑하는'이라고 미처 쓰기도 전에 사형을 언도받은 사형수처럼 가슴이 쿵 내려앉았죠. 갑자기 미친 듯이 그가 보고 싶었고, 그 순간 혼자 있다는 사실이 무서워졌으며, 지금 이렇게 행복하지만 그가 내 곁에 없는 순간이 오면 어쩌나 하는 탄식 때문에 눈물이 흘러내렸습니다.
당시 '사랑하는'이라는 문장은 내가 스스로 만들어놓은 덫과도 같았습니다. 그 뒤로 사랑이 얼마나 허무하고 이기적인 것인지 알아버렸고, 누구에게도 사랑한다는 말을 쉽게 꺼낼 수가 없게 되었습니다. 사랑하면 곧 이별할 것 같은 몹쓸 생각이 들어버리는 것은 왜일까요….

08 첫 섹스를 기억하라

한때 내게 섹시한 남자의 기준이 됐고, 지금도 여전히 숨겨둔 애인처럼 아슬아슬한 설렘을 주는 제임스 스페이더의 〈섹스, 거짓말 그리고 비디오테이프〉를 보면 이런 장면이 나온다.(물론 이 영화에서는 단지 잘생긴 남자일 뿐이지만, 이 남자의 진짜 매력은 허약하고 퇴폐적인 몽상가로 나오는 〈하얀 궁전〉에서 확실히 드러난다. 수잔 서랜든과 함께 펼쳐보이던 후끈하고 팽팽한 앙상블이라니!)

남자가 한 여자에게 "무슨 색깔을 좋아하세요?"라는 질문을 하듯 단순하게 이렇게 묻는다.

"당신의 첫 경험은 언제였죠? 그때의 느낌은?"

처음 만난 누군가가 당신에게 이런 질문을 한다면 "미친 놈, 너 돌았니?" 하겠지. 그런데 이 여자, 잠깐 당황해하다 이내 매우 구체적이고 담담하게 자신의 첫 경험을 풀어낸다. 누가 물어본 적도 없고 대답한 적도 없는, 생전처음 털어놓는 그녀만의 첫 경험에 관한 이야기.

당신의 첫 경험은 어땠는가? 여기 당신과 다르지 않은, 수줍거나 혹은 담담하게 자신의 첫 경험을 추억하는 몇몇의 여자가 있다.

최복자(가명, 28세, 영화 홍보) ·

21세 때. 남자친구와 학교 근처 모텔. 몇 달 동안 착실히 스킨십의 수순을 밟아왔기 때문에 자연스러운 편이었다. 만족도는 +90(첫사랑이자 첫 남자로서 매우 바람직했다).

한은실(가명, 35세, 외국계 회사 마케팅부 부장)

20세 때. 나를 짝사랑하던 학교 선배에게 빚쟁이처럼 시달리다 너무 귀찮아서 해버림. 뭐가 뭔지 몰랐으므로 만족도는 +60(좋고 나쁜 기억보다 서로를 조심스럽게 탐색하던 순간만큼은 아름다웠다고 생각됨).

오은수(가명, 27세, 패션지 기자)

19세 때. 헤어진 연하의 남자친구와 다시 만난 기념으로. 첫 섹스를 레슬링처럼 치르고 모멸감과 죄책감만 들었음. "너랑은 안 맞는 것 같다"는 소리를 들었으므로 만족도는 -100(생애 최악의 파트너).

김상희(가명, 25세, 카피라이터)

18세 때. 남자친구의 친구와 스키장에서. 술기운에 그렇게 돼버렸다.

기억하고 싶지 않음. 다음날 아침 남자친구에게 들킨데다 남자친구의 친구였던 그놈이 내가 먼저 유혹했다고 발뺌해 죽이고 싶을 정도였으므로 만족도 -30(그 자식, 지금 생각하면 정말 시원찮았다).

전미라(가명, 26세, 그래픽디자이너)

20세 때. 학교 축제 때 동아리 선배에게 일방적으로 당함. 내가 자신을 짝사랑하니까 섹스도 별거 아니라고 생각한 듯. 내 자신이 한심해서 견딜 수 없었음. 그럼에도 불구하고 이상하게 만족도는 +80(그 뒤로 사귀다 두 달 만에 끝났음).

첫 섹스의 기억은 각자의 생김새만큼이나 다르다. 만일 당신의 잊고 싶었던, 부끄러운, 아련한 추억의, 가슴이 뻐근한, 황홀했던, 치욕적인 당시의 기억을 새삼 되새기게 했다면 정말 미안하다. 키스와 달리 섹스는 기억의 무게가 다를지 몰라도 누구에게나 특별하다.

신생아들이 사물의 색깔과 움직임을 막 구분하기 시작할 때, 가장 먼저 기억의 촉수가 돼주는 것은 '촉감'이다. 그들은 몸에 감지되는 모든 종류의 터치를 오래도록 기억하고, 그 기억은 훗날 어른이 되어서도 지배적으로 감각기관에 남는다. 몸으로 전달되는 모든 것에 이토록 오랫동안 각인되는 어떤 기억, 그것을 맨 처음 느끼는 순간은 거의 전율에 가깝다. 사랑할 때 느끼는 모든 첫 경험이 그러하듯이.

말하자면 첫 섹스의 기억은, 시간이 흘러 지금 당신이 하고 있거나 혹은 앞으로 하게 될 똑같은 행위의 기저에 깔리게 된다는 것이다. 놀라운 사실은 첫 섹스에 대해 "좋았다"라고 말하는 사람보다 "별로였다"라는 대답이 두 배 이상 많았다는 것!

그렇다면 이 돼먹지 못한 기억 따위는 쓰레기통에 처박아야 되는 것 아닐까? 글쎄~. 왜 도망쳐야 하는지 나는 잘 모르겠다. 거추장스러운 것을 남에게 줘버린 것도 아니고, 안간힘 쓰며 버티다 빼앗긴 것도 아닌데, 왜 죄책감과 모멸감의 틀 안에 스스로를 가두는지 정말 모르겠다. 잊고 싶다고 잊어진다면 그러라고 하겠다. 하지만 그럴 수도 없다. 왜냐하면 당신의 몸이 스스로 기억하는 '몸의 기록'이니까.

희화시킬 것도 미화할 것도 없이, 있는 그대로 기억하자. 관계 전후의 상대방의 달라진 태도 때문에 상처를 받았거나, 아픔을 삼키며 이를 꽉 깨무느라 짜증이 솟구쳤거나, 모텔 특유의 냄새 때문에 머리가 지끈거려 어떻게 시작하고 어떻게 끝났는지조차 기억나지 않을 수도 있다. 그날의 상대는 잊어도 좋다. 하지만 이것만은 잊지 말자. 당신이 누군가와 몸으로 소통한 그 생애 첫 경험은 온전히 당신 것이므로 소중하다는 것을. 혼미한 첫 경험으로부터 당당하고 자유로워야 당신의 몸을 진짜 사랑하게 된다.

첫 경험의 '안 좋은 추억'에 시달리는 남자들

- **과외선생의 은밀한 유혹** 고2 때 과외선생. 먼저 나를 유혹했고 그날 이후 이상한 관계가 됐다. 그러다 대학진학을 못 할 것 같아 과외를 그만두었는데도 가끔 전화가 왔다. 나중에는 그녀가 너무 무서웠다. **이우재(가명, 31세, 공연기획자)**

- **불쾌한 첫 경험의 추억** 21세 때 군대 가기 전, 친구들에게 이끌려 청량리에서. 얘기만 하다 나오려고 했는데 여자가 막 짜증을 냈다. 쑥스럽지만 내 첫 경험은 불쾌감 속에서 치러졌다. **박찬일(가명, 34세, 연구원)**

- **멋있어 보이려는 강박감에서 치러진 경험** 17세 때 여자친구와. 역시 비디오 학습으로만 되는 게 아니라는 걸 알았다. 멋져 보여야 한다는 강박감 때문에 여자친구를 너무 힘들게 했던 기억만 있다. 속으로는 많이 미안했다. **송한석(가명, 28세, 언더그라운드 기타리스트)**

- **너무나 과격하던 그녀** 21세 때 미국 어학연수를 갔다가 현지에서 만난 일본 유학생과. 바에서 함께 술을 마신 다음 누가 먼저랄 것도 없이 섹스를 하게 됐는데, 30여 분 동안 나는 로데오 걸(girl)을 등에 태운 불쌍한 '말' 같았다. 내 위에서 과격하고 능란하게 나를 리드하는 그녀. 지금도 가끔 그녀와 닮은 여자만 봐도 소름이 오싹 끼친다. **김우철(가명, 27세, 대학원생)**

09 그의 손을 무안하게 하지 말라

남자들은 우리가 알고 있는 것보다 훨씬 소심하여 잘 삐치고, 생각보다 용기도 부족하다. 우리는 학창 시절에 소년은 용감해야 하는 존재라고 배웠다. '소년들이여, 야망을 가져라' 나 '용감한 자가 미인을 얻는다' 같은 훌륭한 구절들이 설명하듯 말이다. 그런데 이 소년들이 영어 시간에 무얼 했는지, 진짜 용감해야 할 땐 우물쭈물이란 말씀.

특히 두근두근 스킨십에 이르면 다 자란 소년들이 저녁 메뉴를 시킬 때부터, 아니 당신을 보자마자 '언제, 어디서, 어디를, 어떻게'의 행동 강령을 세우기 바쁘다. 극장에서 그녀의 손을 살짜쿵, 차 안에서 그녀의 입술을 부드럽게, 집 앞에서 그녀의 허리를 거칠게 등등 알고 보면 남자들, 참 고민 많다. 당신이 머리를 뒤로 넘길 때마다 향긋한 향수 냄새가 콧구멍을 간질이지요, 조곤조곤 말할 때마다 입매는 반짝이지요, 헤어지기 전에 뭔가 친밀한 제스처를 나누긴 해야겠는데 당신은 고양이처럼 암팡진 미소만 지어댈 뿐이다.

하긴 여자들이 이런 그들의 사정을 알 턱이 있나. 남자들의 행동강령에 여자들의 반응은 언제나 '왜' 한 가지뿐이다. '왜' 손에 땀이 그리 많아, '왜' 차 안에 분위기 좋은 CD 한 장 없어, '왜' 가글도 안 하는 거야, '왜' 사람들 오가는 집 앞에서 난리야 등등 사랑에 빠지는 데도 여자들은 절차가 필요하고, 숙성될 시간이 필요하고, 격에 걸맞은 예우가 필요하다. 하지만 적어도 사랑이 막 시작된 순간 당신을 향해 활짝 열린 남자의 가련한 소년 정신에 쪼르륵 찬물을 끼얹지 말 것.

스킨십의 기술에는 남녀의 차이가 엄연히 존재한다. 무턱대고 그녀가 좋아할 것이라는 남자들의 착각도 문제겠지만 당혹하고 놀란 마음에 화들짝 그가 내민 손을 부끄럽게 하는 짓은 숙녀의 매너가 아니다. 처음이건 두 번째건 혹은 백만스물한 번째건 스킨십에 대한 남자들의 자존심은 대단하다. '오냐, 너 잘 만났다' 식으로 덤비는 남자는 당연히 비호감. 그렇다고 '마마, 윤허해 주시옵소서'라는 태도로 눈을 내리깔고 있는 것보다는 먼저 행동해 주는 것이 낫다.

적어도 그의 손과 입술에 진심이 담겨 있다면 원치 않는 스킨십이라거나 때와 장소가 좋지 않다고 해서 무조건 'No'의 팻말을 빳빳이 쳐드는 일은 삼가라. 그의 얼굴보다 먼저 손과 입술이 붉어지고 '용기백배한 소년다움'이 고개를 떨구고 말 것이다. 그럴 때는 가볍게 뺨을 맞대거나, 살짝 입술을 댔다 떼는 방식으로 사랑스러운 거부권을 행사하라. '오늘은 당신과 나의 사인이 맞지 않아 아쉽지만 이건 알아줘, 나도 당신이 좋아'의 뜻이다.

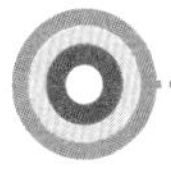

'저리 가줄래?' 하고 과감하게 외쳐야 할 타이밍

- **술만 마시면 들이댈 때** 평소엔 무뚝뚝하다 알코올 기운이 들어가기만 하면 '알라뷰 베이비' '이뻐 보인다'며 끌어안는 남자. 평소에도 좀 살갑게 굴어달라고 말하면 "남자가 시시때때로 사랑타령을 하는 건 좀스러운 짓이며, 취중진담이니 그리 알라"고 일축하는 남자. 지겹지도 않나? 술기운을 빌려 용기백배하는 덩치 큰 소년들의 변명이.

- **습관적으로 만지작만지작, 부비부비** 당신은 안다, 그의 손길에 사랑이 담겨 있는지 아닌지. 굳은살 만지듯 습관적으로 스킨십을 하는 남자는 당신과 헤어지면 몸에 길들여진 습관대로 또 다른 누군가의 '몸'을 곧바로 찾는다. 애정 없는 스킨십은 슬프다.

- **더러운 손, 냄새나는 입, 씻지 않은 몸** 당신과 당신의 몸은 존중받아 마땅하다. 공사장에서 노동을 하다 한달음에 왔다손 쳐도 당신을 존중한다면, 그는 청바지에 급하게 쓱쓱 손바닥을 닦고 자신의 손에 '하' 입김을 불어 입 속의 단내를 뱉아낼 것이다. 열정적인 스킨십은 이 모든 것을 덮어주지만 배려하지 않은 채 욕정과 애정이 뒤범벅된 상태라면 백 번 'No' 푯말 시위.

10 사랑하는 사람에게 맨살 보이는 걸 부끄러워 말라

당신이 이제 막 사랑에 빠졌다고 치자. 함께 차를 마셨고, 영화를 봤고, 밥을 먹었다. 늦은 밤 걸려오는 그의 전화 목소리에 익숙해졌고, 헤어지는 순간이 아쉽다. 몇 차례 뭉근한 시선이 오가던 어느 날 그와 함께 밤을 보내게 됐다. 순진한 당신, 벅찬 설렘과 오만 가지 걱정이 심장을 압박했으렷다.

방문을 열고 들어선 순간, 소심한 당신은 갑자기 자신을 쳐다보는 그의 시선이 견딜 수 없이 부담스러워졌다. 싫진 않은데, 오히려 기대 반 걱정 반으로 기다려온 순간이었는데, 자리를 박차고 나가고만 싶다. 방 밖에서는 가장 편하고 익숙한 그였는데, 방 안으로 옮겨오니 이질감을 견디지 못하는 거다.

그래도 칠흑같이 새카만 방에서 열기에 들뜬 상태로 어색하고 서툴게 서로를 끌어안은 두 사람. 방 밖에서는 500가지 주제로 대화의 스펙트럼을 넓혔던 당신이 이 대목에서 가장 자연스럽게 나올 수 있는 말, 하지만 절대 해서는 안 될 말. "불 꺼!" "보지 마!" "안 돼!"다.

이런 말을 듣는 순간 남자는 뒤통수를 해머로 세게 얻어맞은 느낌일 것이다. 아니, 여기까지 멀쩡하게 같이 와서는 이제 와서 웬 오리발? 당신이 강하게 거부하고 발을 버둥거리고 어깨를 뒤틀수록 남자는 맥이 빠진다. 이 상황에서 제대로 된 남자치고 막말로 '내가 강간하는 것도 아니고…'라는 생각에 기분이 찜찜하고 비참해지지 않을 남자가 어디 있겠는가.

그 순간이 정말 부담스럽고 싫었다면 당신은 과감히 떨치고 뛰쳐나왔어야 했다. 하지만 그러지 못했던 이유는 두 가지다. 부담스러웠지만 싫지는 않았거나(이런 것을 두고 '짜증나는 내숭'이라고 부른다), 갑자기 태도를 돌변해 옷을 주섬주섬 챙겨 입을 경우 지금껏 그와 공유해 왔던 소중한 것들을 잃고 싶지 않았거나.

매번 관계를 가질 때마다 어깨 아래 단 한 뼘의 살도 보이고 싶어하지 않는 여자를 사랑스러워할 남자는 눈 씻고 찾아봐도 없다. 현미경을 들이대며 배꼽 생김새를 살피거나 튼 살을 만지작거리며 핀잔을 주지 않는 이상, 그가 당신을 뚫어져라 바라보는 것은 '내가 지금 그녀와 함께 있구나' 하는 사실을 확인하고 싶어하는 남자의 소년다운 행복감이다. 물론 속으론 '보기보다 뱃살이 다부지군' '흠… 결국 뻥이었군' 하고 생각할 수도 있겠지.

입장 바꿔 생각해 보자. 당신은 그렇지 않은가. 막 사랑을 시작

한 사람의 몸은 작은 가슴, 처진 뱃살, 우람한 팔뚝도 당연히 사랑스럽다. 남자들도 볼록 튀어나온 술배, 무성한 다리털, 빈약한 가슴을 자랑하고 싶어하진 않는다. 하염없이 당신을 바라보고 싶은 사람 앞에서 단호하게 외치는 '시선 불가!'는 처음에는 애교로 받아들여질지 모르겠지만, 결과적으로는 남자를 '작아지게' 만드는 치명적인 말이다.

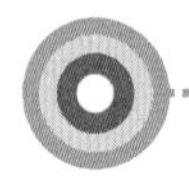

남자의 시선을 피하는 달콤한 대사

- **"이러구 있으니 춥네… 안아줘."** 때에 따라 닭살 멘트로 들리겠지만, 상황이 상황인 만큼 상상하지 못했던 위력을 발휘한다. 겉으론 말 못 해도 남자다운 척 애쓰고 있는 그에게 보호본능을 자극함과 동시에 '어? 귀엽잖아?'라는 의외의 노림수까지 줄 수 있다.

- **"가급적 배 쪽은 쳐다보지 마~. 위장이 화낼지도 몰라."** 복부비만인 경우 시도해볼 만한, 유치하지만 효과적인 대사! 어차피 당신의 뱃살은 들킬 게 뻔하고, 그걸 감추고 싶은 당신의 간절한 마음은 그의 마음에 닿아 귀여운 여인으로 탈바꿈한다.

- **"어라! 네 가슴이 더 큰 것 같아~."** 인정하고 싶지 않겠지만 그럴 수도 있다. 겸허하게 눈 한번 질끈 감고, '까짓, 가슴 사이즈가 인생의 전부는 아니잖아' 하는 심정으로 솔직하게 말해 버려라.

11: 예쁘고 성능 좋은 콘돔을 상비하라

처음 콘돔을 본 것은 대학 새내기 시절 교내 축제 때. 건전한 성문화가 어떻고 하면서 한 단과대에서 야심차게 준비한 행사에서 '그것'을 처음 보았다(너무 늦은 것 아니냐고 타박해도 할 수 없다. 용도는 알았지만 어떻게 생겼는지는 정말 몰랐다). 납작하고 미끌미끌한 그것은 풍선에 식용유를 발라놓은 것처럼 괴상하기 짝이 없었다. 그런데 두 달쯤 뒤 친구의 지갑에서 우연히 그 녀석을 발견하고 말았으니, 그때의 충격은 처음 봤을 때보다 더 했다!

가장 먼저 내 머리를 스친 생각은 '이게 왜 네 지갑 속에?'였고, 다음으로 떠오른 건 '정말로 네가 준비한 거란 말야?' 하는 것, 그리고 마지막으로 '왜 네가 이걸 직접 갖고 다녀?' 하는 것이었다. 친구는 "갖고 다니는 게 어때서?" "내가 준비한 거 맞아" "남자들을 못 믿겠어"라며 순한 양처럼 묻는 말에 차근차근 대답했다. 나는 그때부터 친구를 다시 보기 시작했다. 발라당 까진 날라리? 오우, 노! 그녀는 멋있었다.

당신이 멋진 테크닉과 가공할 애교로 남자들을 단숨에 녹이는지 어떤지는 내 알 바 아니다. 매일 밤 늑대사냥을 나가는 색정광이라고 해도 관심 밖이다. 중요한 것은 섹스에 대한 기대 반 우려 반으로 어정쩡하게 즐길 바엔 차라리 안 하느니만 못하고, 이왕 할 거면 '당했다'가 아니라 '나눴다'적 마인드로 접근해야 한다는 것!

결정적인 순간에 콘돔을 꺼낸다면 상대방이 싫어할까 봐 걱정되는 여러 여사님들에게 한마디하자면, 그러니까 내숭을 떨 때는 머리를 굴리라는 것. '줄 듯 말 듯'이라는 말, 말이 쉽지 거참 어렵다. 나중에 그 관계가 섹스까지 이어질지도 모른다는 생각을 하면서 '적당히' 튕기고, 멋지게 콘돔을 꺼내는 순간을 떠올리며 은밀한 긴장감도 만끽하라는 말씀~. 가방에서 콘돔을 꺼내는 여자에 대해 남자들은 생각보다 뜨악해하지 않는다. 오히려 '콘돔 없다는 게 말이 돼?'라고 가슴팍을 밀어젖히는 여자들이 더 한심하다고 본다, 나는.

언제 어떻게 닥칠지 모르는 결정적인 순간을 위해 화장품 파우치 깊숙한 곳이나 다이어리 맨 안쪽에 콘돔을 상비하라. 가급적 성능이 입증되면 좋고, 스타일에 집착하는 사람이라면 예쁘고 깜찍할수록 Good. 나이트클럽 자판기에서 술김에 뽑은 것 말고 약국에서 구입하는 것이 좋고, 콘돔 박스 측면에 새겨진 유통기한도 꼭 확인할 것. 기한이 지나면 표피의 밀도가 떨어져 진정 '불의'의 낭패를 볼 수도 있으며 콘돔에 덧칠된 오일도 점차 상한다는 사실. 이왕이면 포장지에 커다란 경주마가 그려진 콘돔보다는 귀엽고 깜찍한 게 거부감도 덜하다. 겉 포장지에 '빅' '울트라' '슈퍼' 등의 강조어가 든 제품은 '메이드 인 재팬'일 경우가 많은데, 성능이 좋다는 뜻이 아니라 남성의 사이즈를 의미하는 것이니까 기억을 더듬어 곰곰이 생각해 본 후 구입하자.

남자 앞에서 센스 있게 콘돔 꺼내는 노하우

- "언젠가 장난처럼 챙겨둔 게 있었는데, 어딨더라?" 은장도 꺼내듯 비장해질 필요는 없다.
- "약국 앞을 지나다 사은품으로 받았는데, 이런 게 쓸모가 다 있네?" 가볍고 유쾌한 멘트로 자연스럽게 분위기를 전환하라.
- "쫌! 이런 건 준비해 오는 센스! 알겠니?" 남자가 당혹해한다면 뻔뻔해져라.

12 놀았다고 티내지 말라

당신의 '화려한' 과거가 사랑하는 그와의 관계에서 도움되는 일은 크리스마스이브에 단골 나이트클럽에서 VIP 룸을 제공받는 것 외엔 없다. 음주가무에 도통하고 가장 자신 있는 요리가 '남자'이며, 이효리의 〈Ten minutes〉의 가사를 들으며 콧방귀를 뀌었다고? "뭐 어때? 지금 이 순간 난 즐겁고, 내 인생에 후회는 없어"라고 당당하게 말하는 당신을 보며 그는 울고 싶을 것이다.

본인은 내숭이나 애교와는 거리가 멀지만 주변 지인들의 경험담을 들어본 바, 여자의 시기적절한 내숭은 거의 예술 행위에 가깝다. 그것은 위기에 빠진 남녀관계를 기적적으로 회생시키는가 하면, 아름다운 동반자라는 확신을 심어주며, 심지어 상대방에 대한 무한한 애정을 샘솟게까지 한다.

아차, 하는 순간에 남자의 등골을 서늘하게 만드는 몇 가지 사항이 있다. 만약 원나잇스탠드만을 원한다면 그와의 스킨십에서 아크로바틱을 능가하는 진기명기를 선보인다 해도 아무 말 않겠다. 그런 당신, 과감히 이 페이지를 넘겨도 좋다. 그럼에도 불구하고 가급적 다음과 같은 일은 제발 삼가주길 바란다. 원하지 않는 오해와 이별은 '아차!' 하는 짧은 순간에 일어난다.

키스할 때 그의 뒷머리 사이에 손가락 넣는 행위

그것도 격정적으로? 부디 참아주길 바란다. 꿀처럼 달콤한 키스에 빠지다 보면 어느새 몸은 이성의 지배에서 벗어나 감성의 날개를 단다. 무의식적으로 남자의 뒤통수에 손을 갖다대 머리를 지그시 누르는 건 더 깊고 뜨거운 키스를 바란다는 표현. 아직은 어색하고 조금은 조심해야 할 관계라면 더더욱 삼가야 할 일.

그의 바쁜 손놀림을 도와 원치 않는 호흡 맞추기

브래지어의 후크를 못 풀어 전전긍긍하는 그를 보다 못해 누운 상태에서 한 손을 홱~ 뒤로 뻗어 간단하게 후크를 풀거나, 당신의 속옷을 끌어내리는 그를 돕는답시고 자신도 모르게 엉덩이를 살짝 들어주는 일 등등. 당신이 급하다면 남자는 당신보다 500배는 급하다. 애가 타도 일단 기다려라. 화약이 바싹 말라 있는 폭죽일수록 크고 화려하게 빛난다.

아무 데서나 교태 부리기

남자들은 참 이상한 족속이라 둘만 있을 땐 미친 듯 타올랐다가도 밖에서는 점잖은 사회인이고 싶어한다. 당연히 여자친구에게도 자신의 사회적 욕구에 걸맞은 교양을 내심 요구한다. 침대에서 콘택육백이 필요할 정도로 코맹맹이 소리를 냈을 때 홍분하던 그 남자, 극장 앞 매표소에서는 당신의 매력적인 콧소리에 짐짓 딴 사람처럼 군다. 나아가 관리가 필요한 여자라고 생각하고 성가셔 할지도 모른다. 그러니 때와 장소, 목적에서 벗어난 교태는 참자.

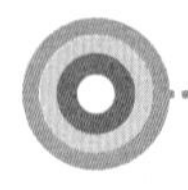

절대 티내서는 안 될 '날티' 행각들

- 노래방에서 모니터 붙잡고 헤드뱅잉 하기
- 밸런타인데이에 그를 초대해 놓고 온몸에 초콜릿 바르기
- 소주에 맥주, 박카스, 사이다를 섞어가며 정체 모를 이상한 폭탄주 만들기
- 으르렁거리며 침대를 네 발로 기거나, 이불을 친친 감고 침대를 방방 뛰면서 "나 잡아 봐~라" 하기
- 모텔을 앞에 두고는 "한 잔 더 하자. 난 취한 상태에서 가는 게 좋던데…"라고 말하는 것
- 모텔 화장실에 들어가서는 "자기야, 여기 후졌어. 거품 욕조가 아닌데?"라고 말하는 것

13 스킨십 도중 딴생각 하지 말라

무의식이 무서운 것은, 이성의 통제를 벗어나 자신도 모르는 사이에 상대방에 대한 잠재의식이 표출되기 때문이다. 바꿔 말해 당신도 모르는 새 그의 스킨십에 대한 당신의 생각이 그대로 드러날 수도 있다는 말씀. 혹은 시선은 현재의 남자친구를 향하고 있지만, 열려 있는 동공에는 과거의 남자가 담겨 있을 수도 있다는 것. 이런 당신의 동상이몽을 남자가 눈치챌 가능성은 99퍼센트!

익숙하면 익숙할수록 더 많은 긴장이 필요하다는 것을 사랑하는 사람들은 종종 잊어버린다. 처음엔 사랑이었지만 시간이 지나면 불에 데인 듯 뜨겁던 열정은 차츰 식어가는 대신, 체온과 똑같은 36.5도의 따뜻함이 남는다. 사랑이 식었음을 서글퍼할 이유도, 설렘이 예전 같지 않음을 한탄할 이유도 없다. 과도한 열정은 간혹 떨어져 있어야 평소의 온도가 유지되지만, 시간과 함께 숙성된 따스함은 함께 있을 땐 모르다가 떨어져 있으면 허전하고 그리워져 저도 모르게 상대를 찾게 만든다.

사랑하는 마음은 변함없는데 요새 들어 자꾸만 스킨십 도중 딴생각이 드는 상태를 사람들은 '권태기에 이르렀다'고 표현한다. 언제부턴가 별다른 감흥 없이 숙제하듯 뚝딱 키스하고, 끌어안고 있어도 어떤 설렘도 느낄 수 없는 자신을 발견했다면 일단 그와 시선을 마주치지 말라. 스킨십 도중 당신의 딴생각을 너그럽게 배려할 만큼 속 넓은 남자는 지구상에 없다.

당신이 누군가를 바라보고 있는데 그 눈 속에 비친 형상이 얼핏 보면 현재의 남자친구이지만, 더 깊숙이 파고들면 다른 누군가의 모습이라면 머리가 쭈뼛 선다. 차라리 임시방편으로 시선을 거두는 것이 낫다. 왜냐하면 첫째, 그에게 직접적인 형벌을 주지 않기 위해, 둘째, "무슨 생각을 그렇게 해?"라는 그의 물음에 거짓말 궁리할 시간을 벌기 위해.

그래도 집중이 안 된다면 키스와 섹스를 포함한 모든 스킨십을 아예 하지 말라.(일부러 집중해야만 하는 스킨십은 서로에게 얼마나 무의미한가!) 마지못해 입만 갖다대는 키스는 상대방에게 굴욕감을 준다. 입장을 바꿔놓고 생각해 보자. 그가 아무런 감정도 실리지 않은 채 무성의하게 당신에게 입술을 맡기고 있다면 당신은 얼마나 비참해지겠는가. 두 덩이의 얄팍한 살의 감촉을 맛보자고 그의 목에 팔을 휘감고 있는 건 아닌가.

딴생각을 한다는 것은 그와의 키스(섹스)에 흥미를 잃었거나 그 순간 그보다 더 중차대한 일이 떠올랐다는 건데, 전자라면 몰라도 후자의 경우는 이해할 수 없다. 그럴 거면 왜 하는가? 종종 스킨십은 반지를 끼워주는 일보다 더 중요한 의식, '사,랑,해~'라는 세 음절의 말보다 더 내밀한 사랑 고백임을 잊지 말자.

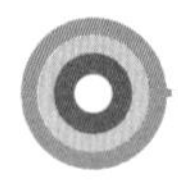

여자의 무성의한 스킨십에 남자의 딴생각

- **손잡았을 때** '나랑 손잡는 게 창피한가?' '화났나?'
- **그의 품에 안겼을 때** '나 혼자만 좋아서 이러는 거 아냐, 이거?' '뭘 어떻게 해달라는 거야? 답답해 미치겠네.'
- **키스 도중** '오늘 그날인가 보군.' '저녁에 뭘 먹었더라?' '내 키스가 더 이상 달콤하지 않은 걸까?' '얘가 오늘 상사한테 깨졌나?' '구두 안 사줬다고 삐친 걸까?' '어젯밤 몰래 나이트클럽 간 걸 눈치챘나?' '항상 느끼는 거지만 얘는 왜 이렇게 뻣뻣할까? 전에 사귀던 애는 안 그랬는데….' '나도 지겹다. 오늘은 이쯤하면 됐겠지?'
- **섹스 도중** (오로지 하나) '딴 놈이랑 눈 맞은 거 아냐?'

14 이별의 순간을 두려워하지 말라

끓어올랐던 사랑의 끝에는 이별의 순간이 따르게 마련이다. 열렬히 사랑한 그 사람과 이별한 당신은 한 뼘쯤 마음의 구멍이 뚫렸을 것이다. 그리고 당신은 혼자 밥을 먹고 영화를 보게 된다. 당신 주변이 온통 그로 인해 빛났으므로, 빛이 사라진 순간 당신은 암흑 속에 철저히 버려졌다고 생각하게 될지도 모른다.

남자친구와 헤어진 후 가장 먼저 해야 할 일은 함께했던 모든 습관들을 버리는 것! 상황이야 어찌됐건 오래된 것으로부터의 이별은 심적 고통과 함께 왠지 모를 비릿한 자유도 함께 가져다준다. 지지고 볶다가 합의 결별을 했건, 이 남자 아니면 안 될 것 같아 울며불며 별의별 신파 드라마를 다 찍었건, 딴 남자가 생겨서 혹을 하나 떼는 기분으로 이별을 선언했건 이별은 모두 아프다. 그와 함께했던 순간이 이제 누구의 것도 아닌 것이 돼버렸으므로. '우리'라는 그 친근한 단어를 더 이상 쓸 수 없게 됐으므로. 이제 당신은 더 이상 그의 특별한 여자가 아니니까.

그와 함께 걷던 길에서 우연히 같이 즐겨 듣던 노래가 흘러나온다. 더 이상 당신 옆에는 팔짱을 꼭 끼고 걸을 그 남자의 우람한 팔뚝도 없고, 따스한 손길로 당신의 머리를 쓰다듬어주거나 종알거리는 당신의 수다를 들어줄 그 남자의 미소도 없다. 둘이 함께 이어폰을 나눠 끼며 듣던 노래가 귀청이 떨어지도록 더 크게 들리는 길은 그 어느 때보다 아득하고 멀게만 보인다.

당장은 울컥하겠지만 부디 익숙해져라. 감상까지 버리라는 말은 아니다. 혼자된다는 것의 지독함은 마치 첫맛은 쓰고 뒷맛은 개운한 홍차 같아서 마음 안에서 살살 녹여가며 음미할수록 오히려 달콤해진다. 막 이별한 당신에겐 가당치도 않은 소리처럼 들리겠지만, 이럴 때 당신을 이별의 혼돈에서 구해 줄 가장 강력하고 효과적인 처방은 혼자인 채로 버티는 일이다.

사랑으로 얻은 상처는 사랑으로 치유하라고 한다. 하지만 혼자임을 감내한 다음의 일이다. 이별했으니 곧 멋진 사랑이 새롭게 나타날 거라고? 꿈도 꾸지 마라. 헤어진 옛 애인의 기억을 떨치지 못하고 관계 중독에 빠진 상태로는 사랑을 알아보지도 못하고 똑같은 실수만 반복할 뿐이다. 그 남자가 그리워 휴대전화를 들었다 놨다 할 시간에 눈을 감고 멍하니 있는 게 낫다. 도저히 잊혀지지 않고 오히려 또렷해진다면 전화해라. 어색한 말없음표와 심호흡의

쉼표, 마침내 '우린 끝났잖아'라는 마침표까지 직접 확인해야겠다면 말이다.

자존심도 상하고, 어쨌든 이별을 받아들이기로 했다면 혼자라는 사실에 익숙해질 것! 그 시간은 그가 떠난 빈자리를 홀로 지키는 외로움이 아니라 다시 채워지기 위한 일시적인 비움이라고 생각하라. 이별한 당신이 겪는 그 시간은 값지고도 값지다.

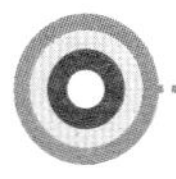

이별한 직후 혼자서 볼 만한 영화들

- **〈이터널 선샤인〉** 사랑은 찬란한 운명, 이별은 잔인한 운명.
- **〈화양연화〉** 세월이 약! 조용히 먹먹한 기분이 돼보고 싶다면.
- **〈편지〉** 신파조의 영화를 보며 "미친 놈! 네가 날 떠나?"라고 마구 욕해 주고 싶다면.
- **〈러브레터〉** 이별한 직후에 보면 펑펑 눈물난다. "오겡끼데스까~" 하고 부르짖는 대목에서는 울지 않을 수 없다.
- **〈주성치 시리즈〉** 이젠 좀 웃어라. 주성치 영화는 한 편으론 안 된다. 두세 편을 한꺼번에 봐야 그의 심오한 웃음 철학을 이해할 수 있다.

15 휴대전화에 저장된 그를 지워라

가장 가까운 친구의 전화번호도 단축번호를 눌러 전화하는 세상. 휴대전화에 아로새긴 전화번호, 문자메시지, 동영상은 지워버리면 그만이지만, 헤어진 후에 하나씩 차근차근 지우다가 결정적인 흔적 하나는 꼭 남겨두고 싶은 것이 사람 심리다. 깔끔하게 삭제 버튼을 눌러서 지워버렸다고 의기양양할 건 없다. 휴대전화에 코를 박고 그와의 흔적을 찾아 지워야 한다는 강박증에 시달리는 것부터 현실의 이별에 무기력해 있다는 증거이고, 당신 의지대로 그를 잊을 방법이 없다는 뜻이니까.

지각능력은 사람에 따라 다른 형태로 적용된다. 어떤 사람은 숫자에, 어떤 사람은 그림이나 형상에 강하고, 어떤 사람은 목소리나 냄새에 민감하다. 숫자에 대한 기억력이 뛰어난 사람은 얼굴 생김새, 목소리, 그가 자주 했던 행동들은 이미 잊었을지 몰라도 그의 오피스텔 호수, 자동차 번호는 기가 막히게 오래 기억한다. 전혀 상관없는 숫자의 나열일 뿐인데도 똑같은 숫자 배열을 접하면 반사적으로 그와의 추억이 후루룩 떠오르는 것이다.

향에 민감한 사람은 그가 즐겨 사용하던 향수 냄새를 맡으면 백화점 남성복 매장이건, 클라이언트와의 미팅 장소건, 새로 사귄 남자 친구나 회사 상사와 함께이건 상관없이 절로 아련해진다. 눈썰미가 좋아서 얼굴 생김새를 잘 기억하는 사람은 어떨까? 옛 남자와 비슷한 콧날, 커피잔을 만질 때의 손동작, 운전할 때의 옆얼굴만 봐도 과거의 남자가 떠오른다. 그나마 희미하게 떠오르면 괜찮다. 한꺼번에 불가항력적으로 그와의 추억이 떠오른다. 3382 넘버의 흰색 자동차를 타고 그의 1508호 오피스텔에 도착해 크리스마스를 함께 보냈고, 그의 몸에서 풍기던 폴 스미스 향수에 잠깐 취했다가 입술을 꾹 다물던 습관을 가진 그의 옆얼굴을 오래도록 바라봤던 기억….

휴대전화에 저장하는 추억은 단순히 숫자만을 의미하는 것이 아니다. 과거가 잊혀질까 두려워 오랫동안 무의식에 넣어두고 자물쇠를 채우는 행위다. 더 구체적으로 말하면 당신이 그를 잊어버릴까 무서운 것이 아니라 그로부터 당신이 잊혀질까 두려운 것이다. 이따금씩 그의 포토메일, 전화번호와 이름, 문자메시지를 보면서 언젠가 한번쯤 그도 지금의 당신처럼 당신을 떠올리지 않을까 하는 착각 때문이다.

자존심이 강한 만큼 패배감도 큰 게 남자라는 족속이다. 속으론 눈물을 흘리고 있더라도 겉으론 가차 없이 등을 돌리는 바보가 남자다. 그런 그가 당신을 너그럽게 기억할 리 만무하다. 그러니 당신도 그를 놓아주어라. 더 이상 휴대전화를 만지작거리지 말라. '잘 지내니?'라는 그의 문자메시지는 더 이상 오지 않는다. 시도 때도 없이 부재중전화를 확인하지도 말라. 그래봤자 그의 전화번호는 절대 뜨지 않는다. 폴더를 열어보면 가족이나 친구, 직장에서 온 전화일 뿐. 발신번호 없이 걸려오는 전화, 받자마자 끊기는 전화에 속절없이 기대하지 말라. 그는 당신에게 전화를 걸지 않았다.

그와 이별하고 당신이 전화에 대고 혼잣말을 하고, 수화기를 부여잡으며 매달린다는 것을 그는 알 리 없다. 가만히 생각해 보라. 오지 않을 메아리에 대고 기도하고 있는 당신의 모습을. 그 시간에 바닥까지 내려간 우울한 기분을 도닥이고, 이제 그만 휴대전화를 꽉 움켜쥔 손을 풀기 바란다.

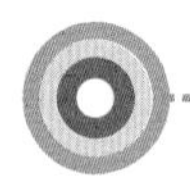

휴대전화에서 그를 지우는 방법

- 첫째, 휴대전화를 연다. 실시!
- 둘째, 그의 전화번호가 남아 있는가?
- 셋째, 장기 보존된 그의 음성메시지가 있는가?
- 넷째, 포토메일에 그의 얼굴이 환하게 웃고 있는가?
- 다섯째, 편지함에 둘이 나눈 마지막 대화나 추억의 대화가 남아 있는가?
- 여섯째, 통화 내용이 녹음돼 있는가?
- 마지막, 이제 그만 안녕을 고해야 할 때다. 과감히 '지움' 버튼을 눌러라.

16 일부러 헤어스타일을 바꾸지 말라

여자들이 1년 평균 헤어스타일을 바꾸는 횟수는 3~5회. 여배우들처럼 하루에도 몇 번씩 바꾸는 것 말고 일반적으로 계산한 평균이다. 머리가 조금 길어지면 지저분하다고 다듬고, 지루하다 싶으면 파마도 하면서 1년이라는 시간이 흘러간다.

그렇다면 사랑진행형일 때 여자는 헤어스타일이 몇 번 바뀔까? 남자친구가 있건 없건 헤어스타일에 대한 여자들의 지대한 애정은 식지 않는다. 남자친구한테 예쁘게 보인다고 미장원에 자주 가는 것도 한두 번이다. 남자친구 없이 씩씩하게 지낸다고 해서 아무렇게나 기른 더벅머리로 사는 여자도 없다. 문제는 헤어졌을 때다. 이별을 실감하는 가장 손쉬운 방법이자 비용 대비 가장 가학적인 쾌감을 느끼는 것이 헤어스타일을 바꾸는 일이다!

귀밑으로 머리카락이 사각사각~ 잘려나가는 소리를 들으면서 '그래, 이 나쁜 놈아! 가차 없이 잊어주마!' 하고 입술을 깨물며 다짐한다. 롤로 머리카락을 말고 전기 캡을 쓰고서 잡지를 뒤적이며 전과는 전혀 다르게 변한 자신의 모습을 상상한다. '더 예뻐져서 더 멋진 남자랑 룰루랄라 연애'할 생각을 하며 눈빛을 빛내기도 하겠지. 정말 잘한 거다. 헤어스타일을 바꾸는 건 비용에 비해 확실히 심리적 안정감을 주니까.

묘하게도 평소엔 헤어스타일이 망가지면 울고불고 난리를 치지만 이별 후에 시도한 헤어스타일이 별로 마음에 들지 않아도 그다지 속상하지 않다. 왜? 헤어스타일을 바꾸고 싶은 것보다 '변화' 자체에 초점을 맞추기 때문이다.

단발머리를 폭탄파마로 바꾸고 나면 일시적인 자기만족은 얻을 수 있을지 몰라도 얼마 못 가 금세 지겨워진다. 그가 애지중지 손가락으로 빗겨주던 긴 생머리를 싹둑 자를 때의 쾌감은 엄청나다. 이때는 '네 손길이 닿을 일 없는 이따위 머리카락은 잘라버리겠어'라며 두 주먹 불끈 쥐고 결연한 각오를 한다. 하지만 시간이 좀더 지나면 익숙했던 옛 모습이 그리워진다. 헤어진 남자 때문에 일부러 돌고 돌아 원점으로 돌아온 거다.

이별한 후 당신의 변한 모습을 세상에 보여주고 싶다면 표정부터 가꿔라. 헤어스타일은 바꿔도 좋고 그대로 유지해도 좋다. 어지러웠던 주변부터 하나씩 치우고, 흐트러진 표정을 가다듬고, 살을 빼고, 그와 함께했던 시간 동안 익숙해 있던 습관을 고쳐나가라. 그것도 귀찮다면 안 해도 좋다. 그를 만나기 전에 스스로를 사랑했던 것처럼 시나브로 살아가면 된다. 이별은 누구나 겪는 일! 요란 떨며 굳세게 이겨내는 척할 필요도, 비련의 여주인공처럼 파리한 얼굴을 한 채 다닐 필요도 없다.

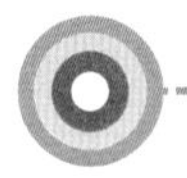

이별에 대처하는 우리의 외모

- **이별에 상처받은 피부를 위로해 주자** 차였다면 '왜?'를 반복하며 눈물 흘리느라 제대로 잠 못 이루고, 반대로 찼다면 상대방을 달래느라 스트레스 받는다. 이럴 때 까칠해진 피부에 수분 팩을 듬뿍 먹이자. 헤어진 후 자기 관리도 능력! 실연당했다고 자랑하고 싶지 않다면 확실히 처신하길.

- **옷장을 말끔히 정리하자** 그가 원하는 대로 입었던 스타일에서 벗어나 자신만의 스타일을 찾아 변신하라.

- **몸매를 예쁘게 받춰줄 속옷을 장만하자** 몸에 꼭 맞는 질 좋고 근사한 속옷을 반드시 세트로 갖춰 입자. 별것 아닌 것 같아도 몰라보게 자신감이 생긴다.

- **가벼운 스트레칭으로 활력을 되찾자** 요가 매트를 장만해 저녁마다 스트레칭을 하자. 운동을 하고 있다면 상관없지만, 평소 운동을 멀리했다면 간단한 스트레칭만으로도 당신의 바이오리듬은 몰라보게 활력을 찾을 것이다.

17 절대 술 먹고 전화하지 말라

아~ 이 고전적인 명제는 아무리 얘기해도 지나치지 않다. 남자들이 술 마시고 전화하는 것은 십중팔구 '함께 밤을 보내고 싶다'는 뜻! 아직도 널 사랑하고, 너무 보고 싶고, 너한테 못해 준 게 너무 많고, 김건모의 노래 〈미안해요〉의 가사처럼 '옷 한 벌 못 해주고' 등의 애틋함이 철철 넘쳐도, 결국은 '섹스하자'는 얘기다. 사랑과 본능, 애정과 격정을 혼동해서 그의 품에 안기고 나면, 다음날 아침 어김없이 '어젯밤엔 미안했어…. 다음부턴 이런 일 없을 거야'라는 문자메시지를 받게 된다.

그런데 왜 여자들은 술 마시고 헤어진 남자에게 전화를 거냐고? 남자들의 술주정과 같은 만행에는 치를 떨면서? 냉정하게 말하면, 남자들의 제스처가 '섹스'라면 여자들의 제스처는 '미련'이다. 이미 헤어진 남자에게 '미련'이 남아서 '미련'한 행동을 하는 것.

술기운을 빌려 표현하는 모든 말의 진심은 50퍼센트를 넘지 않는다. 그것도 관대하게 평가해 50퍼센트다. 취중진담은 뭔가를 고백하는 타이밍이자 몰랐던 사람에 대한 색다른 발견 등에 사용되는 말일 뿐, 헤어진 남녀가 전화기를 부여잡고 늘어놓는 흰소리를 말하는 게 아니다.

오바이트 하랴, 숨 고르랴, 얼마나 바쁠까. 눈은 끔벅끔벅 졸면서 못 한 말이 뭐길래 더 이상 당신과 상관없는 남자를 괴롭히는가. 안타까워하며 달려와 당신의 등을 토닥토닥 두드려주기라도 바란다면, 어서 전화를 끊고 따뜻한 물로 샤워부터 해라. 그가 당신에게 하지 못한 말이 있을 거라 착각한 뒤, 오늘 그 얘기를 듣고야 말겠다고(그것도 술에 취해서) 주먹을 불끈 쥐었다면, 차라리 즐겁게 더 마시고 집착을 버리는 게 낫다. 이런 것도 일종의 마조히즘적인 행위다.

K양은 술만 마시면 과거의 남자에게 전화를 거는 버릇이 있었다. 그녀의 취중 전화에 진력난 남자가 "한 번만 더 전화하면 신고하겠다"는 으름장을 놓을 정도였다(미안하다 K양. 하지만 평소에는 너무너무 멋진 여자다). 언젠가 그녀는 술에 취해서 나에게 전화했다. 놀라 기겁하며 물었다. "너 설마 또 그 남자한테 전화한 건 아니지?" 되돌아온 그녀의 대답, "애로와서(외로워서)… 누구랑 통화는 해야겠는데에… 그 자식한테 하면 또 난리칠 거 아냐…. 참 내… 드러바서(더러워서)! 그래서 내 휴대폰에 음성메시지 남기고… 들어보고 지우고… 다시 음성 남기고 들어보고 지우고…. 머,

그러는 중이야…. 애로운 걸(외로운 걸) 어쩌냐, 그럼….”

물론 지금 K양은 외로움을 한방에 달래줄 멋진 왕자님을 만나 뜨겁게 연애한 뒤 임신 4주의 몸으로 결혼에 골인했다. 요즘은 술 마시고 늦게 들어오는 신랑에게 전화를 걸어 “어디야? 외로워…. 빨리 와…” 하면서 외로움을 빙자한 닭살 애교를 펼치고 있다.

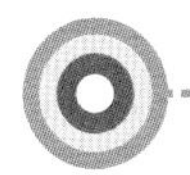

남자들이 말하는 최악의 취중 전화

- **낯선 곳에서 전화를 거는 그녀** 술 마시고 택시를 탄 뒤 전혀 낯선 곳으로 간 그녀. 지갑은 잃어버렸고 수중에는 돈 한 푼도 없다며 바로 나오라고 할 때

- **시도 때도 없이 문자메시지를 보내는 그녀** 입에 담기도 힘든 욕설을 퍼붓기에 휴대전화를 꺼뒀더니 다음날 이른 아침부터 '감히 내 전화를 씹어?'부터 '미안해. 내가 미친년이야'까지 다양한 내용의 문자메시지를 20개 이상 보낼 때

- **여전히 마음을 정리하지 못하고 내 마음을 확인하는 그녀** 멀쩡하게 전화해서는 한참 이야기하다 "나 아직 사랑하니? 우리가 사랑하긴 했었니?"라고 물을 때

- **스토커처럼 수시로 전화해 귀찮게 하는 그녀** 새벽 3시에 전화해 "자니? 나 보내 놓고 잠이 오니?"라고 말하는가 싶더니, 정오에는 "식사 중이라고? 나는 네가 보고 싶어서 목이 메는데 넌 밥이 넘어가?"라고 따질 때

18 〈사랑과 전쟁〉을 맹신하지 말라

이별에 익숙해졌는가. 연애의 목적은 곧 '연애'라고 하지만, 사실 대한민국 대다수의 여자들에게 연애의 목적은 '결혼'이다. 사랑과 이별을 거쳐 연애 감정을 키웠다면 결혼에 대한 몇 가지를 준비할 때다. 이번 내용은 특정 프로그램을 폄하하거나 공격하려는 것이 아님을 미리 밝혀둔다. 오히려 〈사랑과 전쟁〉은 내가 가장 즐겨보는 프로그램 중 하나다.

〈사랑과 전쟁〉 프로그램의 기획 의도는 아마 이러할 것이다. 넘쳐나는 이혼의 시대에 무수한 위험에 노출해 있는 결혼생활의 위험성에 대한 경각심을 드높이고, 책임 있는 결혼에 대한 진지한 고찰을 위한 프로그램, 이라고. 맞는 말이다. 이 프로그램을 보면 결혼생활을 지속하는 게 힘들어 보인다. 어쩌면 그렇게 다양하고 많은 변수들이 작용하는지 대단하다 싶을 정도다. 프로그램이 끝날 때쯤이면 어김없이 지난번 일화에 대한 시청자 의견이 올라온다. 사실 이러한 설문은 매우 극단적인 장치지만, 그 의견들을 보면서 나도 모르게 편 가르듯 마음속으로 표를 던지곤 한다.

때론 선정적이고, 때론 사회문제를 파헤치기도 하고, 뻔한 내용을 재탕하기도 하지만, 소재에 관한 기준 마련과 시시비비는 여기서 논할 일이 아니니 패스~. 나는 부부간의 갈등을 다루면서 리얼리티를 넘어 지나칠 정도로 사실적일 때는 이 프로그램이 정말 무섭다. 그 어떤 소설이나 드라마도 인간의 실제 삶보다 더 드라마틱하지 않다는 말도 있다. 그런데 〈사랑과 전쟁〉은 결혼을 앞둔 남녀, 이혼을 앞둔 남녀, 이혼을 거친 남녀에 대해 가혹하고 잔인할 정도로 포장한다.

결혼에 대한 단정과 예측은 한쪽 귀로 듣고 한쪽 귀로 흘려들어라. 심지어 친한 친구가 비극적인 결혼생활을 하다가 이혼하게 되었다고 해도, 당신의 결혼관에 대한 순도를 흐리지 말라. 가장 위험한 것이 부모의 이혼으로 인한 강박관념인데, 그것은 당신 책임이 아니다. 오히려 부모의 결정을 존중하는 성숙한 태도를 가지려고 노,력,하,라! 분명 쉽지 않다. 하지만 그분들의 결정에 간섭하지 말라. 부모의 이혼으로 질풍노도의 성장기를 보낸 사람 중에서 실제로 그것이 결정적인 요인으로 작용하는 경우는 거의 없다.

어찌되었건 결론은, 당신이 직접 겪어보지 못한 〈사랑과 전쟁〉의 드라마틱한 줄거리와 가설은 그 자체로만 받아들이는 것이 정신건강에 좋다는 말씀!

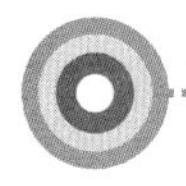

〈사랑과 전쟁〉의 또 다른 후유증

- 상대방과 다투거나 분쟁이 생길 경우 "4주간의 조정기간을 갖자"라고 말한다.
- 남자친구와 헤어지고 싶다거나 속상한 일이 생기면 탤런트 신구와 정애리가 생각난다.
- 결혼, 해보지도 않았는데 '결혼=갈등의 시작'이라는 공식이 떠오른다.
- 친구들과 만나면 〈사랑과 전쟁〉 지난 회에 대해 찬반양론을 벌인다.

19 결혼은 현실, 웨딩드레스의 환상에서 깨어나라

하얀 커튼 사이로 화사한 햇빛이 들어오고, 창밖에서는 적당한 높낮이로 새들이 노래를 부른다. 바람에 살랑거리는 커튼을 따라가보면 사랑스러운 여자가 정갈하고 큼직한 침대에서 편안한 자세로 잠들어 있다. 머리칼만 적당히 흐트러져 있을 뿐 기름기 하나 번들대지 않는다. 누군가 방문을 열고 트레이에 커피와 토스트, 레몬을 내온다. 혹시라도 여자가 깰까 봐 늠름하고 다정한 걸음걸이로 조심조심 커튼으로 아침햇살을 가려준다. 여자, 기다렸다는 듯 살짝 눈을 뜨고 귀엽고 사랑스럽게 기지개를 켠다. 남자는 미안해 어쩔 줄 몰라 하며 자신은 깨우려고 한 게 아니라 일어나면 배고플 것 같아서 간단히 아침을 만들어왔다고 말한다. 그의 말을 들은 여자는 말없이 살포시 미소를 짓는다. 그제야 마음이 놓인 남자, 트레이를 들고 그녀 앞으로 다가온다…. 여기까지 쓰면서 몇 번이나 한숨을 내쉬었다.

이런 환상이 실제라면 분명 너무 행복해 날아갈 것이다. 아마 실제로 이렇게 사는 사람도 있겠지. 신혼의 결혼기념일 정도? 아니면 남편이 죽을죄를 지어서 어떻게 해서라도 아내에게 면죄부를 받고 싶을 때? 이렇게 시니컬한 반응을 보이는 이유는, 결혼을 하면 이 모든 일이 일상이라고 생각하는 '공주'들이 많기 때문이다. 물론 현실이 될 수도 있다. 하지만 향 진한 에스프레소 커피와 굿모닝 키스는 현실에서 그리 쉽지 않다.

결혼의 환상을 확실하게 심어주는 이야기 중 하나로 자주 등장하는 이런 광경에는 여러 가지 신기루가 숨어 있다. 남편은 항상 당신을 든든하게 지켜줄 거라는 환상, 언제까지나 서로를 바라보며 애정이 깊어질 거라는 착각, 지금의 설렘은 약간 퇴색되더라도 죽을 때까지 서로에게 섹시한 매력을 느끼며 살이 닿을 때마다 스파크를 일으킬 거라는 기대, 집에는 아로마 향이 은은하게 퍼지고 욕실에는 둘만의 은밀한 보디오일이 갖춰져 있으며 베란다에는 두 사람의 커플 속옷과 커플 티셔츠들이 햇볕에 바싹 마를 것이라는, 말 그대로 꿈!

결혼은 생각보다 그리 낭만적이지 않다. 감정을 유지하기란 더더욱 힘들다. 첫 감정을 잊지 않기 위해서 노력하면서 사는 것이 가장 잘 사랑하며 사는 커플이다. 그조차 힘들어 촉촉함을 잃고 무미건조하게 살아가는 커플이 수도 없다.

결혼을 앞두고 있거나 결혼을 계획하는 중이라면, 현실적이고 치밀하게, 두 사람이 사랑에 대한 환상 때문에 미로에서 헤맬 경우의 수를 세어보라. 책임과 의무를 다하는 사랑이 진정 아름답다. 그것이 결혼을 전제로 한다면 더더욱 그러하다.

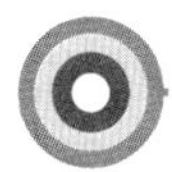

결혼 후 가장 먼저 깨지는 다섯 가지 환상

- 내 아내는 절대 코 고는 건 모르는 여자인 줄 알았다.
- 결혼 전에는 단순히 자주 방귀를 뀐다고만 생각했다. 결혼하고 나서야 남편의 팬티 뒷부분에 구멍이 나 있다는 사실을 알았다.
- 가끔 남편의 밥 먹는 모습이 괜히, 그냥, 까닭 없이 너무나 밉다.
- 아내가 양반다리를 한 채 TV를 보면서 안쪽 허벅지를 벅벅 긁는 여자인 줄은 진짜 몰랐다.
- 아무래도 아내는 자기 옷은 매장에서, 내 옷은 좌판에서 사는 것 같다. 확실하다!

20 남이 정한 결혼 적령기에 휘둘리지 말라

44세의 선배가 곧 결혼한다. 상대 남자는 갓 서른의 직장인. 우연히 세미나에서 만나 사랑의 불꽃을 지핀 선배는 이대로 죽어도 좋다는 표정으로 화사하게 웃었다. 선배를 보며 나는 이런 생각을 했다. 그 전엔 멋진 싱글로 나이 들어가는 선배가 참 부러웠는데, 식사 자리에서 애인의 손에 티슈를 쥐어주며 입가를 닦으라고 눈짓하는(내가 없었다면 분명 입술로 핥아주지 않았을까?) 선배의 닭살 행각을 보며 선배가 결혼과 참 잘 어울리는 사람이구나, 하는 생각.

조혼·만혼은 나이로 결정되는 것이 아니다. 사랑의 숙성도, 인격적인 성숙도에 따라 바뀌는 것이다. 인격이 성숙하지 않은 채 성급하게 결혼하면 마흔이 되어도 조혼이다. 뚜렷한 가치관과 결혼에 대한 자기 인식이 확실한 사람이 웨딩마치를 울리면 적당한 시기를 고른 것이다. 하지만 사랑하지 않으면서 비즈니스 하듯 결혼을 한다면, 그것은 만혼이다. 그런 사람은 결혼해 봤자 서로에게 진심으로 충실할 수 없다.

남들이 정하는 결혼 적령기에 흔들리다 보면 주체적인 미래 계획에 치명적인 오류가 생긴다. 하고 싶은 일, 이루고 싶은 꿈을 그리다가도 덜커덕, 이놈의 '결혼 적령기'에 걸려 넘어지기 일쑤다. '적어도 스물여섯 살엔 결혼해야 하는데, 그렇다면 일본으로 애니메이션 공부하러 가는 건 미뤄야 하나? 어떡하지? 내 꿈에 찬동하고 지지해 주는 남자를 만날 수 있을까?'로 고민하게 된다.

이쯤 되면 공부는 뒷전이 되고, 스물여섯 살이 되기 전에 결혼하기 위해 그에 걸맞은 남자를 찾아 안전한 연애를 해야 한다. 그렇게 살아가는 일이 전혀 번거롭지 않고, 오히려 편안하다고 느낀다면 아무런 이견 없이 결혼하라고 말하고 싶다. 그 전에 이럴까 저럴까 고민하는 모습은 보이지 말았어야 했다는 충고와 함께.

결혼은 자신의 삶에서 결정해야 할 또 다른 선택이다. 훗날 개인의 행복과 불행을 나누는 중대하고 결정적인 선택이다. 그만큼 코끼리 걸음처럼 신중하고 여우의 꼬리처럼 탄력적으로 대처해야 한다.

낭만으로 공상하는 결혼도 옳은 일은 아니다. '스물일곱은 재니스 조플린(Janis Lyn Joplin)과 지미 헨드릭스(James Marshall Hendrix)가 죽은 나이니까, 나는 사랑하는 그들을 추모하고 새로운 인생을 개척하는 의미에서 스물일곱 살에 결혼하겠어!'라고 생각한 사람이 있었다. 대학 시절 내 얘기다. 코웃음부터 나오겠지만 부디 살살 웃어주길. 당시 나는 진지했다. 졸업하고 사회에 나와 스물일곱 살이 다 가올수록 점점 야릇한 조바심이 났다. 스물일곱 살에 결혼하기 위해선 남자부터 시작해 결혼이라는 거사를 치르기 위한 마음가짐이나 능력 등 결혼하기에 좋은 조건을 갖춰야 하는데, 나는 아무것도 변변하게 가진 게 없었다. 말하자면 적령기가 아니었던 것이다.

여자는 결혼하고 싶은 시기가 있는데, 그때가 결혼 적령기니까 어서 시집가라고 등을 떠미는 어른들도 있다. 언뜻 듣기엔 쿨한 조언 같지만 어르신의 '여자가 결혼하고 싶은 시기'는 동네 총각의 장딴지만 봐도 낯이 붉어지던 스무 살 꽃띠를 일컬음이니, 두 번 말해 무엇 하겠는가. 결혼을 '하고 싶은 시기'와 '해야 하는 시기'를 혼동하지 말라.

진정한 결혼 적령기

- **상대를 너무너무 사랑할 때** 이 남자가 아니면 앞으로 못 살 것 같다. 미래에 이 남자보다 더 좋은 남자란 없을 것 같다. → 결혼해라. 그 남자 잡아야 호강한다.
- **남자에 대한 가치관이 바뀌었을 때** 통장 관리도 제법 하고, 남자라는 족속이 늘 든든한 울타리가 되는 것만은 아니라는 걸 알았다. → 철들었다. 이제 결혼해도 되겠다.
- **사랑하는 사람의 아이를 갖고 싶을 때** 사랑하는 남자의 아이를 낳아 그 아이에게 좋은 엄마가 되고 싶다. → 푹 빠졌군. 그때가 좋은 때!

21 결혼, 하기 싫은 혹은 하고 싶은 진짜 이유를 대라

양가집 규수인 친구 S양이 괜찮은 양가집 도령을 만나 백년가약을 맺었다. 신혼여행을 다녀온 뒤 우리는 친구의 집으로 우르르 몰려가 집들이를 했다. 깔끔하고 아기자기하게 꾸며놓은 인테리어를 구경하던 우리는 침실에 이르러 그녀를 가운데 두고 빙 둘러앉았다. '한 치의 오차나 왜곡이 있어서는 안 된다'라는 전제로 그녀에게 이실직고하라고 요구했다. 그러자 기다렸다는 듯 그녀, 화사한 얼굴로 하는 말. "애들아, 나는 이제 죽어도 여한이 없다." 말인즉슨 합법적으로 남자와 합방을 치르겠다고 허벅지를 찌르며 참아온 S양이 드디어 목표를 달성하고 아주아주 기뻐했다는 이야기다.

한편 친구 J양은 한국의 결혼 제도를 받아들일 수 없다며, 자신이 국적을 바꾸지 않는 한 절대 결혼하지 않겠노라며 오래 전에 선언했다. 결혼할 마음이 없으면 싱글 라이프라도 제대로 즐길 것이지, 그녀는 남자라면 외눈으로도 쳐다보지 않았다. 그녀는 시댁 식구들과의 갈등, 친정 식구들에 대한 미안함, 육아의 고단함 등을 호소하는 친구들의 얘기를 들으며 자신의 결단이 옳았음을 재차 확인했다.

그러던 그녀에게 얼마 전 위기가 닥쳤다. 외국 유학길에서 만난 파란눈의 사내와 그만 사랑에 빠지고 만 것이다. 그를 처음 본 순간 그녀의 입에서 나온 첫 마디는 "큰일났다"였다고. 가슴이 송두리째 무너져버릴 것 같은 벅찬 소용돌이 속에서 연애를 시작했고, 우여곡절 끝에 둘은 결혼에 성공했다. 캐나다에서 아들까지 낳고 잘 살고 있는 J양을 보면 결혼에도 분명 기준이 필요하구나, 라는 걸 새삼 깨닫는다.

떠밀려서 하는 결혼 말고, 사랑 때문에 죽을 것 같아서 하는 결혼 말고, 조금은 현실적이고 구체적인 기준을 마련해야 할 때다. 단순히 '결혼을 하겠어' 혹은 '안 할래' 하는 것이 결혼지상주의자와 독신주의자를 구분하는 기준이라고 생각하면 오산! 당신은 결혼하고 싶은 진짜 이유와 결혼

하지 않을 진짜 이유를 갖춰야 한다. 결혼을 해야겠다면 왜, 무슨 이유이며, 자신이 주장하는 결혼을 위해 어떤 준비를 하고 있는지 정도는 정리할 수 있어야 한다.

아이를 갖고 싶지만 아빠 없이 아이를 키우는 일이 녹록치 않은 한국 사회에서라면 좋은 아빠가 될 재목을 골라야 한다. 자칫 아이

를 싫어하는 개인주의자와 사랑에 빠지면 곤란하다. 혼자 늙기 싫어서 결혼을 택한다면, 혹여 혼자 늙을지도 모르는 가능성에 대해서도 생각해 봐야 함은 물론이다. 그럴 경우를 대비해 적당한 경제력도 갖춰야 할 테고.

결혼을 안 하려는 이유가 혼자 사는 게 익숙해서라고 한다면, 혼자 사는 게 치 떨리게 싫어질 때를 대비해 미리 동거 가능성을 염두에 두어야 한다. 아이를 위해 노력·봉사하며 자신을 잃어가는 게 싫어서라면, 자신의 삶을 좀더 깊이 있고 풍성하게 만들기 위해 내면을 가꿔야 함은 두 말 하면 잔소리. 그리고 얽매여 타인과 삶을 공유하는 것 자체에 혐오를 느낀다면, 가급적 사랑에 빠지지 않도록 주의하라.

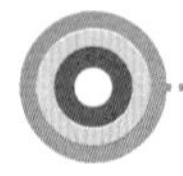

남자들이 정말 결혼하고 싶을 때

- 술 마신 다음날 엄마가 끓여주는 콩나물국이 사무치게 그리울 때
- 친구가 아이의 돌잔치에서 가족사진 찍는 것을 볼 때
- 연말정산도 안 되는 축의금으로 매년 기십만 원씩 빠져나갈 때
- 어느 순간부터 나이트에 가서 부킹을 걸지 않고 술만 퍼마시는 자신을 볼 때
- 밤새 여자친구와 같이 있고 싶은데 늘 '짧은 밤'으로 끝내야 할 때

22 미모 지상주의를 욕하지 말라

그래, 좋아. 바로 이거야! 여기서부터는 결혼이고 뭐고 일단 당신의 몸부터 챙기는 페이지다.

통통한 볼, 펑퍼짐한 힙, 두툼한 손등에 달린 뾰족한 손끝, 톡 튀어나온 이마, 쭉 찢어진 눈과 작은 입술. 미인도에 나와 있는 미인의 조건이다. 이윽고 그 조건은 오랜 세월을 거쳐 수도 없이 변했다. 지난 10년 동안만 되짚어봐도 최진실, 이영애, 이효리, 송혜교, 한가인, 김태희 등 대한민국을 대표하는 미인들이 얼마나 많은가. 이들의 생김이 다 비슷한가 떠올려보면 '전혀 아니올시다'다.

지구상의 모든 생물은 아름다운 것에 반응한다. 하물며 견공도 못생긴 녀석과 잘생긴 녀석을 붙여놓으면 잘생긴 녀석하고만 논다는데, 인류의 영장인 사람인들 오죽하랴. 미모 지상주의는 예로부터 존재했던 오랜 미덕이다. 단지 미의 기준이 달라졌을 뿐이다. 누구나 예쁜 여자나 멋진 남자를 보면 기분이 좋아진다. 미추(美醜)의 개념은 생물이 가진 본능인데, 그걸 어떻게 무턱대고 나쁘다고만 할 수 있겠는가.

문제는 기준이 정해져 있지 않고 아무렇게나 적용된다는 것! 근사한 외모의 사내가 당신에게 상냥하게 굴면 기분이 흐뭇해지면서 한순간 들뜨는 것은 당연하다. 그 앞에서 '에잇, 내가 왜 이러지? 이 놈의 미모 지상주의!'라고 버럭 화를 내지는 않는다. 미모 지상주의 때문에 어쩔 수 없이 성형수술을 하고, 눈물을 머금고 지방분해수술을 하고, 거금 들여 경락과 에스테틱을 받는다는 말만 하지 말자.

남들이 손가락질할까 봐 가장 애처로운 명분을 찾는 것처럼 궁색한 것은 없다. 비굴하게 세상의 이즘(ism)을 탓하지 말고 스스로에게 당당해지자. 결국 나 잘 살자고, 더 이뻐지겠다고 경제적·심정적 위험부담을 감수하는 것 아닌가.

한 달 동안 자취를 감췄던 지인이 어느 날 몰라보게 변신한 모습으로 나타났다. 이야기를 들어보니 턱을 깎았다고 한다. 삼십 평생 넘도록 아무 탈 없이 살았고, 결혼해 아이까지 낳았으면서 굳이 왜? 그녀의 말인즉슨 이렇다.

"사람들 만나는 일을 업으로 삼아 겉으론 웃었지만 속으로는 상대방이 내 턱만 보는 것 같아 늘 위축됐었어요. 그래서 남편에게 솔직히 털어놨죠. 나는 이 일도 좋고 능력을 인정받고 있는데, 정작 내 콤플렉스 때문에 그만두게 될까 봐 겁난다고. 남편은 한참 고민하더니 결국 허락해 줬어요."

나는 그녀에게 박수를 보냈다. 일단 힘든 수술과 수술 후 통증이 아무는 시간을 모두 참아온 끈기가 놀라웠고, 스스로에게 당당한 모습이 멋져 보였다. 만약 당신이 좀더 예쁜 사람과의 경쟁에서 이유 없이 낙오됐거나 어떤 권리를 박탈당했다면, 당신이 외모가 못나서가 아니라 당당하고 자신감 있는 모습을 보여주지 못해서일 것이다.

예쁜 여자가 매력적인가? 결단코 아니다. 통계에 따르면 예쁜 여자가 그렇지 않은 여자보다 성격상 밝고 열린 사고를 갖고 있단다. 결국 '마인드'에 달린 문제다. 미모 지상주의는 여자들이 스스로 만들고 있음을 왜 모르는가.

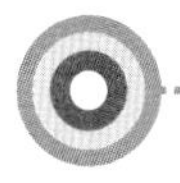

성형수술 후 주의할 점

- **코** 수술을 하고 나면 콧속이 건조해지므로 가습기를 틀어둘 것. 잠결에 간지럽다고 무작정 콧속을 긁어대면 마이클 잭슨처럼 끝이 하늘 위로 뾰족하게 올라간 코를 갖게 될 것이다.

- **턱** 최소 한 달 동안 미처 빠져나가지 못한 핏물과 침을 받아내야 하므로 바깥출입은 꿈도 꾸지 말아야 할 것이다. 늘 거즈를 물고 다니며 피와 침을 뱉어내는 고통을 감내해야 한다.

- **쌍꺼풀** 비교적 간단한 편. 시간이 지나면 부기는 자연스럽게 가라앉는다. 단, 잠버릇이 고약한 사람은 무의식중에 긁지 않도록 주의할 것. 한 가지 더, 모든 수술 부위는 심장보다 높으면 피가 몰려 회복이 늦어진다. 수술 후에는 가급적 낮은 베개를 사용할 것.

23 아름다운 등과 목선을 만들어라

가늘고 하얗게 뻗어내린 목덜미와 어깨부터 꼬리뼈까지 유연한 곡선으로 떨어지는 등은 여자만이 갖고 있는 신의 선물이다. 더군다나 목과 등의 탄력은 언뜻 이목구비에 비해 덜 주목받으면서도 여성의 아름다움을 극단적으로 보여주는 곳인 만큼 그 매력의 밀도가 이만저만 높은 게 아니다.

탤런트 김희애의 말처럼 얼굴 나이는 감출 수 있어도, 절대 감출 수 없는 게 목의 나이다. 굵은 가로선이 선명하게 그어진 여성의 목은 가부키 화장으로도 감출 수 없다. 게다가 축 처져 두 겹씩 겹치는 목살은 보는 이로 하여금 '마음껏 민망해하셔도 좋아요'라고 시위하는 것과 같다. 40대라면 중력에 의한 자연 현상이라고 해두자. 하지만 2, 30대 언저리에서 이런 목을 가졌다면 시간 내어 반성 좀 해야 한다. 타고난 매력 포인트를 황폐하게 만든 셈이니까.

지금부터 최소한 일주일에 세 번은 30분씩 스트레칭을 하라. 고혹적인 뒷모습은 등에서부터 표출된다. 흐트러지고 굽어 있는 등은 자극이나 유혹, 작은 실패나 상처에도 쉽게 흔들린다는 재미난 가설도 있다. 그러니 제발, 턱을 당겨 목과 등을 세우고 걸어라.

목선을 예쁘게 가꾸려면 매일 밤 얼굴에 바르던 스킨과 로션으로 부지런히 목을 위아래로 쓸어주는 것은 기본. 그런 다음 목에 긴장을 한 채 고개를 왜로 틀면 정리되는 듯한 느낌이 들 것이다. 그런 상태가 익숙해지면 자신도 모르게 길고 곧은 목선을 갖게 된다. 오늘부터 당장 시도해 보도록.

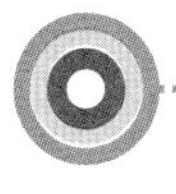

등과 목의 곡선을 살려주는 5분 스트레칭

- **목 스트레칭** 전철이나 버스 안 혹은 대화 중에 목을 앞뒤, 좌우로 최대한 당기고 밀어보자. 앞으로 숙일 때 시큰한 통증과 함께 시원해지면, 현재 스트레스가 머리끝까지 찼으며 활력이 바닥났다는 뜻. 반면 목을 뒤로 젖힐 때 그런 느낌을 받는다면 충분한 수면을 취하지 못했다는 의미.

- **어깨·등 스트레칭** 두 팔을 등 뒤로 모아 깍지를 낀 다음 힘껏 뻗는다. 가슴이 비너스처럼 솟구치는 자세가 되기 때문에 장소를 잘 골라야 한다. 자연스럽게 등이 펴지면서 어깨와 등이 탄탄해질 것이다. 걸을 땐 의식적으로 꼭, 등을 세울 것.

- **목 근육 풀어주기** 시도 때도 없이 손으로 목 뒤를 주물러준다. 스트레스 해소에도 좋지만 무엇보다 긴장된 근육을 풀어줌으로써 목선이 비대칭으로 틀어지는 것을 막아준다. 그런 다음 손가락에 힘을 주어 꾹꾹 눌러주어라.

24 먹어도 안 찌는 체질이라는 말을 믿지 말라

같이 옷을 사러 갔는데, 힘겹게 청바지 단추를 채우는 당신 옆에서 "너무 헐렁하니까 한 사이즈 작은 걸로 주세요"라고 외치는 친구를 보면 신경질부터 난다. 작은 사이즈가 즐비한 매장에 들어가서 친구는 한 시간째 나올 줄 모르고, 당신은 오늘도 역시 77 사이즈를 찾아 나선다.

자신만만하게 매장을 활개치고 다니는 친구를 보면 부아가 치솟는다. 하지만 그게 어디 친구 탓인가. 야식을 물리치지 못한 당신 책임이지. 맵고 짠맛을 내기 위해 찌개에 첨벙첨벙~ 몸을 던졌던 각종 양념들이 들으면 통탄할 일이다. 맥도날드, 버거킹, 닭갈비, 각종 피자가게 종업원들도 혀를 차겠지.

날씬한 친구는 뭘 해도 예쁜 것 같고 아무거나 입어도 잘 어울리는 것 같다. 말 그대로 가진 자의 기술이다. 날씬한 것(?)들은 먹어도 살이 안 찐다. 물만 먹어도 피둥피둥 살찌는 소리가 들리고, 똑같이 먹는데도 다음날 만나면 당신 얼굴만 부어 있다. 정말로 물만 먹어도 살이 찌는 특이 체질들이 있다. 이런 경우는 체질을 바꾸는 게 급선무다. 굶거나 운동으로는 해결이 안 된다.

먹어도 먹어도 길고 가느다란 체형을 유지하는 친구를 시샘만 하고 있다가는, 결국에는 하루하루 체중계 눈금이 올라가는 당신의 상태를 합리화하게 된다. 먹는 대로 살찌는 당신은 정상이고, 더 많이 먹어도 몸매가 그대로인 친구는 비정상이라는 착각에 빠지는 거다. 당연지사, 다이어트는 이미 잊어버렸다. 뚱뚱교 교주가 제아무리 '날씬한 것들은 가라'고 소리쳐도 절대적인 위안이 되지 않는 이유는, 날씬해지고 싶은 욕망은 자신감과도 맞닿아 있기 때문이다. 살이 쪘다는 이유로 놓치고 박탈당한 수많은 현실 때문에 스스로 자신감을 아예 놓아버린다.

머릿속 깊숙이 박혀버린 상대적 박탈감은 '원인은 남의 탓'이라고 합리화해 버린다. 이 과정을 거치면 일상 속에서 크고 작은 일로 자신을 혐오하게 된다. 기차나 비행기를 타면 옆 사람에게 피해를 끼칠까 봐 자신도 모르게 둥글게 몸을 말고, 헬스클럽의 러닝머신이 고장나 있으면 자기 때문인가 싶어 덜컥 마음이 싸해진다.

내가 아닌 다른 사람을 탓하고 미워할 시간에 두부를 삶고, 양배추를 데쳐 프레인 요거트에 담아라. 요가 매트 위에서 고양이처럼 몸을 늘였다 구부렸다를 반복하고, 잠들기 전에 누워서 자전거타기를 100번씩 하라. 정신은 맑아지고 몸은 가벼워질 것이니.

날씬한 것들이 먹어도 살이 안 찌는 이유

- **현상 유지** 예쁘다는 걸 스스로 알기 때문에 현상 유지에 최선을 다한다.
- **음식 조절** 밖에서는 먹을 것 다 먹고 집에 가서는 강냉이만 먹는다.
- **근육 단련** 주변의 시선을 한몸에 받다 보니 항상 체형이 곧고 긴장돼 있다. 늘 근육에 힘을 주고 있으니 살이 안 찌는 건 당연.
- **긴장감** 자신보다 더 예쁜 친구를 보면 늘 긴장한다.
- **철저한 몸매 관리** 자신의 몸매와 외모에 대해 관대하지 않다. 조금만 배가 나와도 울상이 된다.

Cookie

25 뚱뚱하다고 넉넉한 옷을 입지 말라

고등학교 2학년 겨울방학 때부터 살이 찌기 시작하더니 고3 때는 지금보다 정확히 10kg이 더 나갔다. '공부해야 한다'는 스트레스와 '죽도록 놀고 싶다'는 생각이 양 겹의 똬리를 틀고 있었고, 스트레스는 전에 없던 식탐으로 나타나 하루 다섯 끼를 먹어댔다. 학교에서 250ml 우유 네 개를 마시고 집에 돌아와서는 500ml를 또 마시고, 야식까지 싹싹 비운 뒤 기분 좋게 잠이 들었다. 이 둔감한 중생은 살이 찌고 있는 것도 몰랐다가 고3 봄이 되어서야 알았다. 재킷 단추가 안 잠겼고, 청바지며 스커트도 죄다 새로 사야 하는 불상사가 벌어졌다(음, 밝혀두자면 나는 교복 자율화 세대다).

이전에 복스러운 체형을 가져본 적이 없던 터라 걸을 때마다 청바지가 한쪽으로 쏠리는 느낌 때문에 꼭 끼는 청바지는 벗어던졌다. 대신 무조건 넉넉한 옷으로 사서 거대한 원통형으로 몸을 감싸고 다녔다. 시간이 지날수록 내 몸이 옷에 맞춰지고 있다는 느낌이 들었다. 한 달이 지나 다시 입으면 옷은 어느새 몸에 꼭 맞았다. 옷이 자꾸 줄어든다는 내 말을 '그게 진정 옷 탓이라고 생각하느냐'는 표정으로 듣고 있던 엄마는 "걱정하지 마. 대학 가면 다 빠지게 돼 있어"라고 했다("대학 가면 다 잘되게 돼 있어"라는 엄마들의 말은 고금을 통틀어 가장 잔인하고 맥 빠지는 최면 멘트다).

평상복을 입고 학교에 다녔기 때문에 스트레스는 이만저만한 게 아니었다. 친구들과 옷을 사러 가면 전보다 한두 치수는 크게 입어야 했고, 찐빵 같은 내 몸을 거울에 비춰보는 일은 새 옷을 산다는 기쁨을 단번에 꺾어버리기에 충분했다.

마음에 드는 옷을 고르면 점원은 멀리서 지켜보다가 "사이즈가 없는데요"라고 볼 필요도 없다는 듯 잘라 말했다. 날렵한 청바지 대신 오버롤을 샀고, 출렁이는 팔뚝을 내보이기 싫어 헐렁한 후드티셔츠를 입었다. 작지 않은 키에 옷까지 펑퍼짐하니 어딜 가면 좋게는 '맏며느리감', 다르게는 '한 덩치 한다'는 말을 숱하게 들었다.

당시를 생각하면 참 바보 같다. 펑퍼짐한 옷으로 가리기 시작하면 몸이 옷에 맞게 살을 불린다는 사실을 왜 몰랐을까? 부피감을 줄이고 몸에 맞춰 입으면 감춰진 살들이 본의 아니게 밖으로 튀어나오게 되고, 밉살스런 살들을 보면서 긴장감을 갖게 된다는 것을 왜 몰랐을까?

살들에게도 '바라봄의 법칙'이 있다. 예쁘다, 예쁘다 하면 정말 예쁜 짓만 하고, 밉다, 밉다 하면 미운 짓만 한다고 하지 않던가. 살들도 자꾸 살펴보고 만져보고 여기저기 뒤집어보다 보면 민망해서라도 지들이 알아서 정리 작업에 들어간다. 보기 흉할 정도로 타이트한 것은 문제지만 약간 낀다 싶게 입는 것이 다이어트의 첫 번째 상식이라는 말씀!

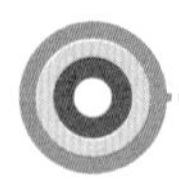

뚱뚱녀 · 듬직녀들이 알아야 할 코디 상식

- **하이힐과 스니커즈를 번갈아가며 신어라** 높은 굽을 신으면 살이 빠진다는 상식은 틀렸다. 오히려 계속 신으면 체중이 한꺼번에 쏠려 허리와 골반에 무리가 가고, 근육들이 뭉쳐 더 빠지기 힘든 상태가 된다. 굽의 높낮이를 번갈아가며 다리와 발에 긴장과 이완을 주어라.

- **귀걸이는 예스, 반지는 노!** 작은 것보다 큼직한 것이 좋다. 작고 앙증맞은 것은 얼굴을 더 커 보이게 하므로 피하는 게 좋고, 가급적 크고 심플한 것으로 골라라. 지나치게 화려하면 오히려 얼굴 사이즈가 팽창돼 보인다. 김중배의 다이아몬드 반지가 아닌 다음에야 손가락 살에 푹 파묻혀 있는 반지와 그 반지 때문에 퉁퉁 부어오른 손가락을 다른 사람들에게 굳이 보일 필요가 있을까?

- **허리를 강조하고 목을 드러내라** 뚱뚱한 것보다 더 나쁜 것은 균형감이 없는 것. 옆구리살이 삐져나와도 좋다. 당신에게도 허리가 있다는 것을 알려라. 가슴이 좀 큰 편이라고 목을 친친 감고 다니면 오히려 둔해 보인다. 항상 턱과 목에 긴장을 갖는다면 이 무기력한 살들도 살짝 숨는다는 사실.

26 다리털만 밀지 말고 다른 털도 관리하라

스커트를 입었을 때 털이 무성한 다리는 묘한 거부감을 불러일으킨다. 스타킹의 그물망을 뚫고 힘차게 뻗어나온 다리털을 보면 대화 의욕은 떨어지게 마련. 시선을 애써 피하려다 보니 얼굴도 점차 굳어간다. 스커트 아래로 빽빽이 나 있는 털을 보며 "숱이 많으시군요. 전 머리숱이 별로 없어서 부러울 따름입니다, 하하"라고 할 남자는 없다.

어릴 적 외국 영화에서 데이트를 앞둔 매력녀가 애인의 차가 집 앞에 도착해 있는 것을 보고 허둥대며 "맙소사, 마이클! 난 아직 다리털도 안 밀었단 말이에요"라고 외치는 장면을 보곤 갸우뚱했다. '다리털을 왜 밀까?' 하는 의구심과 함께 다리털을 밀어주는 게 데이트에 앞선 하나의 의식인가 보다, 하며 공상의 나래를 펼치기도.

요즘은 제모 기술이 워낙 탁월해 온몸에 있는 털들을 죄다, 그것도 영원히 밀어버릴 수 있으니 참 가뿐한 세상이다. 그런데 발달한 제모 기술도 딱 한 군데 건드리지 못하는 구역이 있다. 바로 콧속이다. 남자들의 코털도 지저분한데 여자들의 하얀 얼굴에 코털이 삐죽 나와 있는 것을 보면, 딱 미치고 팔딱 뛸 것이다! 저렇게 예쁜 여자의 얼굴에 왜 코털이 나와 있어야 하는 건가, 하며 별별 생각이 다 든다.

깔끔하고 지저분하고의 차이를 떠나 여자에게 코털이 용서되지 않는 건, 다른 곳은 정기적으로 파마와 커트를 하고 제모제를 바르고 영구 제모수술을 하면서 콧속은 정리하지 않는 이중성 때문이다. 머리, 다리, 겨드랑이 등 다른 신체부위의 털들은 시시때때로 관리하면서 왜 콧속에 있는 털에는 무심한 걸까? 매일 세수하고 화장하면서 콧속은 들여다보지는 않으니, 참 아이러니컬하다. 환기 잘되고, 영양 조건 충분하고, 적당히 습해 콧속은 털이 건강하게 자랄 수 있는 최적의 장소다. 그러니 모근 상태도 매우 훌륭하고, 굵기와 성분 면에서 다른 털과는 질이 다를 수밖에.

외출할 때 고개를 30도만 들어올려 콧속을 들여다보자. 당신도 모르게 한 녀석이 삐죽 나와 있다면 손으로 밀어 넣지 말고(!) 작은 가위로 잘라내자. '나는 아닐 거야'라고 방심하다간 큰 코 다친다. 다리털은 바지 속으로 감추면 되지만 코털은 가면을 쓰지 않는 이상 그날 하루 동안 만나는 모든 사람에게 여과 없이 보여야 한다.

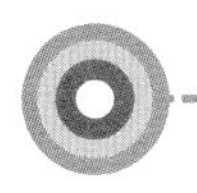

제모, 美를 위한 세심한 손길

- **영구제모** 간단하다. 병원에 누워 부분마취를 한 뒤 털이 타는 냄새를 맡으며 '내일은 스타킹을 벗는 대신 화사한 미니스커트를 입으리라' 불끈 주먹을 쥐다 보면 어느새 끝나 있다. 단, 한 달가량 한 번씩 5~6회 시술해야 한다는 간단치 않은 문제가 남아 있긴 하지만. 고로, 노출 빈도가 적은 가을이나 겨울에 시도하는 게 바람직하다.

- **왁싱** 털을 녹여주는 액체를 바른 뒤 강력한 접착 천을 덮어뒀다가 일정 시간이 흐른 뒤에 쫘아악~ 떼어주면 끝! 일일이 면도기를 들이대야 하는 수고로움에 비해 효과적이지만 입에 재갈을 물린 뒤에 시술해야 한다. 생각해 보라. 살 속 깊숙이 박힌 털이 생으로 뽑혀 나오는데 얼마나 아플지….

- **족집게** 아직도 족집게를? 털이 듬성듬성한 사람들이 주로 족집게로 뽑는데, 결과적으로 다리털의 세력을 강화시키는 꼴. 더 검고 더 빳빳하게 고개를 쳐들 테니 가급적 족집게는 멀리하길.

- **왁싱 후에는 반드시 보습제를!** 다리가 됐건, 비키니 라인이 됐건, 혹은 팔뚝이 됐건 기본적으로 제모를 한 뒤에는 보습제를 듬뿍 발라줘야 한다. 털이 빠져나가면서 땀구멍에 차 있던 수분도 한꺼번에 슝~ 하고 빠져나가 피부가 마른 논처럼 바싹 마를 테니까.

27 옷, 가방, 구두보다 스타킹에 신경 써라

10년 전쯤인가. 당시 남자친구가 물었다. "넌 왜 스타킹엔 신경을 안 쓰니?" 격에 어긋나게 입거나, 어딜 가든 빠질 정도는 아니라고 자백해 왔던 내게 옷차림에 관한 남자친구의 지적은 뜨악하기 그지없었다(허긴, 그는 내 옷차림에 조언 이상의 간섭을 하지 못해 안달이었고, 나는 내 멋대로 입게 놔두라는 매우 강직한 태도로 일관했었다). 게다가 패션의 하찮은 보조자라고 여겨왔던 스타킹을 운운하다니. 눈을 동그랗게 말아 '그게 뭔 소리냐?'는 표정을 짓고 있는 내게 남자친구는 '기회는 이때'라는 듯 잘난 척하기 시작했다.

"여자들은 참 이상해. 미니스커트는 멋지게 차려 입으면서 스타킹은 왜 매번 무조건 커피색이냐? 난 솔직히 네가 미니스커트를 입는 건 싫지만, 이왕 대담하게 미니를 입을 거면 스타킹까지 섹시하게 갖춰 신는 게 좋아. 지금도 봐. 스커트는 멋진데 스타킹은 또 커피색이야. 그러니까 구두는 무조건 하이힐이잖아."

이런 발칙한! 짜증이 확 치밀었다. 매번 미니스커트를 입을 때마다 허벅지가 다 보인다며 핀잔을 주던 보수적인 그가, 이렇게 구체적으로 패션 소품에 신경을 쓰고 있다는 사실이 대견해 미치는 줄 알았다. 한번 입은 옷은 일주일이 지나도 구경할 수 없었던 까다로운 멋쟁이의 조언이라 무시할 수도 없었다.(하지만 그 뒤로도 나는 계속 미니스커트엔 커피색이나 검정색 스타킹만 신었다는….)

지금 생각해도 그의 말은 멋지다. 10년도 더 된 당시에 어쩜 그렇게 콕 집어 얘기할 수 있었는지, 그의 센스를 지금이라도 높이 사고 싶다. 정작 나는 그러지 못하지만 스타킹이나 양말을 시크하게 신는 여자가 좋다. 무작정 따라하고 싶어진다.

1990년대 후반에 미스코리아 출신 연예인을 만나, 그녀가 구멍이 뻥뻥 뚫린 진 팬츠 안에 컬러풀한 색동 스타킹을 신은 것을 보고 따라한 적도 있다(그런 나를 보며 주변 사람들은 사회에 불만 있냐며 걱정했지만). 평범한 옷차림에도 돋보이는 소품 하나만 매치하면 뉴요커로 변신할 수 있고, 파리지엔이 부럽지 않다.

고가의 원피스에 평범한 구두, 단정한 핸드백은 재미없다. 유명 스타일리스트들이 한결같이 하는 말은 '무조건 많이 입어보라'와 '먼저 입는 순서대로 가치를 두라'는 것이다. 사람에 따라 차이가 있겠지만 한번 따져보자. 속옷, 탱크톱, 블라우스나 셔츠, 스타킹이나 양말, 스커트나 바지, 재킷, 가방, 구두 순이다. 어때, 틀린 말은 아니지 않나?

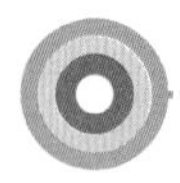

스타일리스트 정윤기의 스타일링 제안

- **믹스매치를 할 땐 세 가지 컬러를 넘지 말 것** 패션의 기본은 전체적으로 얼마나 잘 매치됐느냐다. 너무 요란하게 컬러가 배색되면 촌스러워진다.

- **소품은 과감하게, 재킷은 모던하게** 겉옷일수록 모던한 게 세련돼 보인다. 대신 소품은 도발적인 것으로 선택해라.

- **재킷을 고를 땐 디테일을 따져라** 단추, 소매 끝, 깃의 형태 등 꼼꼼히 따져본 다음 사이즈가 있는지 물어보라. 한눈에 척 훑어보고 바로 피팅룸으로 가면 곤란하다.

28 촌스러운 걸 순수하다고 착각하지 말라

대학 때 별명이 '나 공주'라는 친구가 있었다. 원래 '나 홀로 공주'인데 부르기가 귀찮아 친구들끼리 축약한 버전이 '나 공주'다. 보통 여성 동지들 사이에서 이유 없이 잘난 척하거나 분수에 맞지 않는 내숭을 떨 때 공주라고들 한다. 하지만 그녀, '나 공주' 여사(!)는 능히 공주로 불릴 만한 자격을 갖추었다. 외모면 외모, 지성이면 지성, 몸매면 몸매, 어딜 가도 특산품에 끼고도 남았다. '치장하지 않아도 대충 봐줄 만합니다'에도 못 미치는 그녀의 옷차림만 빼면.

한 친구의 생일이었다. 뻐근한 몸도 풀 겸해서 물 좋다는 나이트로 원정을 가기로 했다. 누구는 '조명 빨' 받기 위해 화이트 재킷에 핑크색 타탄체크 스커트를 입었고, 얼굴은 아쉽지만 몸매 하나는 끝내주는 친구는 당시로서는 꽤 파격적인 아찔한 탱크톱을 입고 나왔으며, 이도저도 아닌 나 같은 사람은 그저 맡은 바 본분에 충실하기 위한 '구라 빨'과 노력한 흔적이 보이는 복장으로 집결지에 모였다. 언제나 약속 시간 다 되어서야 나타나는 '나 공주'는 화장기라곤 하나도 없는 파리한 얼굴에 펑퍼짐한 칠부바지, 침대에서 방금 빠져나와도 그보다는 나을 법한 잔뜩 주름 잡힌 셔츠를 입고 등장했다. 친구들, 경악을 금치 못하고 소리를 질렀다. "공주야, 제발 긴장 좀 하자~!"

옷을 잘 입는 사람은 일도 잘한다. 즉 옷을 못 입는 사람은 일도 못 한다는 말이다. 이것은 한 유명 디자이너가 한 말인데, 나는 이

말이 맞다고 생각한다. 고가의 수트를 차려입지 않아도 부담스럽지 않은 디테일에 적당한 긴장감이 흐르는 복장은 보는 사람을 기분 좋게 한다. 매일 이렇게 시작한다면 왠지 능력을 벗어난 일도 요행히 잘 풀릴 것 같지 않은가. '옷차림이 전략'이며 '표현하지 않는 감각은 감각이 아니다'라는 말은 구태의연하지만 두고두고 새겨도 좋을 명 카피다.

수수한 옷차림과 튀지 않는 외모로 맡은 바 일에만 충실한 게 미덕인 시대는 지났다. 일찍이 명동 거리를 누비던 신여성들이 선각자로 추앙받았던 것은 깨인 사고방식과 깊은 학식 때문만은 아니었다. 쪽진 머리를 싹둑 자르고 치렁치렁한 베일의 모자를 살짝 눌러쓰고, 멋들어진 양산을 가볍게 들고 걸을 때면 사람들은 새끼손가락만큼 올라온 그네들의 구두 굽을 보면서 한편으로는 그들의 자신감을 높이 산 것이리라. 우리의 '나 공주' 여사처럼 표현하지도 감춰지지도 않는 엉성한 자신감으로 친구들을 골탕 먹이는 일은 하지 말기를 바란다.

그 후 '나 공주'는 독서실에서 방금 튀어나온 고시생처럼 하고 다니더니, 그 미모에도 소개팅에서 번번이 퇴짜를 맞았다. 그러고 나서야 그녀는 전광석화처럼 '여자는 꾸미기 나름'이라는 깨달음을 얻었다.

매일매일 '내 인생 최고의 날'인 것처럼 차려입어라. 길을 가다가 우연히 헤어진 옛 남자친구를 만나 '나 이렇게 근사해졌어'라고 말하지 않아도 어필할 수 있도록 세련되게, 업무상 갑작스러운 미팅이 생겼을 때 똑같은 서류로도 클라이언트의 시선을 한몸에 받을 수 있도록 근사하게, 하루를 마감하고 집에 들어갈 때 전철이나 버스에서 건네는 당신의 무심한 시선에도 상대방이 낮은 탄식을 감추며 긴장할 만큼 섹시하게 당신을 드러내라.

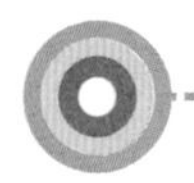

케이스별 피해야 할 옷차림

- **직장에서** 헐렁한 힙합바지와 손가락을 다 덮는 무미건조한 니트 풀오버는 피하라. 이것도 모자라 바지는 질질 끌리고, 손은 휘적휘적 저으며 걷는 걸음걸이는 오우~ 노!

- **소개팅에서** 지나치게 타이트한 하의와 입다 만 것처럼 단추를 풀어헤친 블라우스. 뱀 가죽 무늬의 구두만은 플리즈…!

- **오랜만의 동창 모임** 나름대로 섹시하게 부풀렸으나 부스스할 뿐인 헤어스타일. 가뜩이나 잊고 싶은데 친구들로 하여금 세월의 흔적을 실감시키는 맨얼굴의 눈주름과 다크서클. 피곤에 절어 살고 있음을 여과 없이 표현해 주는 칙칙한 색상의 모든 옷은 피할 것.

29 작은 소품에 돈을 아끼지 말라

무심코 지나치는 순간에 반짝 빛나는 여자가 있다. 로고가 크게 박힌 명품 백과 구두, 까맣고 윤기 나는 머릿결의 청담동 걸들도 분명 아름답다. 하지만 나는 그 사람만의 분위기를 풍기는 스타일리시한 걸들이 더 예뻐 보인다. 별로 튀지 않는 옷차림에 말도 예쁘게 하는 걸이라면 더욱 좋겠다.

작고 무심한 것들을 소중히 여길 줄 아는 진짜 센스쟁이를 만나기란 쉽지 않다. 사회봉사나 자기계발 등 거창한 것이 아니라도 다리품을 팔아 소박한 전시회를 돌아다닐 줄 알고, 무턱대고 돈 낭비라고 폄하할 것이 아니라 비교적 한산한 평일 밤 청계천에 들러 겨울밤의 루미나리에를 감상할 줄 아는 낭만을 즐기는 걸이면 정말 좋겠다. 그리고 작은 소품에 돈을 아끼지 않았으면 좋겠다. 겉모습만 화려한 명품 걸보다 명함지갑, 다이어리, 우산, 조그만 손거울 등 다양한 생활소품에 가치를 두는 걸이 한결 빛난다. 그런 여자들은 모나미 볼펜을 써도 예쁘고 단정해 보인다.

명품은 그것의 진정한 가치를 알 때 비로소 빛난다. 왜 루이비통이 절대 세일을 하지 않으면서도 패션리더들의 사랑을 받는지, 왜 에르메스의 버킨 백을 사기 위해 국내 유명 연예인들도 출고 날짜를 기다려야 하는지, 몽블랑 만년필이 유학생들에게 왜 인기가 있는지, 메르세데스 가문의 가족 사랑이 어떻게 벤츠를 탄생시켰는지 등 명품에는 장구한 역사와 함께하는 전통이 있다. 브랜드 히스토리(Brand History)를 일일이 꿸 필요는 없다. 그러나 최소한 속 빈 강정처럼 덜거덕거리며 스스로 복제품이 되어 명품 로드숍으로 달려가는 짓만은 하지 말았으면 좋겠다.

특히 공식적인 자리에서는 겉은 화려하고 대화 수준은 맹탕인 사람보다 평범하고 단정한 매무새에 귀한 소품을 갖고 있는 사람에 대한 신뢰도가 더 높다. 이럴 땐 자신을 말없이 어필하는 수단으로 명품백보다 작은 명함지갑이 훨씬 파워풀하다. 큰 것은 요란하나 금세 기억에서 휘발되지만, 작은 것은 알차게 기억 속으로 파고든다. 남들이 간과하기 때문이다. “루이비통 모노그램 백이군요!” 하고 감탄하는 사람보다 “몽블랑 뉴 시리즈군요!” 하는 사람이 더 많은 이유는 바로 희소성 때문이다. 명품의 존재 이유도 바로 이것이다.

내실이 꽉 찼을 것 같은 기대감으로 시작한 만남에서 상대방을 감동시키는 데는 그리 오래 걸리지 않는다. 멋지고 당당한 여인이면서, 사람들로부터 오래도록 은근한 존재감까지 얻고 싶다면 큰 것보다 작은 것에 투자하라.

명품 소품에 관한 몇 가지 제안

- **우산** 손잡이만으로 가방 하나를 든 것처럼 무거운 우산은 '아웃'이다. 실용적이면서 가볍되, 커다란 무늬가 그려진 우산은 활력 넘치는 사람이라는 인상을 준다.

- **명함지갑** 명함을 많이 넣고 다니는 것은 금물. 지치고 피곤한 미팅을 계속하는 사람이라는 선입견을 갖게 한다. 명함이 없는 것을 알면서도 누군가를 만났을 때는 명함을 꺼내 열어보는 제스처를 취하면서 "저런, 명함이 다 떨어졌네요. 다음에 또 만나주실 거죠? 그때 제대로 드릴게요"라고 말하는 센스.

- **필기도구** 몽블랑은 비싸지만 파워풀하다. 하지만 경제적 여건이 되지도 않는데 비싼 볼펜은 오히려 우습다. 잘 써지고, 예쁘고, 독특한 것을 백화점에서 사라. 문방구에서 대충 사지 말 것. 필기구에 신경 쓰는 사람은 정이 많고 진지해 보인다.

30 지름신이 강림하실 땐 딱 5분만 더 생각하라

쇼핑은 일종의 행위예술이다. 머릿속으로 그리는 쇼핑 리스트는 작품 기획을 위해 보드판에 붙이는 포스트잇, 화려한 진열대를 보며 아주 잠깐 느끼는 흥분은 예술가가 막 작품 활동에 앞서 느끼는 탄력적인 긴장감, 계산을 하기 위해 지갑을 꺼내면서 '훌륭한 선택' VS '후회하지 않을까'로 대차대조표를 그리는 것은 작품의 완성 직전에 작가가 느끼는 불안감과 같다. 마지막으로 집으로 돌아와 새로 산 제품을 하나하나 뜯어보곤 '이런 젠장! 속았잖아' 하며 방바닥에 미끄러져 우는 것은 평단의 혹평에 상처 입은 작가의 순수한 예술혼이다.

쇼핑은 '무조건' 즐거워야 한다. 쇼핑에 웬 예술 운운이냐고? 쇼핑이라는 경제 행위에 포함된 정신적 해갈을 무시할 수 없기 때문이다. 나 역시 주변에서 지름신이 강림하시어 때가 되면 홀린 듯이 지갑을 들고 뛰쳐나가 스스로 만족할 때까지 카드를 긁어야(다음 달 카드값 지출로 치명적인 타격을 입어야) 마음의 안정을 찾는 사람, 여럿 봤다. 쓰지도 않을 거면서 지난번에 산 것에 새로운 성분 하나가 추가됐다는 이유로 수십 만원짜리 아이크림을 사는 것은 분명 쇼핑 우울증의 초기 증상이다. 명품 홀릭은 심각한 병증인 만큼 일단 차치하고, 1000원짜리 딱풀이든, 고탄력 팬티스타킹이든, 아주 사소한 것이라도 뭔가 소비해야 스트레스가 풀렸던 경험은 누구나 있지 않은가? 나만 그런가? 칫!

현명한 쇼핑은 유쾌한 쇼핑이다. 그러기 위해선 똑똑해야 한다. 흔히 그런 말을 한다. 백화점에서 물건 고를 때도 한참을 고민하는데 심지어 남자를 선택할 땐 500배 신중해야 한다고. 그런데 안목을 훈련하는 데 약간 차이가 있다. 남자는 많이 만나보고 겪어봐야 어떤 녀석이 내 취향대로 나를 사랑해 줄지, 내 뜨거운 사랑을 받을 자격이 있는지 알 수 있다.

하지만 쇼핑에서는 많이 산다고 안목이 키워지는 건 아니다. 잡지, 인터넷 정보 사이트, 심지어 선진국에 버금가는 '사용해 본 다음 마음에 안 들면 100퍼센트 환불'이라는 아주 멋진 시스템도 있다. 즉 잘 못 고르겠다는 변명은 하지 말라는 뜻! 이를테면 무작정 패키지만 보고 덜컥 물건을 집어들거나, "어쩜, 정려원이 저희 가게에 왔었잖아요"라는 점원의 감언이설에 홀라당 넘어가 짧은 다리에 어울리지도 않는 티어드스커트를 척척 감고 나타나거나, '각선미가 예술'이라는 문구에 속아 아찔한 9센티미터의 스틸레토 힐을 신고서 뒤뚱거리지는 말라는 거다.

패키지가 유혹하고, 스커트를 꼭 입고 싶고, 아찔한 각선미를 원한다면 딱 5분만 더 생각하라. 5분이 지나도 결정을 못 내리겠다면 과감히 후퇴! 그 물건은 당신을 설득시키지 못했으므로 무효다.

장소에 따른 쇼핑 노하우

- **백화점** 가능하다면 공들여 화장하고 옷은 갖춰 입을 것. 백화점은 당신에게 허영을 파는 곳이다. 목적지가 그곳이라면 그에 상응하는 모양새를 갖추는 것이 예의 아니겠는가.

- **동대문 재래시장** 말투는 어른스럽게, 표정은 생기 있게! 동대문 재래시장의 업주들은 수많은 소매상을 상대하며 당신의 마음속을 꿰뚫고 있는 사람들이다. 첫눈에 그들의 먹잇감이 되지 말라.

- **아울렛** 무조건 깎고 봐라. 최소의 마진이라고 엄살을 떨어도 그 말에 흔들리지 말 것. "정말 딱 돈이 이것뿐인데…. 그럼 이거 하나 덤으로 껴주세요. 대신 값은 안 깎을게요. 네? 아저씨~." 자, 연습하자.

- **도매상가** 사고 싶은 아이템은 모조리 손에 들어라. 그런 다음 흥정하며 하나씩 내려놓아라. 도매상가에서는 일단 값이 싸기 때문에 마음에 드는 것이 많을수록 좋다. 흥정하는 가운데 정말 갖고 싶은 것과 안 사도 후회 없을 것들을 재빨리 분류하는 민첩함도 갖출 것.

31 명품 못 산다고 짝퉁은 사지 말라

짝퉁: 가짜, 모조품. 오리지널을 교묘하게 흉내내 정품처럼 만든 것. 하지만 마감 상태, 로고, 컬러 등 찬찬히 뜯어보면 매우 조잡함. 주로 A, B, C급으로 구분. 그나마 한국이 '짝퉁의 천국'으로 알려진 만큼 요즘은 정품 빰칠 정도로 정교한 제품도 꽤 나오고 있음.

오랜만에 나간 모임에서 화제가 된 것은 H양이 들고 나온 루이비통의 백팩. 그녀는 고가이기도 하거니와 월등한 제품력을 자랑하는 바로 그 백을 좁고 굽은 등에 쌀자루처럼 짊어지고 나타났다. 한눈에 척 봐도 '비슷한 가짜'임을 알아채겠는데, 그녀는 천연덕스럽게 거짓말을 했다. 뭐, 그러려니 했다. 가짜를 갖고 있다고 그 사람까지 가짜인 것은 아니니까. 그런데 가짜 백을 등에 짊어지고 나온 그녀의 허풍과 허영이 값싼 백을 들고 다니던 예전에 비해 가일층 거세진 것을 보곤 낙담할 수밖에 없었다. 백 하나 갖고 호들갑이냐 싶겠지만 여자들에게 물욕은 대단한 것이다. 그래서 일단 욕심이 생기면 라이프스타일까지 바뀌기도 한다.

그럴 땐 거짓말하는 것보다 "응, 이거 짝퉁이야. 이태원에서 5만 원 주고 샀어. 어때, 진짜 같지?"라고 솔직하게 말하는 게 낫다. 물론 "제가 들고 있는 이 백은 3만 원짜리 짝퉁이랍니다. 오해들 마세요. 절대 진품은 아니에요"라고 말하고 싶은 사람은 없을 것이다. 이게 문제다! 진짜처럼 보이고 싶어서 짝퉁을 사지만 결과적으로는 제품을 포함해 그 주인마저도 한심한 가짜로 만들어버리는 것. 들키지만 않으면 괜찮지 않냐고? 진품을 갖고 있는 사람 옆에 나란히 서 있어도 아무렇지 않을 수 있는 사람은 없다는 말로 설명을 대신한다.

뭔가를 흉내낸다는 건 내 것을 버리고 남의 것을 훔치는 것과 같다. 진품이든 짝퉁이든 태생적으로 이런 데 별 관심이 없는 몇몇을 빼면 좋은 것, 비싼 것에 대한 갈망이 없는 사람이 어디 있겠는가. 꼭 갖고 싶어서 샀건만 우리의 짝퉁은 일 년만 지나도 정이 떨어지게 돼 있다. 다른 사람은 모를 수 있어도 스스로는 그것이 흉내내기 위한 모조품이었다는 자괴감이 생긴다.

앞 보닛에 명차 마크만 단다고 해서 낡은 중고차가 고급 세단의 명차가 되는 것이 아니듯 로고가 비슷하다고 명품이 되는 것은 아니다. 갖고 싶다면 값을 지불하고, 능력이 안 되면 포기하라. 명품은 시간이 지날수록 역사와 품격을 간직하지만 짝퉁은 그것을 샀을 당시의 조급한 과시욕이 떠올라 민망한 웃음만 짓게 한다. 쇼핑의 일환으로 짝퉁을 사는 기이한 성격이 아니라면 가급적 짝퉁을 가까이 하지 말라. 습관이 되면 나중엔 진짜가 아닌 모든 것에 쉽게 현혹될 수 있다.

그래도 짝퉁이 갖고 싶다면…

- **이태원의 해밀턴호텔 부근 숍들을 공략하라** 진품 매장 직원들도 깜빡 속을 만큼 정교한 A급이 많다. 눈을 씻고 잘 뒤져보면 오리지널 제품도 고를 수 있다.
- **이태원, 명동, 압구정동 등지의 숍 주인들과 친하게 지내라** 옷장사로 잔뼈가 굵은 언니들은 눈썰미도 좋고 잘만 친해 두면 의리도 지킬 줄 안다. 해외 세일에서 흘러들어온 진품이 죄다 이 언니들 손에 있다.
- **짝퉁은 짝퉁일 뿐** 정교한 디테일과 평소 갖고 싶었던 카피 제품을 샀다고 해서 신난 표정으로 방방 뜨지 말라. 그래 봐야 짝퉁이다. 즐거운 쇼핑이었다고 가볍게 생각하라.

32 배고픈 상태에서 쇼핑하지 말라

C양은 자타공인 '쇼핑의 여왕'이다. 단순히 물건을 잘 고르는 것뿐만 아니라 지역 특산물과 해외에 꽁꽁 숨어 있는 아울렛, 아무도 모르지만 곧 돌아올 것 같은 특정 브랜드 세일 시즌 정보도 기가 막히게 알아낸다. 쇼핑을 간식 먹듯 해치우는가 하면, 딴엔 매우 신중한 편이라 그녀는 마땅히 '쇼핑의 여왕'이라 불릴 만하다.

C양과 나는 오래된 사이인데다 잦은 쇼핑 메이트이고, 나름대로 쇼핑에 구력이 붙어 적잖이 서로를 인정하는 편이다. 그런 우리 둘이 쇼핑을 할 때면 의식처럼 챙기는 한 가지가 있다. 바로 '허기를 채우는 일'이다. 함께 쇼핑을 나서기 전에 우리가 가장 먼저 하는 일은 먹을 것으로 배를 불려놓는 일! 백화점일 경우 지하상가에

서, 외국일 경우 근처 스낵바에서, 재래시장일 경우 설탕이 잔뜩 묻은 불량 도넛이라도 입에 물어야 한다. 그렇게 하지 않으면 매우 신경질적으로 쇼핑하고 있는 자신을 발견하게 된다.

배고픈데 쇼핑 욕구가 생기냐고? 아니, 이게 무슨 영화 〈스캔들〉의 요조숙녀 숙부인 같은 말씀? 배고픈 상태에서는 더 강박적으로 쇼핑에 집착하는 것을 모르시는구먼! 이미 욕구불만에 가득 차 있기 때문에 감각기관에서 자꾸 허전함을 채우라고 명령하게 되고, 명령에 따라 자신도 모르게 물건을 집어드는 횟수가 잦아진다는 것.

시장하다 싶은 상태에서 쇼핑을 했다가 생각지도 않은 아이템을 수두룩하게 들고 나오는 경우가 종종 있을 것이다. 과학적으로 입증된 사실임에도 종종 깜빡하는 이유는, 쇼핑한 다음 맛있는 걸 먹으러 가는 순서가 정해진 코스처럼 일반화되었기 때문이다. 데이트를 하건 친구와 놀러 나왔건 간단한 메뉴로 시장기를 속일 것. 생각보다 훨씬 실속 있게 쇼핑할 수 있다.

뱃속이 든든하면 유혹을 견디기도 쉽다. 이것은 쇼핑이나 섹스도 마찬가지다. 배가 부른 상태보다 고픈 상태에서 더 성욕을 느낀다는 사실을 아는가. 때문에 위를 비워둔 채로 유혹과 자극에 몸을 맡기는 일은 대단히 위험천만하다.

또 한 가지! 쇼핑은 대단히 강도 높은 노동이다. 살까 말까, 어울릴까 별로일까를 고민하는 데 집중하느라 머릿속은 정신없이 돌아가고, 다리품까지 팔아야 하니 팔다리도 쑤시지, 사람 많은 곳을 휘젓다 보니 탁한 공기에 눈도 뻐근하다. 이 역시 쇼핑 전에 배를 채워야 하는 이유 중 하나다. 다이어트 삼아 빈속으로 쇼핑한다고 비장한 각오를 했다가 한두 시간 뒤에 보면 손에 잔뜩 쇼핑백을 든 채 아사 직전의 신경질적인 표정으로 백화점 회전문을 나오는 당신의 모습을 보라. 이 무슨 힘겹고 소모적인 중노동이란 말인가.

쇼핑 가기 전에 들르면 좋은 추천 맛집

- **백화점 식품매장** 돈 안 들이고 배를 불릴 수 있는 가장 좋은 곳. 단백질이 풍부한 어묵·햄·돈가스 등에서 비타민이 함유된 녹즙·두유·레몬차 등까지 갓 요리해낸 신선한 음식들이 당신을 반긴다. 유유자적 한 바퀴 훑었다면 행복한 미소를 지으며 엘리베이터를 타라.

- **동대문 평화시장** 제일평화시장 옆 골목에 즐비한 포장마차 중 도로변에 있는 포장마차. 꽈배기와 팥도넛, 밀가루도넛을 파는데 불량식품이라고 무시했다간 큰일난다. 겁나게 맛있다.

- **압구정동 역마차** 로데오거리 뒷골목에 위치한 자그만 술집. 쇼핑한 다음 친구와 술잔을 기울이기에 좋은 곳. 화려한 압구정동의 뒷골목에 있는 2평 남짓한 이 공간은 허름하고 남루하지만 맛과 분위기로 치면 '한 번 먹으면 절대 잊을 수 없는 추억'을 선사한다.

33 :: 씀씀이 헤픈 친구와는 쇼핑하지 말라

후배 K양과 P양은 오랜 쇼핑 메이트다. 둘은 평소엔 연락도 자주 안 하고, 어쩌다 만나면 특별할 것 없는 얘기를 주고받으며 친분을 유지한다. 그러다 각종 세일이나 특별행사가 있을라치면 세상에 둘도 없는 친구가 돼 아침부터 전화로 시간 맞추느라 정신이 없다. 이럴 땐 지란지교가 따로 없다. 손발이 쿵짝쿵짝 잘도 맞아 쇼핑 장소에서도 매우 일사분란하게 움직인다. 솔직히 매장에서 두 사람의 움직임을 보면 거의 예술에 가깝다.

그런데 옆에서 두 사람이 하는 양을 지켜보면 쇼핑이 아니라 필경 '전투'다. K양이 살까 말까 고르고 있으면 P양은 옆에서 부추긴다. P양의 종용을 들은 K양은 (그리 예쁘지도 쓸모 있어 보이지도 않은 물건을) 기다렸다는 듯 냉큼 계산한다. 마치 P양의 한 마디가 영혼의 울림이라도 되는 듯이. 그렇게 K양이 물건을 사면 P양은 이제 자기 차례라는 듯 K양을 끌고 다른 매장에 간다. 둘은 아까처럼 신실한(?) 조언을 아끼지 않으며 계속 쇼핑 퍼레이드를 펼친다.

또 다른 후배는 정말 손이 크다. 원하는 것이 있으면 스스로에게 욕구를 충족시켜줘야 한다는 이상한 자기애가 있다. 내용과 명분도 가지가지다. "새봄을 맞아 스스로에게 주는 선물이에요." "마음이 심란해서 그냥 질렀어요." "갑자기 쿠키를 구워먹고 싶은 거예요. 그래서 오븐을 사버렸죠." 늘 이런 식이다.

물론 돈이야 쓸 만큼은 번다(버는 것 같다). 그만한 능력도 없이 물건을 사들였다면 지금쯤 시사고발 프로에 모자이크 처리된 상태로 "처음엔 심심해서 시작했어요"라면서 쇼핑 중독증 사례로 방송 출연을 하고 있겠지. 능력이 돼서 쇼핑한다는데 누가 말려? 그거, 아무도 못 말린다.

그렇게 뭔가를 사지 않으면 평온한 정서를 잃던 그녀, 요즘은 강동원이 주구장창 입고 다니는 디올 옴므의 바짝 달라붙는 스키니팬츠에 눈독을 들이고 있다. 허리사이즈가 족히 34인치는 되어 보이는 건장한 남자친구에게 입히고 싶어서다. 그것만은 안 되겠다 싶어 말렸다. 이 무슨 삐딱한 욕구란 말인가. 코르덴(코듀로이)바지에 오리털파카가 최고의 겨울 패션이라고 믿는 남자친구에게 55사이즈를 초과하는 여자들조차 힘겹게 허벅지를 밀어 넣어야 하는 디올 옴므의 스키니팬츠, 너무 가혹하지 않은가. 의지와 필요에 상관없이 낭비하는 버릇은 범죄다.

씀씀이가 헤픈 사람들은 보통 두 부류로 나뉜다. 벌이가 좋거나 혹은 원래 집안에 돈이 많은 경우와 주머니 사정과 상관없이 돈 쓰는 데 강박적으로 너그러운 경우다. 전자와 쇼핑하면 상대적 위축감이 들 수 있고, 후자와 하면 쇼핑에 집중할 수 있는 시간과 정신을 빼앗아버릴 수 있다. 결과는 즐겁지 못한 쇼핑 아이템 순례로 끝나거나 자신도 모르게 물건을 집어들거나, 둘 중 하나다.

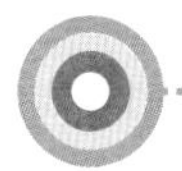

씀씀이 헤픈 친구에게 해야 하는 말

- **"이 재킷 어때? 산뜻하지?"** 네 얼굴색과는 잘 안 맞는 것 같아.(콕 집어 말해 주는 게 핵심!)

- **"마침 잘됐다. 지금 쓰는 파우더가 슬슬 질리던 참인데…."** 뭔들 안 질리겠어? 아직까지 내가 네 친구라는 사실이 신기해 죽겠는데.(친구가 낙천적인 성격일 경우라면 가능. 툭하면 발끈하고 삐치는 경우엔 고려해 봐야….)

- **"스트레스가 안 풀려. 뭔가 근사한 걸 더 사야 하는데…."** 저런, 병이 심각해졌군. 일단 여기 앉아서 심호흡하고 있어. 그리고 카드 줘봐. 내가 네 대신 아무거나 좀 지르고 올게.(이 지경이라면 백화점 문 앞에서 각자 헤어져 두 시간 후에 만나는 것이 바람직하다.)

34 귀여운 저금통과 예쁜 가계부를 장만하라

돈을 쓰는 데만 익숙해져 있던 당신. 이제 돈 모으는 일에도 관심을 가져야 할 때다. 옛 말에 시작이 반이라고 하지 않던가.

소녀 시절부터 공부하려면 예쁜 필통과 노트가 있어야 '공부할 기분이 난다'고 했고, 필기할 땐 달랑달랑 소리가 나거나 예쁜 디즈니 캐릭터가 그려진 볼펜이어야 '필기 좀 해볼까' 했다. 머리를 땋을 땐 노란 고무줄보다 왕방울이 커다랗게 달린 고무줄로 묶어야 '머리 좀 꽈봤다' 하지 않았나. 피식, 웃음이 나는 이런 겉치레는 때론 단순해서 더 즐겁다. 형식이 내용을 지배하기도 한다. 재테크나 저축처럼 선뜻 손이 가지 않는 범주일수록 더더욱 그러하다.

보기 좋은 떡이 먹기에도 좋고, 이왕이면 다홍치마라는데 은행

마크가 대문짝만하게 찍힌 볼품없는 양철 저금통을 책상 앞에 갖다놓으면 동전 대신 먼지만 쌓인다. '이왕 쓰다 남은 돈 뱃속에 채워줄게' 하는 마음이라면 볼수록 정이 가는 예쁘고 귀여운 녀석을 준비하는 것이 좋다. 그래야 자꾸 만져보고 싶고, 한 푼이라도 더 채우고 싶어진다. 사람 심리가 그렇다.

쓰기 편하되 때깔도 고운 노트를 한 권 마련해 그날의 지출 목록을 정리해 보자. 뭔가 대단한 밀약을 적어놓는 듯 성실하게 기입하게 된다. 일기를 함께 쓸 수 있는 노트면 더 좋다. 그렇다면 씀씀이를 노트에 풀어놓음과 동시에 그날의 심정을 함께 정리할 수 있으니 일거양득(一擧兩得)이다.

부모님의 강제 반, 권유 반으로 시작했던 나의 금전출납부 쓰기는 연초에 선물 받은, 혹은 거리에서 우연히 발견한 다이어리 중 가장 예쁘고 좋은 것으로 고르면서 시작됐다. 부모님은 못생기고 딱딱한 노트는 분명히 내 성격상 며칠 하다 말 것임이 분명하니 쓰기에 아까울 정도로 맘에 드는 것으로 고르라고 하셨다. 역시 부모는 자식의 성격을 정확히 꿰뚫어 '필경 요놈이 이쪽으로 샐 게 뻔하니 우리는 이쪽을 지키고 서서 녀석을 기다립시다' 하는 식으로 방향을 제시하는 데는 도사님 수준이다. 진짜로 나는 예쁜 노트를 고르면 그나마 6월까지는 잘 쓰다가, 방학을 홍청망청 보내고 다시 9월부터 12월까진 또 그런대로 꼼꼼하게 정리하곤 했다. 이상하게 썩 마음에 안 드는 그림에 종이 재질도 별로인 경우(별걸 다 따지는?)는 2월을 넘기기 힘들었다.

저금통은 여전히 빨간 돼지를 고집한다. 뭐랄까 좀 운치도 있고,

저금통 하면 빨간 돼지저금통이라는 반사작용 때문인 것도 같다. 어릴 적 문방구에 대롱대롱 매달린 돼지저금통을 보면 나는 친구들과 함께 가게 앞을 지나며 "안녕~ 돼지야! 잘 있어"라고 인사도 했다.(음… 왜 그랬을까.)

꼭 1월일 필요는 없다. 저축은 1월부터 하라고 국민강령에 나와 있는 것도 아닌데 괜히 시작에 대한 강박감에 시달릴 게 뭔가. 당신이 마음먹는 날, 그때부터 역사가 새로 시작한다고 생각하라. 동전 한 닢, 김밥 한 줄로 시작한 당신의 습관은 나중에 통장 하나, 근사하고 화려한 저녁식사로 변한다. 요즘은 인터넷 가계부도 나와 있어서 매일매일 지출액 정리, 출금예정일 고지는 물론 카드 이자 계산법까지 아주 똑똑하게 도와준다.

아, 그리고 당신의 빨간 돼지는 당신이 머무는 자리마다 만들어 놓아라. 집에 하나, 회사에 하나, 헬스클럽 라커룸에 하나. 도난당할 염려가 없는 곳에 안전하게 모셔두어라. 가급적 배를 곯리지 말고 당신이 먹은 만큼 매일매일 그 녀석들한테도 먹이를 주며 즐거운 마음으로 사육하라. 웃는 표정밖에 지을 줄 모르는 돼지의 배를 쭉~ 가를 때는 녀석에게 미안하긴 하지만, 그런 미안함 따위는 동전을 쏟아내면서 금세 잊혀질 테니 걱정 말고!

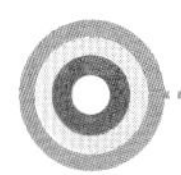

가계부와 저금통 고르는 지혜

- **저금통** 동전 넣는 입구가 튼튼하고 전체적으로 둥그스름한 저금통이 복(福)을 부른다. 속이 훤히 비치거나 하나도 비치지 않는 저금통보다 보일락 말락 불투명한 재질의 저금통이 채우고 싶은 욕구를 부추긴다는 것이 저축&저금통 마니아 C씨의 전언.

- **가계부** 커버는 환하고 밝은 컬러가 좋다. 검은색은 표지를 여는 순간부터 마음이 차분하게 가라앉기 때문에 금세 시들해진다. 빨간 지갑의 경우 돈을 부른다는 속설이 있지만, 사실상 빨간색은 재물과는 큰 관련이 없다는 것이 컬러테라피 전문가의 얘기. 다만 기분을 상승시키는 효과가 있기 때문에 금전출납을 기입하는 데 적극적인 마음가짐을 갖게 할 수는 있다고. 이성적인 블루 톤이 숫자를 기입하는 가계부엔 더 적합하다는 것.

35 은행 직원의 말을 다 믿지 말라

몇 년 전 비정기적으로 들어오는 푼돈이 쌓이면서 꽤 쏠쏠한 쌈짓돈이 됐다. 그래서 사비로 조금씩 들어오는 돈을 모아야겠다는 생각으로 은행을 찾아갔다. 말하자면 비자금을 보관할 구좌를 개설하려는 게 목적이었다.

H은행 C 과장

"비과세 통장을 만드세요. 조회해 보니까 정기적으로 한 달에 얼마씩은 들어오네요(아르바이트 삼아 글을 쓰고 받는 푼돈을 말하는 거다). 어차피 직장을 다니시니까 연체할 가능성은 적어 보이고…. 세금이 우대되니까 한 달 벌어 한 달 사는 우리 같은 샐러리맨에겐 제격이죠. 요새 대부분의 직장인들 이거 안 든 사람 없습니다. 어떠세요?" '한 달 벌어 한 달 사는 우리 같은 샐러리맨'이라는 자조적인 멘트에 강렬한 동류의식이 형성됐으나 약간 갈등. 생각지도 않았던 적금 하나를 든다고 생각하니 부담이 생긴 것이 사실이었다.

K은행 Y대리

"지금 들고 계신 청약통장은 만기가 이미 끝났네요? 그때 들어두셨던 게 25평 이하였으니까 평수를 확대할 수 있는 상품으로 연장하시는 게 좋겠네요. 이미 연세도 남부럽지 않으신데다(허걱!) 부양가족도 없고 정말 좋은 조건입니다. 들어두신 다음에 일 년 잊고 있으면 어느새 만기가 찰 테니 부담 없이 결정하세요. 뭐니 뭐니 해도 서민들의 꿈은 내 집 마련 아니겠어요?"

W은행 K대리

"직장이 어디신가…. 아! 바로 길 건너시군요? 반갑습니다. 저희 은행에 자주 오시죠? 커피라도 한잔 하시겠어요? 보자~ 아직 적립식펀드 안 하셨으면 이게 좋습니다. 저희 은행에서 추천해 드리는 상품하고, 고 옆에는 수익률 통계치거든요? 한번 쭉 보세요. 경기를 한참 타고 있어서 손해 볼 확률이 아주 낮기 때문에 소액으로 재테크를 할 수 있는 가장 합리적인 방법이라고 할 수 있죠. 저희 은행 직원들은 참고로 조~ 아래 A기업과 S사의 상품을 하나씩 갖고 있습니다."

그리하여 나는 비과세통장과 청약통장, 적립식펀드 사이를 왔다 갔다 고민하다 머리에 쥐가 나는 줄 알았다. 나한테 가장 잘 맞는 상품으로 콕 찍어 정하면 되련만, 그들은 모두 하나같이 고객에게 상품을 파는 세일즈맨들. 결국 내 환경과 서로의 합을 맞추는 게 우선이라고 판단, 나는 주변의 재테크 달인들에게 조언을 구해 셋 중 하나를 선택했다. 하다못해 창구 앞에 놓인 설명서도 읽어보지 않고 무작정 은행 직원의 말만 머릿속에 담아온 데 대한 구박과 함께.

각종 은행을 돌아다니며 은행 직원과 상담을 나눈 끝에 내가 내린 결론은 내 돈을 지키는 일이 결국 청과상에서 과일(예를 들어 사과라고 하자)을 고르는 것과 똑같다는 것이었다. 그 중 괜찮은 청과상은 사과는 물론 배와 오렌지를 잘 고르는 법을 가르쳐주기도 하고, 게으른 청과상은 손님의 행색에 따라 태도를 달리할 것이며, 심보가 못된 이는 긁히고 상처 난 사과를 봉투에 쓱 담아 헤벌레 웃으며 "오늘 좋은 과일 사가시는 거예요"라고 으스댈 것이다.

어느 신용카드 CF처럼 '당신의 빨간 사과'를 지키기 위해서는 청과상 아저씨의 말을 다 믿어서는 안 된다. 참고할 사항만 참고하고 나머지는 혼자 공부할 것! 그리고 은행은 자주 찾아갈 것! 은행 직원과 만나 자주 얘기를 나눠야 자신만의 과일 고르는 안목도 높아진다. 그 상식들을 바탕으로 홍옥을 고를지, 부사를 고를지, 사과가 아닌 배를 고를지를 최종적으로 결정하라.

은행 100퍼센트 활용하기

- **한번 거래를 시작한 은행의 담당 직원은 내 사람으로 만들어라** 지위가 높고, 담당 분야가 출납이나 공과금이 아닌 대출, 신용카드, 주식 등 큰 규모일수록 지속적인 관계를 유지하라. 일단 당신이 개설한 구좌로 그(은행)에게 이득을 남긴 셈. 재테크를 위해 필요한 정보를 제공받고 그가 추천하는 상품들은 (관심이 없어도) 무조건 귀 기울여 들어라.

- **당당하고 품위 있게 굴어라** 당신, 돈이 있어봐야 얼마나 있겠는가. 한눈에 척 봐도 당신은 평범한 여성 고객 중 한 명일 뿐이다. 하지만 주눅 들지 마라. 대출받을 땐 '당신 실적이 오르겠군요', 통장을 개설할 땐 '오늘 점장에게 어깨 좀 세우시겠네요'라는 마음가짐을 가져라.

- **은행 직원의 말이 법은 아니다** 부당하면 끝까지 요구하라. 자존심에 상처를 입었다면 지점장을 만나 따져 묻고, 정중한 사과를 받을 것. 은행의 고객은 '돈'이 아니라 돈을 다루는 '사람'이다.

36 하루 한번 경제 기사를 읽어라

스무 살 전에는 세상 돌아가는 것에 조금은 무심해도 괜찮다. 주민등록증이 나오기 전의 '미성년자'라는 테두리는 폭압과 위험으로부터 보호받을 수 있는 든든한 '빽'이다. 하지만 스무 살이 넘으면 입장은 완전히 뒤바뀐다. '철'이란 것이 들어야 하고 '속'이란 것을 차려야 한다. 그뿐인가. 지성미도 요구된다. 의무교육을 거쳐 고등교육까지 마치고 나면 '인생을 짜임새 있게' 살면서 '가끔은 폼을 낼 줄도 알아야' 한다. 그러려면 나를 둘러싼 이 세상이 어떻게 돌아가는지 정도는 알아야 하는데….

스무 살 넘어 경제의 주체가 되는 것은 당연한 일이다. 부모님의 주머니에서 나오는 대학등록금을 부끄러워할 줄 알아야 한다는 뜻. 사지육신 멀쩡하게 키워주신 것도 눈물 날 지경인데, 당신들 위해서도 아니고 온전히 나의 미래를 위해 부모님의 손을 빌려야 한다는 건 쪽팔리는 일 아닐까.

그래서! 당신은 하루에 한 번씩 경제 기사를 감마와 시그마 공부하듯 우격다짐으로 머릿속에 채워 넣어야 한다. 경제 감각은 갓 스물부터 키우는 게 좋다. 그래야 시행착오에 따른 위험부담을 줄일 수 있고, 사회에서 '돈'이 얼마나 중요한 척도인지 일찌감치 깨닫게 된다.

잉크 냄새가 폴폴 풍기는 신문을 받아들고 오늘의 운세와 TV 하이라이트, 연예와 다이어트 섹션을 두루 읽은 다음 덮으며 '오늘도 세상은 돌아가는구나'라고 뿌듯해한다면 신문 읽는 법부터 다시 배울 것! 1면 기사를 체크하고 재미없지만 사설도 살펴보고, 국제면과 사회면도 소홀히 하지 말라. 무엇보다 재테크를 위해 반드시 봐야 할 곳은 경제면이다. 이 면은 주로 정부부처의 경제 관련 뉴스들과 기업체의 동향 등으로 가득 채워져 있어 딱딱하기 그지없다. 하지만 한번 맛을 들이면 경제면처럼 다이내믹한 기사들도 없다. 주식 동향, 부동산 소식, 단신 등 습관을 들이면 며칠 거르는 게 찜찜할 정도다.

경제면을 자주 읽으면 뭐가 좋으냐고? 잔고가 많고 적음을 떠나서 합리적인 씀씀이가 가능해지고 미래 계획이 앞당겨진다. 일단 몸에 밴 경제 감각은 제 짝 만나 일찌감치 결혼하건 싱글의 커리어우먼으로 살아남건 인생의 커다란 관문 앞에서 실패할 확률을 낮춰준다.

가장 딱딱하고 읽기 어려운 경제 기사지만 한번 빠져들면 웬만한 연예면 가십보다 더 재밌다. 오늘의 운세보다 더 기다려지는 섹션이 된다. 부동산 전문 용어나 경제지표 같은 것들은 과감히 스킵(skip)하고 이해 가능한 부분만 공들여 읽어라. 그렇게 머리에 입력하기 시작하면 언젠가 자신도 모르게 하나씩 늘어가는 경제 상식에 스스로 감탄할 날이 올 것이다.

내 친구 중 S양, H양 등은 일찌감치 재테크의 재미를 알아채 '돈이란 무엇인가'라는 주제를 던져주면 세 시간짜리로 열띤 이야기를 풀 수 있을 정도다. 경제 감각을 확실히 익힌 이 친구들이 예전

에 유독 이 분야에 늦된 내게 했던 말은 "일찌감치 꼼꼼히 챙기라니깐 죽어라 말 안 듣더니 다 늙어서 웬 뒷북이냐?"라는 것이었다.

조금 더 일찍, 조금 더 영리하게 굴었다면 나는 한결 길고 명확한 시각으로 미래를 설계할 수 있었을 것이다. 내가 하루에 한 번씩 경제 기사를 체크하며 "경제 이놈! 잡히기만 해봐라"라고 부지런을 떨었다면, 어느 순간 지름신이 찾아올 때마다 돈에 질질 끌려다닌다는 생각은 하지 않았을 텐데….

나만의 경제 감각 키우는 노하우

- **즐겨찾기에 부동산 사이트를 추가하라** neonet.co.kr, 일간지 경제면, 부동산 114, 은행의 재테크 사이트 등 관련 사이트를 수시로 들락거리자.

- **금전출납부를 써라** 인터넷 가계부 사이트를 찾자. 칼로리 계산하듯 그날의 지출을 빠짐없이 정리하자.

- **재테크에 능한 친구들의 성공담을 귀담아들어라** 그들도 처음에는 당신 같았다. 경제 감각 없는 채 평생 사느니 '답답한 인간아~'라는 구박을 들어가며 공부할 것.

- **당장 없어도 상관없는 쌈짓돈을 만들어라** 주식이나 펀드 등 수익률은 높으나 보장성이 적은 재테크는 초보에겐 구미가 당기는 상품. 재테크에 왕도는 없다. 잃어도 좋을 만큼의 액수를 과감하게 베팅하라.

37 어설픈 경제경영서에 매달리지 말라

서점을 가득 메우고 있는 경제학 실용서들을 보면 가끔 아득해진다. 저 많은 책들을 다 읽고 나면 나도 책 속의 아빠처럼 부자가 될까, 부동산의 달인이 돼 있을까, 펀드계의 미다스의 손으로 거듭나 있을까? 어마어마한 정보의 홍수 속에서 맥이 풀려 진열대로 뻗었던 손을 다시 거뒀던 적이 한두 번이 아니다. 주변의 조언을 받자와 책을 읽고 공부하자고 덤벼들었던 나는 경제서적의 두께에 눌려 입을 딱 벌리고 말았다.

족히 600쪽은 돼 보이는 두툼한 부피부터 시작해 목차들은 왜 그다지도 딱딱하고 정떨어지던지…. 이해가 안 되면 외워지기라도 해야 하는데 도통 어렵기만 했다. 마지못해 책을 집어 들고 집에 와선 졸린 눈을 비비며 읽긴 읽었다. 책은 한마디로 주옥의 향연이었다. 어쩜 그렇게 한 마디 한 마디가 내 가슴을 콕콕 찌르던지, 지금까지 경제지표 하나 없이 살아온 나 자신이 초라해지기까지 할 정도였다.

하지만 평소 낭창하게 늘어져 있던 내 경제 감각을 일으켜 세우기엔 책 속의 글귀는 너무 현학적이고 관념적이었다. 무엇보다 나는 부자가 되고 싶었던 것이 아니라 힘들게 일해서 번 돈을 제대로 쓰고 싶었다. 결국 앞 장만 뒤적이다 두 손을 들고 말았다. 돈과 소비에 관한 명확한 기준도 없이 무조건 '이맘때쯤 되면 재테크를 해야 한다던데…'라는 맹목적인 욕심과 부실한 명분을 탓했다. 내 소비 범주 내에서 어떻게 관리하는 게 가장 적당한지 따져봤어야 했고, 그러기 위해 필요한 과정이 무엇인지 체크했어야 옳았다.

당신이 경제활동을 하고 있다면 해마다 조금씩 바뀌는 통장 규모와 경제관에 맞게 씀씀이를 늘이거나 줄이고, 놓치고 살았던 부분들에 대해 물리적인 관심을 쏟아야 한다. 독립과 결혼 등 미래 계획을 세울 때마다 돈 때문에 옹색해지거나 치졸한 모습을 보이지도 말자. 그러기 위해선 (이미 '노동의 대가'라는 적법한 절차를 밟아 신성한 경제활동을 하고 있으니) 아낄 부분과 쓸 부분, 미래를 위해 차곡차곡 저축해야 하는 부분에 대한 기준이 먼저 필요하다.

정작 중요한 것은 자신만의 기준이다. 거기까지 생각이 미치자 나는 닥치는 대로 읽었던 경제경영서들을 미련 없이 덮었다. 지금 책꽂이 두 칸을 빼곡히 채우고 있는 경제경영서들은 기준을 세우는 데는 도움을 주었지만 끝내 방향을 제시해 주진 못했다. 어쩌면 찬란한 제목의 그 많은 경제학 실용서들은 처음부터 이렇게 될 것을 알고 제 몫을 해준 건지도 모르겠다.

경제 감각을 키우고 싶다면 책 대신 신문을 읽어라. 신문이 버거우면 인터넷 사이트를 뒤져라. 당신이 모르는 사이 하루에도 몇 번씩 돈에 대한 가치가 바뀌고, 각종 정책이 널을 뛰고, 그에 따라 사람들이 우왕좌왕한다. 그 움직임을 탐색하고 흐름을 읽어라. 두꺼운 책을 쌓아놓고 씨름해 봐야 10원짜리 동전 하나 떨어지지 않는다. 시중에 나와 있는 경제학 실용서들은 수치와 정보, 사례를 집약해 둔 것에 불과하다. 한 달에 정기적으로 저축하는 일에서 한 단계 진일보한 재테크를 원한다면 손을 움직여 마우스를 누르고, 살아 있는 정보를 수집하라.

그럼에도 꼭 읽어야 할 경제경영서

- **보도 섀퍼의 『돈』** 보도 섀퍼는 국내에도 많은 마니아를 거느린 경영컨설턴트. 이 책을 읽고 나면 돈에 대한 당신의 의식이 확 바뀌게 됨을 느낄 것이다.
- **조나단 와이트의 『애덤 스미스 구하기』** 국부론의 저자 애덤 스미스에 대한 색다른 해석. 쉽고 재미있는 해석은 물론 경제학과 철학에 대한 이해는 덤이다.
- **아기곰의 『하우 투 메이크 빅 머니』** 어려운 경제 용어는 보기만 해도 경기를 일으키는 초보자를 위한 재테크 안내서. 경제에 둔감한 당신의 학습서로 안성맞춤. 성공적인 재테크를 위해 알아야 할 실전 노하우가 가득하다.

38 :: 30대에 재산세를 내는 즐거운 상상을 하라

30대에 재산세를 내려면 방법은 두 가지다. 부모로부터 스물아홉 살이 되기 전까지 집과 차, 점포 등의 명의를 물려받거나, 허리띠가 너덜너덜해질 때까지 아껴 쓰고 나눠 쓰고 바꿔 쓰고 다시 쓰는 '아나바다' 운동을 실천하거나. 김 팍 새나? 아직 실망은 이르다. 경제활동에 대한 목표를 확실히 정하고 즐거운 상상 속에서 하루하루를 보내면 신기하게도 꿈이 실현되기도 하더라는 것. 물론 실질적인 노력도 따라줘야겠지.

이 페이지는 아직은 돈을 모으기보다 쓰는 게 마냥 좋은 20대가 할 수 있는 가장 기특하고 귀여운 마인드 컨트롤(mind control)을 위한 장이다. 재산세라 함은 각종 토지, 건물, 상가 등 자기 자신의 명의로 되어 있는 동산이나 부동산에 부과되는 세금이다. 서른 살이 넘어 위에 열거한 것들 중 한 가지 항목만 갖게 돼도 엄청난 성공을 거둔 셈. 사실 말이 좋아 재산세지, 막연히 앉아서 생각만 하고 있다면 실제로 그렇게 되기란 매우 어렵다. 하지만 반대로 목표를 세우고 치밀하게 전략전술을 가한다면 충분히 가능하다.

그런 면에서 내 친구 H양은 친구들 사이에선 살아 있는 전설로 통한다. 고등학교 때부터 눈여겨본 바에 따르면, 그녀는 쓸 땐 확실히 쓰고 아낄 땐 아낄 줄 안다. 20대 중반 불같은 사랑을 한 그녀. 목청이 터져라 엉엉 울며 돈 때문에 약혼자와 파혼하던 날, 그녀는 서른 살이 넘으면 무조건 재산세를 내겠다는, 당시만 해도 '낯선' 폭탄 발언을 했다.

따지고 보면 이상하지도 않은 것이, 그녀는 어릴 때부터 무조건 목표를 세우는 것을 좋아했다. '50kg이 넘으면 한 달 동안 저녁을 먹지 않겠어' '남자친구 생일 선물은 5만 원 한도 내에서 고를 거야' '내년엔 꼭 과장을 달아야지, 불끈!' 하는 식이었다. 대부분 목표는 성공했고, 설령 성공하지 않는 경우엔 새로운 목표를 만들었다. '내가 아직 대리이긴 하지만 최소한 동기인 김 과장한테 뒤지진 않겠어'라고 생각하고 노력한다면 실천 가능한 목표들이었다.

그녀의 목표는 점잖고 특별하지 않았다. 하지만 참 어려운 것들이었다. 정확히 수입의 65퍼센트는 그대로 저축이나 주식투자로 들어갔다. 일찌감치 들어둔 청약저축으로 몇 년을 기다린 끝에 아파트를 분양받았을 때는 모든 친구들이 '참 잘했어요'라고 축하해 주었다. 그러던 그녀가 재작년인가 뜬금없이 남쪽 지방의 야산을 사들였다. 복부인처럼 왜 그러냐며 따져 묻자, 뭔가 계획이 있다는 듯 씨익~ 웃던 그녀. 지난해 정부기관이 들어서면서 그 지역 땅값은 몇 배로 뛰었다. 눈과 귀, 정보의 안테나를 바짝 세우고 야무지게 받아들인 결과였다.

아무리 에너자이저라 한들 순간순간 유혹에 흔들리지 않을 수는 없다. 그럴 때마다 똑순이들은 스스로 정한 목표를 마음속으로, 머릿속으로 다시 한번 되새길 것이다. 당신, 당장은 팍팍해도 똑똑하게 목표를 채워나가고 있다면 손바닥이 부르트도록 박수를 보내고 싶다. 당신의 30대에는 좌절과 유혹의 순간마다 스스로를 다잡았던 인내가 형형하게 빛날 것이다.

똑똑하고 꼼꼼하게 혼자 하는 알뜰 살림

- **영수증 보관은 철저히** 영수증은 투명한 지퍼락에 보관하고 포스트잇으로 구분한다.
- **매일매일 가계부 쓰기** 노트를 하나 장만해 중요한 지출과 사건들을 기록한다. 추가 내용은 포스트잇으로 노트 지면에 붙여두면 일상이 일목요연하게 정리된다.
- **거래내역은 꼼꼼히** 중요한 전화번호가 적힌 명함이나 이사 비용, 대출금 등 거금이 오갔던 거래내역 등은 투명 파일에 넣어 보관한다.
- **경제 감각이 뛰어난 주변인과의 친분 유지** 부동산 중개인, 동네의 오랜 터줏대감 아줌마 등 경험과 상식이 많은 주변인들과는 늘 친분을 유지하라. 부동산 중개인에게는 뜻밖의 재테크 소스를 얻을 수 있고, 터줏대감 아줌마는 늦은 밤 택시비가 없거나 소액의 급전이 필요할 때 든든한 의지가 된다.

39 돈을 빌려줄 땐 받을 생각을 하지 말라

돈을 싫어하는 사람이 어디 있겠냐마는 주변을 둘러보면 돈을 좇는 사람일수록 그만큼 궁핍하게 산다. 내가 돈을 빌릴 때는 딱 한 가지 경우다. 지갑에 현금이 모자라 야근이나 밤늦도록 놀고 난 후 택시 값이 없을 때.

재테크의 기본은 빚을 없애는 일부터 시작된다. 빌린 돈은 언젠가 내 수중에서 빠져나가야 하기 때문에 빌리던 당시의 절박감은 모조리 잊고 왠지 돈이 한꺼번에 빠져나가는 듯한 느낌을 받는다. 그래서 돈이 치사하고 더러운 것인가 보다.

당신은 사람과 사람 사이의 돈 거래는 꼼꼼하고 분명해야 한다고 배웠다. 빌린 돈은 반드시 갚고 꾼 돈은 꼭 돌려받아야 한다. 또한 돈이 얽힌 일에는 사소한 감정이 개입하지 못하도록 분명히 구분하라고도 배웠다. 그런데 매번 속상한 일이 벌어진다. 돈 거래 앞에 '사람과 사람'이라는 수식어가 붙어서다.

돈을 빌릴 때는 언제까지 얼마를 쓰겠다는 약속을 하고, 피치 못할 사정으로 날짜를 어겨야 하는 경우엔 다음 기일을 말해 줘야 한다. 아주 기본적인 일이다. 그런데도 "우리 사이에 무슨…" "안 갚을 나도 아니고" "얼마나 된다고…" 등등의 이유로 하염없이 시간만 보낸다. 빌려준 사람은 겉으로는 "당연하지, 우리 사이에" "천천히 갚아" "잊어먹고 있었어"라고 말하지만 진짜 잊어버린 경우는 거의 없다. 상대방이 불편할까 봐 그렇게 말하는 것뿐이다.

돈 때문에 '사람과 사람 사이의' 관계를 균열시키지 말고, 돈을 빌려줄 땐 홀가분한 마음으로 그냥 줬다고 생각하라. 상대가 갚아주면 공돈 생

겨 좋고, 안 갚아도 스트레스는 훨씬 줄어들 테니까. 여기 숨은 뜻, 이 돈 없어도 사는 데 지장 없다고 생각되는 만큼만, 안 받아도 되는 정도의 액수만 빌려줘라.

돈과 사람은 인생에서 잃어서는 안 되는 두 가지다. 그 두 가지 중에서 마지막까지 잃어서는 안 되는 것은 바로 '사람'이다. 돈에 이끌려다니는 사람들은 돈을 빌려주고 '저 사람이 내 돈을 떼어먹으면 어떡하지?' '언제 갚기로 했더라?' '오늘이 갚기로 한 날인데 어쩐 일인지 말이 없군' 등 스스로를 얽매기 시작한다. 이쯤 되면 돈을 잃을 걱정보다 사람을 잃을 걱정을 해야 한다. 빌린 돈을 고맙게 잘 쓰고 갚는 순간에 상대방이 내가 돈을 안 갚을까 봐 걱정했다는 걸 눈치채면 그 기분, 참으로 더럽다.

돈 거래는 가급적 안 하는 게 좋다. 하지만 만약 하게 된다면 안 받아도 좋다고 생각되는 사람들과만 거래하라. 그래야 돈도 사람도 안 잃는다.

상대방 기분 해치지 않으면서 빌려준 돈 받기

- **약속한 날짜를 고지해 주어라** "내일 20만 원 넣어줄 거지?"
- **소심하게 경제적 어려움을 호소하라** "경기가 어렵긴 한가 봐. 우리 월급 깎였잖니. 돈 때문에 돌겠다."
- **상대가 부담스럽지 않게 타협하라** "내가 급하게 돈이 필요한데, 전에 빌려간 것 중 일부만이라도 먼저 줄 수 있니?"

40 믿는 도끼에 발등을 찍히면 이유를 물어라

나무를 하다가 믿는 도끼에 발등을 찍혔다. 믿는(믿었던) 도끼를 버려야 할까, 아니면 발등을 소독하고 하던 일을 계속해야 할까? 좀더 지성적인 예를 들어달라고?

옳거니! 1번, 도끼가 묵사발 될 때까지 매우 쳐서 완전히 못 쓰게 만들어버린다. 2번, 도끼자루는 버리고 날은 부엌칼 가는 데 쓴다. 3번, 발등이 나을 때까지 도끼에게 그에 상응하는 벌을 준다. 4번, 괜찮다고 웃은 뒤 도끼를 내려친다. 이건 어떨까? 5번, 도끼에게 처음부터 내 발등을 찧으려고 작정한 거였는지 물어본다. 무조건 잘못했다고 하면 미련 없이 강가에 버리고(언젠가 다시 그럴 것이므로), 처음엔 그러려고 했는데 찧으면서 후회했다고 하면 또 미련 없이 강가에 버리고(이 역시 기회가 되면 또 내 발등을 찧을 녀석이다),

그렇다고 대답하면 대청마루에 고이 모셔둔다.(녹이 슬지 않도록 도끼날은 계속 갈아준다. 나중에 다시 나무를 하는 그날을 위해.)

도끼가 당신을 치겠다고 결심했다면 분명 그만한 이유가 있을 것이다. 그렇다면 그 이유가 뭔지 알아야 하지 않을까? 당신이 마음에 들지 않은 이유, 짝패를 이뤄 즐겁게 일하던 순간에 하필 발등을 내리꽂았던 이유를 들어보면 당신도 할 이야기가 있지 않을까? 영문도 모른 채 다치고 나서 홧김에 도끼를 버린다면 영영 그 이유를 모르고 살아야 하지 않는가. 상대에겐 말할 기회를 주고 당신은 해명할 기회가 생긴 셈이다.

당신은 언제나 스스로 옳다고 생각한다. 문제는 거기서 시작된다. 타인의 얘기에 귀를 기울이지 않는 습관이 인간관계의 벽을 만든다. 당신의 무심한 한 마디로 상대방이 귀를 닫아버렸을 수도 있고, 당신이 자신도 모르게 그의 가슴을 후벼파 상대가 당신을 싸늘한 시선으로 쳐다봤을 수도 있다. 피해강박증 환자일수록 타인에게 무수히 상처를 준 경우가 많다는 것이 이 같은 사실을 뒷받침해 준다.

당신은 모르고 있다. 당신이 슬프기 전에 상대방이 먼저 눈물을 삼켰고, 당신이 배반감으로 치를 떨기 전에 당신이 먼저 상대방으로부터 등을 돌려버렸다는 사실을. 좀더 완곡하게 표현하자면 그럴 수도 있다는 말씀.

믿는 도끼에 발등을 찍힌 사실이 창피한가? 그 전에 당신이 먼저 그 도끼를 어떻게 대했는지를 살펴볼 일이다. 원인이 없는 결과는 없다. 대부분의 사람들은 자기 편이라고 생각하는 사람들에게 신세를 지며 살아가고 서로 행복하다고 생각한다. 하지만 이는 위험천만한 착각이요, 교만이다. 한편으로 그들에게 알게 모르게 실망과 상처를 주고 있을지도 모른다.

내 편이라는 이유로, 내 마음을 모두 이해할 것이라는 오만한 태도부터 고쳐라. '인생에 사람처럼 값진 것이 없으니 무조건 당신 편을 믿어라'라고 말하고 싶다. 하지만 그 전에 당신이 먼저 상대에게 무조건적인 믿음을 주고 있는지부터 살피는 게 순서다. 서로의 차이를 인정하고, 입장을 이해하며, 네 편 내 편을 정확히 가를 수 있어야 그 믿음이 견고해진다.

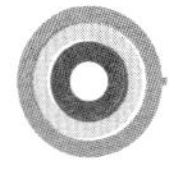

이 사람, 과연 내 편인가?

- **"만나기만 하면 훈계와 잔소리예요!"** 맞다. 사랑하는 방법이 조금 다를 뿐이다. 순박해서 그런 거니까 세련된 당신이 이해해라.

- **"내가 보호자가 된 기분이에요."** 당신 편이 맞는데, 조금 유약한 스타일이다. 늘 다른 사람에게 신세만 지는 편이지만, 이런 사람 하나쯤 있어도 괜찮다. 무지막지한 관심과 애정을 퍼부어라. 소심한 그 사람은 당신 없으면 휘청거릴 거다.

- **"오래 안 봐도 궁금하지 않은데 만나면 헤어지기 싫어요."** 그러다 오랜만에 만나도 어제 만난 것처럼 익숙해진다. 확실히 당신 편이다. 도움이 필요할 때 당신의 긴 설명이 필요하지 않은, 명쾌한 한 마디로 당신의 용기를 북돋아줄 사람이다.

41 :: 혈액형&별자리로 사람을 재지 말라

나는 B형에 게자리다. 통념에 따르면 B형인 나는 성격이 화통&시원하고(지랄맞고) 감성적이며(지 기분대로며) 아이디어 뱅크인데다(되지도 않는 얘기를 늘어놓고) 직관력이 높으며(지 잘난 맛에 살며) 친화력이 뛰어나다(사람을 너무 잘 믿는다). 남자를 만날 땐 첫인상을 중요하게 여기고(남자 보는 눈이 없고) 한번 사랑에 빠지면 물불 안 가리며(참으로 대책 없으며) 도도하고(재수 없고) 남자친구와 친구처럼 쿨한 관계를 유지한다(어떻게든 쿨한 척한다).

보자, 게자리는 가정적이고(매사에 쉽게 안착하고) 따스하고(우유부단하고) 모성애가 발달해 있으며(감정의 누수가 많으며) 책임감이 강한 한편(오기 빼면 시체인데다) 누군가에게 한번 마음을 놔

버리면 죽을 때까지 등을 돌린다(싸가지도 없다).

한동안 혈액형이나 별자리를 동반한 테스트들이 궁합, 미팅과 소개팅, 친구관계를 규정짓더니 급기야 사원을 채용하는 데도 하나의 판단 기준이 돼버렸다. "안녕하세요, 장소팔입니다." "처음 뵙겠어요. 고춘자예요." "눈이 참 아름다우시군요. A형이신가 봐요?" "어머, 어떻게 아셨어요? 감성적이신 걸 보니 소팔 씬 물고기자리?" "A형과 물고기자리가 만났으니 찰떡궁합이라고 볼 수 있죠." "호호, 옳다마다요."

이게 무슨 개구리가 날개 옷 입고 승천하는 소리? 이런 식의 구분을 아주 싫어하는 나도 꼬마 땐 혈액형으로 사람의 호오(好惡)를 가린 적이 있었다. 같은 B형이면 무조건 좋았고, AB형도 B형이 섞였으니 이웃사촌쯤으로 생각했다. 말해 놓고 보니 내가 생각해도 어처구니없다. 단순무식의 극치였으니 'B형답다'고 넘어가주길 바란다.

사람이 사람을 알아가는 데 가장 중요한 것은 '진정성'과 '매너'다. 진정성은 단번에 안 보이는 만큼 가늘지만 질긴 끈으로 사람의 인연을 길게 이어가고, 매너는 진정성을 확인하고 확인시킬 수 있는 가장 정직한 전술이다. 이것 말고 인간관계의 중요한 척도가 또 있다면, 당신과 삶의 지향점이 같은가, 다르다면 어떻게 다른가, 관계를 발전시킬 만큼 사고가 진보적이고 성품이 매력적인가, 아니라면 어떤 세계관을 갖고 살아가는가 정도다.

특정 혈액형의 남자에 대한 기피 증세를 보이며 쫓아다니던 남자들을 뺑뺑 차대던 후배. 어느 날 운명의 남자를 만나 결혼하고 나서야 남자의 혈액형이, 본인이 무던히도 싫어하던 그 혈액형이었음을 알게 됐다. 만나자마자 오죽 혈액형 혐오론을 폈으면 남편이 자신의 혈액형까지 속였을까? 암튼 그녀, '속아서 한 결혼'이라고 난리치다가 남편 혈액형을 물려받은 아들 낳고 무탈하게 잘 산다.

인간관계에서 타인에 대해 당신이 만든 기준은 금세 당신을 규정짓는다. 처음 만나 대화의 물꼬를 틀 때 혈액형이나 별자리는 좋은 윤활유가 되지만 관계를 견고하게 만드는 파워풀한 엔진은 될 수 없다. 하지 말라는 게 아니라 더 뿌듯하고 유쾌한 기준이 많다는 것. 사람을 나누는 기준으로 혈액형과 별자리에 나머지 항목들을 추가해 보라. 그리고 명심할 것, 취향이 지나치면 편견이 된다!

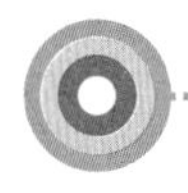

아, 이래서 B형 남자~

- "잠깐만! 내가 먼저 얘기할게. 내 얘기 먼저 들어." B형 남자는 특유의 성마른 자기 본위가 있다. 성격이 급한 이유도 있겠고, 상대방에게 오해의 소지를 남겨두기 싫은 과도한 깔끔함 때문이기도.
- "그러는 너는?" 막상 닥치면 제아무리 잘못해도 상대방의 잘못을 먼저 따지고 든다. 인정한다고 해도 아주 짧게 코멘트하고는 건너뛰려고 한다.
- "지금은 얘기할 기분이 아니야." 성가신 일이 생기면 회피하려는 도피 성향. '질러 놓고 뒤돌아서 후회하는 귀여운 소심함' 정도로 인정해 주자.

42 휴대전화 속 인간관계를 관리하라

얼마 전 멀쩡하던 휴대전화가 속 썩이더니 결국 수신·발신 기능이 마비돼버렸다. '수리비가 새 휴대전화 사는 것과 비슷할 테니 이참에 새것을 장만하시라'는 이동통신사의 상술에 못 이기는 척 넘어가 휴대전화를 지르고, 고장난 휴대전화에 저장된 전화번호를 새 전화기에 옮겼다. 옮기기 전에 리스트를 받아봤더니 일생에 전화 한 번 걸지 않는(그쪽에서도 내게 전화 걸 일이 없어 보이는) 리스트가 얼추 3분의 1이었다.

자주 통화하는 사람들을 제외하면 서로에게 거사가 있기 전엔 단축번호를 누를 일이 없는 사람들이었다. 그리고 그들도 마찬가지일 것이다. 하지만 아쉽거나 서운한 일은 아니다. 인간관계는 언제나 쌍방향이지, 일방향은 없기 때문.

일단 새 휴대전화에 번호를 모두 다운받은 뒤 리스트를 보며 하나씩 삭제 작업에 들어갔다. 그런데 이상하게도 번호를 삭제하는 일이 그들의 손가락을 하나씩 자르는 일이나 되는 것처럼 잔인하게 느껴졌다. 누군가(의 전화번호)를 가차 없이 내치는 일은 쉬운 일은 아니다. 결국 저장해 놓고 한 번도 통화를 해본 적 없는 숱한 인물들은 내 휴대전화 속에 다시 자리를 비집고 들어갔다.

숙제 문제로 다투고 따로 집에 가던 어느 날의 단짝 미연이, 중학교 때 사소한 일로 토라져서 며칠씩 말도 안 하고 여름방학을 보냈던 지영이, 연애질을 시작한 대학 때 하루가 멀다 하고 '헤어지네' '죽고 못 사네'를 반복했던 첫사랑…. 그들의 전화번호는 지금

도 내 휴대전화에 저장돼 있다. 그때 내게 'The One'이었던 그들 중 일부는 이러저러한 이유로 'One Of Them'이 돼버렸다.

무심코 폴더를 열어 전화번호를 훑는다. 가족, 친구를 비롯해 다양한 그룹으로 저장된 이름들은 한편으론 게으름 안 피우고 열심히 바쁘게 살아왔다는 사회적 성과지만, 다른 한편으론 작은 바람에도 바스락거리며 스러질 것 같은 껍데기 같아 안타깝다. 애틋하고 달콤하고 서글픈 단상은 여기까지.

휴대전화에 저장된 숫자들은 당신이 열심히 살고 있다는 반증이다. 그 번호의 주인들이 당신을 좋은 사람이라고 기억하게 하는 것이 당신에게 남은 숙제다.

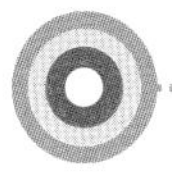

휴대전화로 인간관계 정리하기

- **무심코 받는 것조차 끔찍한 사람** 받지 마, 무시해, 발신자 재수 없음 등으로 입력해 놓을 것.
- **특별한 사람, 들키고 싶지 않다면** 독특한 애칭은 티가 날 우려가 있으므로 가장 흔한 이름으로 저장하고 뒤에 숫자나 상형문자 등을 달아보자.
- **모르는 번호가 여러 번 올 때** 두 번 이상 찍힌 부재전화는 반드시 콜백(call-back) 할 것. 잘못 온 전화라 해도 여러 번 할 정도로 급한 상황이므로 번호를 잘못 알고 있음을 알려주어야 한다.
- **얄미운 사람 번호는 죽어도 저장하지 말 것** 숫자가 많다고 좋은 게 아니다. 얄미운 사람의 경우는 매번 '낯설게' 받아주는 재치. 필요할 때만 전화하는 주제에 번호 저장 안 해놨다고 서운해하면 "전화도 자주 안 하는 사이에 무슨…"이라고 받아쳐라.

43 첫 만남에선 자기 매력의 반만 보여줘라

살면서 처음 만난 자리에서 첫눈에 반하기란 흔치 않은 일. 이성이건 동성이건, 비즈니스 관계건 사적인 만남이건 첫 만남에서 누군가로부터 강렬한 스파크를 받는 것은 쉬운 일이 아니다. 그런데 복되고 복되게도 당신은 그런 흔치 않은 경험들을 최소한 한두 번은 하게 된다.

너무 멋지고 마음에 들어 헤어지기 아쉬운 남자, 동호회 모임에서 알게 된 동갑내기 동성 회원, 간단한 미팅 자리에서 소개받은 거래처 담당자 등 경우의 수도 다양하다. 그런 사람에게선 향기가 난다. 연애하고 싶다는 욕망을 부르는 아찔한 사향 냄새, 함께 차 한 잔 하고 싶다는 마음이 새록새록 묻어나는 허브 티 향기, 사는 얘기 나누며 기분전환을 하고 싶게 만드는 시원한 바닷바람 냄새 등 만나는 순간 아찔한 느낌에 기분이 방방 뜬다. 복사꽃처럼 얼굴이 활짝 피어나고 입가엔 배실배실 웃음이 비어져 나온다.

축하한다! 인생에 스파크는 그렇게 자주 일어나지 않는다. 뭐, 당신이 누군가에게 쉽게 반하는 스타일이라면 모를까, 사람은 누구나 낯모르는 상대 앞에선 본능적으로 자기방어 체제가 먼저 발동하게 되어 웬만하면 상대를 쉽게 마음 안으로 들이지 않는다.

따라서 지금부터 하는 이야기는 상대방에게 호감 이상의 감정, 즉 어떤 욕망(그 모든 욕망을 다 포함해)의 수준까지 느끼게 돼버렸을 때의 얘기다. 딴 여자가 못 채가게 지금이라도 당장 애인으로 만들고 싶은 욕망, 오래도록 당신 곁에서 카운슬링을 해줬으면 하는 욕망, 이 사람의 살아가는 방식을 곁에서 보며 자극받고 싶다는 욕망 등등. 그럴 땐 스스로 예쁘게 포장하고 싶어진다. 좋은 모습만 보여주고 싶고, 상대방에게 호감을 갖고 있다고 알리고 싶고, 대화를 통해 당신이라는 사람이 얼마나 괜찮은지 말해 주고 싶다.

하지만 주의하라. 거기까지다. 매력이란 한꺼번에 100퍼센트 발현될 수도 없을뿐더러 상대방이 그걸 알아채는 정도 역시 많아야 50퍼센트 미만이다. 그러니 적당한 선에서 우아하게 마지노선을 그어라. '오늘은 여기까지!'의 심정으로 기분 좋은 긴장감을 선사하라. 이유는 두 가지. 다시 만날 때 상대방이 당신을 알아가는 재미를 주기 위해서다. 당신 덕분에 상대방이 기쁨 두 배의 행복을 맛본다면 당신의 기쁨은 네 배가 된다. 두 번째, 단 한 번의 만남에 의미를 두기에는 우린 너무 영악하다. 인연됨이 불발로 그칠 수도 있는 상황에서 에너지를 쏟기엔 당신은 챙겨야 할 지인들이 이미 충분히 많다. 아쉬움은 아쉬움대로, 찰나의 흥분은 흥분대로 접어두고 돌아서라. 여기서 중요한 것은 단정한 행동과 말투.

당신이 만들어가고 있는 인연이 얼마나 소중한지는 지금 당장은 모를 수 있다. 하지만 좀더 시간이 지나면 당신이 엮어가고 있는 인연과 만남들이 얼마나 사무치게 아쉽고 눈물나게 행복한 시간이었는지 알게 된다. 언제 어떻게 만날지 모르는 인연인데, 이성이든 인생의 선배로서든 상대방에게 기분 좋은 설렘까지 덤으로 얻었다면 성심을 다해 매력적인 매무새를 남겨라.

첫 만남에서 이런 행동은 제발 참아주세요

- **주구장창 날씨나 연예인 이야기** 소개팅이라면 이미 날 샜고, 비즈니스라면 당신은 무능한 것이고, 동호회라면 존재감 없는 회원이다.
- **잊을 만하면 화장실 들락날락** 소개팅이라면 상대에게 불안감을, 비즈니스라면 결정권 없는 하수임을, 동호회라면 짜증을 안겨준다.
- **상대의 외모에 대해 5분 이상 얘기하기** 소개팅이라면 당신은 거짓말쟁이, 비즈니스라면 산만한 파트너, 동호회라면 조울증 환자가 된다.
- **말없는 미소, 무성의한 고갯짓** 소개팅이라면 상대방의 자존심에 상처를, 비즈니스라면 실력 없는 대리인, 동호회라면 잘못 알고 온 다른 동호회 회원이다.

44 남의 비밀을 공유하면서 우정을 쌓지 말라

평소 친하게 지내던 동료 P양이 조용히 물어왔다.

"K양과는 잘 지내?" ('그러고 보니 요새 통 못 봤네.')

"그거 알아? K양 말야, 남자친구랑 헤어지고 요즘 다른 남자 만나." ('저런….')

"더 재미있는 게 뭔지 알아? K양이 요즘 만난다는 그 남자, 내 전 남자친구였어. 그 남자도 알고 나도 아는데 K양만 까맣게 몰라. 이럴 땐 어떡해야 하니?" ('…')

내 입에서 나올 대답은 뻔하다. 어떡하긴 뭘 어떡해. 잘 사귀게 놔둬야지. 당신이랑 사귀다가 양다리 걸친 것도 아니니 대책이 필요한 상황도 아니잖은가. 하지만 나를 빤히 바라보는 그녀의 표정은 어딘지 애처로워 보인다. 뭔가 대꾸라도 해야 할 시점인데 난감하기 그지없다.

P양은 이후로도 K양과 그녀의 전 남자친구가 얼마나 행복하게 지내는지 알고 싶어했고, 그가 자기한테 했던 것과 K양에게 하는 것을 비교해 가며 우울해했다. 급기야 아직도 그를 잊지 못하고 있는 것 같다고 고백했다! 그러고는 그 일로 심란해질 때면 나를 찾아왔다. 그럴 때마다 나는 "네가 이해가 안 된다" "헤어지고 나서 이게 무슨 푸닥거리냐"라고 말하면서 P양의 등을 다독여주었다.

그런데 문제는 다른 데 있었다. 어쩌다 P양을 만날라치면 등 뒤에 투명인간처럼 그녀의 남자친구가 그려졌고, K양이 남자친구 자랑이라도 하면 괜히 내가 머쓱해졌다. 그럴수록 K양은 환하게 웃으며 "남자친구 소개시켜줄게. 언제 만날까?"라고 물어왔다. P양의 무지막지한 연애 상담과 K양의 해맑은 웃음 사이에서 지쳐가던 나는 곰곰 생각해 봤다. 결국 남자의 우유부단함이나 K양의 지고지순한 순애보가 아니라 P양의 대인관계가 문제라는 결론을 얻었다. 사람을 사귀는 방식, 사람을 내치는 방식에 관한 거였다.

교우관계를 넓힐 때 누군가의 비밀을 공유해 가며 관계를 굳히는 것. 사람에게 싫증날 때 관계의 균열을 상대방 탓으로 돌리며 합리화하는 것. 이건 옳고 그름을 떠나 단지 유아적인 것이다. 어떤 이유 때문에 대인관계의 피해의식에 사로잡혀 있거나 그게 아니라면 이런 식의 사귐에 맛을 들인 경우다. 좋아라 박수치며 '어머어머, 정말이니?'라며 무조건 호응해 주길 원하는 관계는 오래가지 못한다. 오래간다면 서로 닮아가면서 공생하는 건데, 그다지 권장할 만한 관계는 아니다.

누군가와 대척점에 서서 그에 대한 공격을 하고 싶은데 마땅한 무기가 떠오르지 않을 때, 시간을 두고 자연스럽게 친해지기보다 비약적으로 관계를 발전시키고 싶을 때 심약한 사람들은 종종 비밀을 공유하는 방법을 쓴다. 그런데 비밀은 언젠가 당사자의 귀에 들어가기 마련. 한껏 부풀려지고, 소설적 판타지가 가미되고, 아귀가 딱딱 들어맞는 기승전결의 형식까지 갖춰서 말이다.

이런 일에 우정을 나누고 싶은 누군가를 공범으로 끌어들이는 것은 위험하고 치사하다. 유아기의 친교 방식을 버리지 못한다면 성숙한 인간관계는 기대하지도 말라.

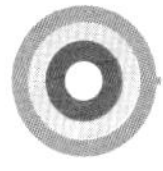

아무리 무거워도 절대 털놓지 말아야 할 비밀들

- **다른 사람에게 상처가 될 수 있는 비밀** 나는 괜찮지만 다른 사람에게 악영향을 줄 수 있는 비밀은 입이 간질간질해도 그저 마음속 깊숙이 넣어둬라.

- **불현듯 충동적으로 말하고 싶은 비밀** 오늘 갑자기 이 얘기가 하고 싶어졌다고? 내일이면 분명히 후회한다. 당신의 정신건강을 위해 그 입 굳게 다물어라.

- **술자리에서 털놓는 모든 비밀** 보통 이런 비밀은 날이 새고 밝은 날 날개 돋힌 듯 퍼져나가 엄청난 결과를 초래한다. 술 마시고 뱉는 비밀은 만인이 들으라고 하는 얘기, 남 탓할 수도 없다.

45 뒷담화할 때도 기본 매너는 지켜라

그렇다. 뒷담화처럼 재미있는 일이 또 있을까? 처음 본 사람도 5분 안에 죽마고우로 만들고, 심심해 죽을 것 같다가도 한두 시간이 훌쩍 지나간다. 동일한 대상과 다양한 소재를 곁들여 대화를 나누다 보면 정보의 각축장이 돼 어느새 자기 얘기도 슬쩍 곁들여가며 친분을 나누는 재미가 여간 쏠쏠하지 않다. 잘난 것도 없는데 당신보다 잘나가는 사람, 당신에게 상처를 준 사람 혹은 주는 것 없이 미운 사람 등등 대상은 넓고 나눠야 할 담화는 무궁무진하다.

그런데 공허하다. 자리를 파하고 나면 문득 쓰레기를 쏟아냈다는 자괴감과 생산적이지 못한 자리였다는 자기검열에 시달리게 된다. 그런 경험이 있다면 앞으로는 뒷담화도 요령껏 치자. 상대방이 정신 못 차리고 뒷담화에 열중한다면 완급 조절은 당신에게 달렸다. 이대로 계속하다간 이날의 제물인 S양이 뒷담화의 도마 위에서 처절한 죽음을 맞겠구나 싶은 생각이 든다면 적당한 선에서 스톱을 외쳐라.

방금 전까지 S양의 인격을 발기발기 찢어놓고 갑자기 태도를 돌변해 "그래도 S양이 아주 못된 애는 아니잖아…"라는 식으로 말하면 그날의 비밀결사대는 당신으로 인해 쩍쩍 금이 갈 수도 있다(언젠가 당신이 S양과 같은 제물이 될 수도 있다). 따라서 자연스레 화제를 바꾸는 것이 좋다. 뒷담화가 바람직한 대화 방법도 아닌데 뭘 그런 것까지 늘어놓냐고? 모르는 소리! 외로운 사람일수록 타인을 바라보는 시선이 왜곡된 경우가 많고, 이것이 뒷담화의 형태로 나타난다.

자기과시욕을 담아 남 얘기를 하는 태도도 좋지 않다. 제물의 반대편에서 제물의 인격을 폄훼하며 "적어도 난 아니거든"이라고 말하고 싶은 속내가 여실히 드러나기 때문이다. 만나기만 하면 누군가를, 무언가를 잘근잘근 씹어야 직성이 풀리는 사람들은 필경 외로워서 그런다. 자기 이야기를 하자니 별반 이슈가 없거나 주위를 환기시킬 자신이 없고, 대화의 주도권을 잡고 싶을 때 가장 쉬운 방법이 공공의 적을 만드는 일. 굳이 그럴 필요 있을까? 어차피 휘발되고 마는 얘기들을 주제로 삼은 마당에.

뒷담화 홀릭(holic) 중에서 가장 몰상식하고 몰매너한 경우는 심드렁하게 우회해 의뭉스럽게 툭 먹잇감을 던지듯 남을 '씹는' 것이다. 겉으로는 허허실실 웃고 있지만 실은 교활한 발톱을 감추고 있는 경우가 많다. 뒷담화에 맞지도 않는 논리를 곁들이며 허세를 부리는 것도 조금 우습다. 생각해 보라. 어차피 대상이 없는 데서 비겁하게 험담이나 늘어놓는 마당에 논리가 무슨 소용이랴. 공격성을 배제한 상태에서 가볍게 시간이나 보내자고 시작한 뒷담화다. 부디 매너를 지켜주길.

말하는 동시에 공기 중에 휘발되어도 좋은, 누구도 기억하지 않아도 되는, 나아가 다른 사람들의 뇌리에 남지 않을 정도의 가벼운

수위라면 좋겠다. 당신이 뱉은 한 마디가 당사자의 귀에 들어갈 가능성은 51퍼센트다.

뒷담화의 기본 매너

- **금기 소재는 절대 피할 것** 깊은 남녀상열지사나 가정사 등 본인이 밝히기 싫어하는 지극히 개인적인 사생활, 그 밖에 재미있긴 하지만 확인되지 않은 루머들은 명예 훼손이므로 주의할 것.
- **자리를 파하면 머릿속을 깨끗이 비울 것** 뒷담화는 담아둬봐야 정신건강에 도움이 안 될뿐더러 제아무리 흥미진진해 봐야 남의 얘기. 그런 이야기를 자신의 무의식까지 끌고 와서 뭘 어쩌겠다는 건가.
- **당사자가 들을지도 모른다는 것을 기억할 것** 혹여 이 얘기가 새어나갈 수 있을지도 모른다는 사실을 염두에 둘 것. 그만큼 캐주얼하고 가볍게 수위 조절을 할 것.

46 틀어진 관계는 해 넘기기 전에 풀어라

엄마는 어렸을 때부터 "무엇이건 해를 묵히지 말라"고 하셨다. "앗, 정미한테 책값 빌린 거 안 갚았다!"라고 하면 저녁 해가 저편에 기울었는데도 책값을 손에 들려 문 밖으로 쫓듯이 보내셨다. 지난해 12월에도 어김없이 누군가에게 뭔가를 빌리지 않았는지, 고마운 마음을 받았는데 지나친 적은 없는지 물어보셨다. 예전엔 귀찮기도 하거니와 그런 것도 못 챙기고 사는 한심한 딸내미로 보이나 싶어 괜히 짜증을 내기도 했다.

그런데 한 해 두 해 지나면서 너무 많은 것을 마무리하지 못한 채 은근슬쩍 한 해를 보내고 있는 나 자신을 느낀다. 살면 살수록 인간사가 지저분해지는 것을, 깔끔하게 사는 게 얼마나 어려운 일인지를 일깨워주시는 걸까?

성장하고 나이가 들수록 늘어나는 번뇌의 똬리 중 가장 무겁고 질기고 해법이 안 보이는 것이 바로 사람에게 진 '마음의 빚을 갚는 일'이다. 당신이 살아가면서 엮는 가장 익숙한 네트워크는 애인이거나 친구다. 친구 안에는 선후배, 직장상사, 업무상 알게 된 동료 등이 포함된다. 친구를 꼭 동창 모임에서만 만나는 것은 아니니까. 나이차가 나도 좋은 마음으로 즐겁게 대하고, 스스럼없이 내 것을 나누고 싶으면 모두 친구다.

생각해 보라. 어렸을 땐 마음에 드는 펜을 골라 카드에 꾹꾹 눌러 '올 한해 즐거웠어. 내년에도 잘 지내자'는 내용을 담아 보내기도 했는데, 요즘은 이메일 한 통 띄우는 것도 여간 어렵지 않다. 각자 사는 게 너무 바쁜 탓일까?

한 해를 잘 살아낸 것은 더불어 좋은 사람들이 함께여서 가능한 일이다. 기쁠 때 함께 웃어주고, 슬플 때 따뜻한 손 내밀어주고, 의기소침해 있을 때 기꺼이 저녁시간을 내 술 한잔을 건네준 친구. 이런 사람들이 가까이에 있어서 건강하게 잘 살아낸 거다. 물론 당신도 누군가에게 분명 그런 사람이었을 것이다.

어떤 일로 관계가 틀어졌다면 꼭 짚고 넘어가라. 시시비비를 가리라는 것이 아니다. 도장 찍듯 꾹, 유치한 한편 유쾌하게 '지난번엔 내가 지나쳤어. 생각해 보니 내가 이러저러해서 미안했어. 전처럼 사이좋게 지내자'고 말하라. 당신은 너무 많은 사람들과 쉽게 친해지고, 너무 자주 좋은 사람들을 방치한다. 한 해 동안 당신이 잃어버린 사람은 없는지, 당신으로 인해 상처받은 사람은 없었는지 등 무심하게 흘려보내고 있지는 않은지 둘러보라. '우리 안 볼 사이인 거니?'라고 슬쩍 문자메시지를 보냈는데 반갑게도 답장이 온다면 '너를 잃고 싶지 않아…'라고 여전히 친구로 남고 싶은 당신의 마음을 수줍게 고백하라.

당신의 친구는 먼저 말해 준 당신이 너무 고마워서 와락 껴안고 뽀뽀를 해줄지도 모른다. 아니면 나처럼 겉으론 "뭘 그런 걸 갖고 그러냐, 새삼스럽게"라고 말하면서도 속으론 행복해서 가슴이 벌렁벌렁할지도.

삐친 친구에게 고백하는 가장 좋은 방법

- **편지 쓰기** '화내지 말고 웃는 얼굴 좀 보여주라~'라고 적은 카드와 함께 작은 선물을 한다.
- **친구가 혼자 있는 시간에 깜짝 방문** 퉁명스럽게 나온다면 반은 성공, 무시한다면 웃겨달라는 뜻.
- **전화하기** 밤 시간을 골라 차분하게 나누는 친구와의 대화는 전에 쌓여 있던 모든 갈등을 말끔히 해소해 준다.
- **한결같은 태도** 쉽게 해소되지 않을 만큼 단단히 삐쳐 있다면 한결같이 행동하라. 이것, 중요하다. 난 항상 네 뒤에 있으니까 너만 돌아서면 돼, 라는 태도!

47 남자 때문에 친구에게 등을 보이지 말라

스무 살 즈음 나는 남자친구를 친한 친구 H양에게 빼앗겼고, 또 다른 친구 J양이 가슴 졸이며 좋아하던 남자와 몰래 데이트를 했다. 이 돼먹지 못한 이율배반의 행동은 필경 내가 스무 살이었으니 가능한 일이었다고 믿고 있다.

친구에게 뺏겼던(이보다 우아한 표현은 없는 걸까?) 그 남자는 이름하여 첫사랑이었는데, 당시 혈기탱천하던 나에게 "도도하기 그지없는 너보다 낭창낭창 애교 많은 그 애가 더 좋다"는 무시무시한 고백으로 내 가슴을 난도질했다. 처음엔 화가 났고 차츰 견딜 수 없이 창피해졌다.

남자친구의 충격 고백을 듣고 나는 멍청한 표정으로 길을 걷다가 슬몃 골목길로 숨어 들어가 엉엉 소리 내며 한참을 울었다. 떠난 남자는 아무래도 괜찮았다. 생각해 보니 맘에 들었던 날렵한 콧날도, 하얗고 긴 손가락도, 따뜻했던 마음씀씀이도 별거 아닌 것처럼 느껴졌다. 오히려 데이트 다음날이면 "어젠 남자친구랑 뭐 하고 놀았어?" "네 남자친구는 어떤 음악 좋아하니?"라고 물어대던 H양의 행동들이 오버랩되며 가슴이 찢기듯 아팠다. 가해자가 누구였든 친구와 남자를 사이에 둔 내 인생의 첫 번째 배신이었다.

그로부터 1년 뒤 친한 친구가 짝사랑하는 선배와 삼각관계에 얽혔다. 짝사랑하는 선배에게 고백은커녕 눈도 못 마주치던 J양. 어느 날 J양이 "네가 그 선배 만나 내 얘기 좀 해줘"라고 부탁하게 되었고, 다음 얘기는 뻔하다!

선배가 싫지 않았던 나는 친구에게 "그 선배는 여자 사귈 맘이 없다고 하니까 마음 접어"라고 말하고는 선배를 피해 다녔다. 괴로웠다. 나도 좋은데 왜 만나면 안 되지? 그런 생각이 점점 고개를 쳐들었고, 한 달여 동안 J양 몰래 선배와 차를 마시고, 밥을 먹고, 영화를 봤다. 그러다 꿈을 꿨다. J양이 컴컴한 터널 같은 데서 터널 밖에 서 있는 나를 보며 울고 있었다. "J야, 거기서 뭐 해?" 하고 내가 묻자, 그녀가 자신의 왼쪽 심장 언저리를 만지며 "…여기가 너무 아파"라며 하염없이 흐느꼈다. 가슴이 아파 울고 있는 친구를 꿈에서 만난 후 나는 다시 잠을 이룰 수가 없었다. 그게 나였든 친구였든 내 인생의 두 번째 배신이었고, 한동안 나는 죄책감에 사로잡힌 한심한 내 모습에 가슴 먹먹해하며 살았다.

친구의 등에 칼을 꽂는 건 내 손으로 칼을 꽂은 친구의 뒷모습을 보겠다는, 봐도 상관없다는 뜻이다. 그것이 남자 문제라면 등과 가슴에, 동시에 칼을 꽂는 격이다. 가급적 우아하게 살자, 우리. 해보니 참 못할 짓이 친구가 침 발라놓은 남자 도둑질 하는 거더라.

친구 남자를 도둑질하면 왜 친구 사이가 멀어지느냐면 친구에게 내준 심장과 남자에게 내준 심장이 서로 다르기 때문이다. 친구 때문에 남자를 배신하는 경우보다 남자 때문에 친구를 배신하는 경우가 더 아픈 이유? 멀어진 남자로 인해 허전한 마음은 순간의 열정만 다스리면 되지만, 멀어진 친구로 인해 비어버린 마음은 함께 보내온 시간과 애정, 친구의 심장을 도려낸 데 대한 죄책감 등을 혼자서 감내해야 하기 때문이다.

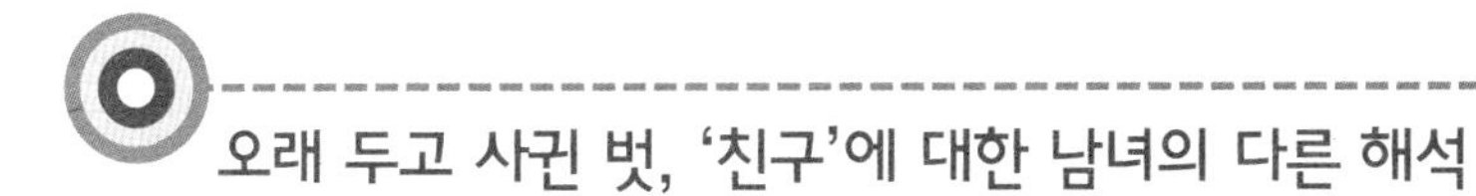

오래 두고 사귄 벗, '친구'에 대한 남녀의 다른 해석

- **남자에게 친구는…** 군대 갈 때 여자친구를 맡기는 든든한 자물쇠. 여자친구와의 100일 기념일에 반지 살 돈을 빌려주는 속 깊은 은행. 헤어지고 나서 늑대처럼 울부짖을 때 정신 차리라며 뺨을 때려주는 야속하고 고마운 회초리. 하지만 이 모든 것은 "저 새끼, 여자 잘못 만나더니 병신 다 됐네"라는 한 마디에 와르르 무너짐.

- **여자에게 친구는…** 내가 남자친구 만날 때 같이 나가자는 말이 진심인 줄 아는 답답함. 데이트 있는 날 밤늦게 전화 걸어 지금 집에 놀러 오겠다고 투정부리는 어처구니없는 만행. 킹카 남자친구를 데리고 나온 나에게 이유 없이 딴죽 거는 변화무쌍한 성격. 하지만 이 모든 것은 "나 남자친구랑 헤어졌어… 놀아줘"라는 한 마디에 사르르 용서됨.

48 가끔씩 멀리 있는 친구를 마음으로 불러보라

시나브로 살다 보면 어느 날 갑자기 마음에 덜컥 걸리는 친구가 있다. 예고 없이 후두둑 떨어지는 소나기처럼 불현듯 생각나는 이름. 뭐 하고 지내나, 얼마나 예뻐졌을까, 살은 뺐을까, 안경을 벗고 라식수술을 하진 않았을까 등등. 이런저런 생각을 하다 보면 머릿속 친구는 아주 잠깐 동안 과거로 가는 빛바랜 티켓 한 장을 손에 쥐어준다.

하루 종일 얼굴을 맞대고 끊임없이 수다를 떨고, 음악과 영화, 나무와 구름에 대해 교감하던 친구도 시간이 지나면 산뜻한 색감을 서서히 잃는다. 대신 묵은 향기를 간직하게 되는데, 함께 변해 가며 느끼는 시간의 깊이가 그만큼 위력적이다.

가까이 있는 친구보다 멀리 있는 친구일수록 마음 가까운 곳에 두어라. 말끝마다 당신 이름을 불러주던 그 친구의 정겨운 이름을 잊지 않게, 오래 전 당신의 가장 가까운 곳에서 함께했던 익숙함을 간직하게, 부족한 당신을 "그냥 너여서 좋아"라며 '친구'라는 자리를 허락한 갸륵한 마음을 배반하지 않게, 함께여서 외롭지 않았던 그날들을 기억하게 마음으로 늘 친구의 이름을 불러라.

그렇게 마음으로 부르는 이름들은 언제든 다시 당신에게 온다. 조금 늦게, 조금 어색한 미소를 띠며 다가와 여전히 따뜻한 손으로 당신의 지친 손을 잡아준다. 없던 쌍꺼풀이 생기고 치아가 가지런해지고 하이힐에 감색 스커트를 입었어도 외꺼풀의 눈꼬리를 길게 그리며 시원하게 웃던, 벌어진 이빨 틈새에 고춧가루가 낀다고 속상해하던, 날렵한 다리에 청바지와 스니커즈가 참 잘 어울리던 오래 전 그 친구가 맞다.

어…? 하는 낯섦은 길게 가지 않는다. 사실 그러한 낯섦조차 유쾌하다. 하늘이 유리알처럼 '쨍'하게 맑은 날 "너 이런 날씨 좋아했잖아. 잘 지내냐?"라며 전화를 해보자. 이런 소담한 마음을 맞닥뜨리곤 "어머, 난 열라 축축한 장마철이 좋은데…. 난 그런 말 한 적 없거든? 나 아닌가 보다, 얘"라고 응대하며 설혹 당신을 뜨악하게 했다손 쳐도 그 시도만은 순수했으니 당신은 부자다.

크리스마스, 추석과 설 명절에 일괄적으로 보내는 문자메시지를 제일 싫어하는 나로서는, 그래서 마음을 담은 전화 한 통이 이쁘고 고맙다. 막상 별로 할 말은 없으니 다소 어색하게 과장된 덕담을 나누게 될지라도 전화번호를 누르며 내 생각을 했을 그 친구를 생각하면 캐시미어 풀오버를 폭 뒤집어쓴 것처럼 따뜻해 죽겠다.

친구와 나눈 마음은 친구라는 이유만으로도 하나의 길로만 흐른다. 오랜만에 만나는 친구가 내게 벅찬 감동을 선물하는 그 순간을 위해 소식이 뜸한 친구일수록 마음으로 이름을 불러라. 언제건 문턱 없는 당신의 방에 웃으며 들어올 수 있도록.

삶이 팍팍할 때 멀리 있는 친구를 위해

- **연필로 꾹꾹 눌러 쓰는 편지 한 장** 길지 않아도 좋다. 타이핑에 익숙해져서 손가락이 저려도 괜히 기분이 좋아진다.
- **뜻밖의 소포** 조그만 상자에 친구를 위한 강장제, 비타민, 친구가 어릴 적 좋아했던 만화책, 작은 선인장 등을 담아 보내라.
- **예고 없는 만남** 전화 없이 무작정 친구를 찾아가라. 밥 먹고 차를 마시는 동안 친구와 당신의 마음에 활짝 무지개가 핀다.

49 모두에게 베스트 프렌드가 되려고 하지 말라

성격 좋고 싹싹하며 누구에게나 잘 맞춰주고, 기호와 취미 또한 방대해 어느 자리에서건 사랑받는 후배가 있다. 그녀를 원망하거나 미워하거나 손가락질하는 사람은 한 번도 보지 못했다. 아울러 모든 사람들은 그녀가 없는 자리에서도 듣기 좋은 말로서가 아닌 진심으로 그녀를 칭찬하고 그녀를 좋아했다. 처음 만난 사람도 단번에 그녀에게 호감을 느끼고선 '다음에 또 만나자'는 약속을 걸곤 하는데, 비단 그녀의 친화력이 탁월해서뿐만 아니라 그녀가 풍기는 인간적인 매력 또한 높아서이리라.

그런데 가만히 지켜보니 그녀가 만나는 친구는 하나 아니면 둘 정도로 한정돼 있었다. 대화 속에 쏟아지는 각양각색의 친구들은 많은데, 정작 하릴없이 만나도 괜찮은 친구는 거의 한 명이었다.

크리스마스, 연말연시는 물론 심지어 생일도 혼자 지내는 것을 내게 목격당한 바, 나는 그토록 많은 사람이 좋아하는 그녀가 왜 별도의 세레모니(ceremony)가 필요한 날은 정작 혼자인지를 물어봤다.

"누굴 만나야 할지 모르겠어요. P양을 만나면 S양이 서운해할 것 같고, J양과 K양을 한꺼번에 만나자니 둘은 기호가 맞지 않고, O양을 불러내자니 그 친구는 둘이서 시간을 보내고 싶은 친구는 또 아니거든요. 그래서 그들 모두를 생각하자니 성가시기도 하거니와 나중에 서운하다고 할까 봐 속 편하게 혼자 지내요."

액면 그대로는 수긍 가는 한편 이해할 수 없는 대답이었다. 그리고 안타까웠다. 만나서는 하하호호 교감하면서 혼자서 생각하면 누구 하나 내 맘 같은 친구가 없다는 건 분명 슬픈 일이다. 결국 자신의 에너지를 여러 사람에게 소진하는 셈인데, 그런 다음의 텅 빈 공허함은 역시 그녀 혼자만의 몫. 물론 그녀가 모두의 베스트 프렌드가 되려고 하는 것은 아니다. 그녀를 베스트 프렌드로 생각하는 사람은 많을지 모르나, 그녀는 오롯이 혼자를 즐기고 있으니 그녀에겐 다행한 일이다.

어렸을 땐 친구가 많은 게 복인 줄 알았다. 생일에 책상 옆에 수북이 쌓인 선물 꾸러미들을 보면서 '지난해보다 세 명이나 더 선물했네'라고 좋아하던, 참으로 어처구니없던 계산법을 하던 적도 있었다. 나의 이 철없던 '친구 헤아리기'는 사회생활을 하면서 완전히 치유됐다.

후배의 말처럼 나 역시 친구들이 성가셔지기 시작했다. 한편 내

속 같다고 생각했던 친구에게 소소한 배신을 경험하면서 '친구'라는 소중한 단어는 함부로 쓰는 것이 아니라는 것도 알게 됐다. 정말 좋은 친구는 한결같이 내 옆에 있어주는 것이지, 무슨 말에든 맞장구쳐주고 부르면 뭔가를 기대하며 달려 나오는 것이 아님도 알게 된 것 같다.

어려서부터 친구를 유달리 좋아해 어릴 적 부모님은 "니들(형제들)이 말하는 친구의 'ㅊ' 자만 들어도 몸서리쳐진다"고 하시곤 했다. 하기야 오빠는 집에 있는 쌀과 반찬, 오디오, 하다못해 두루마리 화장지 한 두름과 화장실에 놓인 쓰다 만 다이알 비누까지 자취하는 친구에게 퍼다 날랐고, 동생은 제 부모보다 친구 부모에게 더 살뜰했으니 부모님의 한숨이 이만저만이 아니었다. 신기하게도 그렇게 헌신하던 내 형제의 친구들은 모두 베스트 프렌드로 남았으니 다행이라면 다행이다.

인생에서 친구는 세 명이면 족하다. 허물없이 지내며 '친구'라고 불러도 좋을 사람들은 많을수록 좋겠지만, 저 밑 당신의 속까지 까발리며 교감하고 공유할 수 있는 친구가 세 명이나 있다면 당신은 이미 부자다. 모두에게 일순위의 인간으로 불리려 하지 말라. 모든 것을 소진하다 껍데기만 남았을 때 그때도 당신 곁에 남아 있는 사람이 진정한 친구다.

'만인의 베스트 프렌드'의 단점

- **정작 중요한 일은 혼자 모른다** 친구의 새 남자친구, 유학, 중차대한 결정 사항 등 정작 친구들의 중요한 일은 맨 나중에 알게 된다. 빛 좋은 개살구들이 원래 먹을 게 없는 법. 실속 없이 친구 관리 해온 값이다.

- **늘 바쁘고 결정적일 때 외롭다** 평소에 친구들이 많아 언제나 공사다망하지만 정말 누군가 필요한 날은 막막하다. 오라는 데 많은, 다양한 친구들의 러브콜에 익숙한 유형의 인간들은 정작 누굴 불러야 할 땐 제풀에 어색해진다.

- **'진정한' 친구는 없다** 술친구, 수다친구 등 아는 사람이 많은 것은 좋다. 마당발로서의 네트워크와 친구를 혼동하지 말 것. 잔인하게도 이들 중 당신의 베스트 프렌드는 많아야 한 명, 아니면 한 명도 없다고 봐야 한다.

50 지인들의 경조사는 무조건 챙겨라

'슬픔은 반으로 나누라'는 옛말을 나는 절감하고 또 절감한다.

아버지는 2000년에 돌아가셨다. 누군가의 죽음이 모두 그러하듯 태어날 때 소임받은 생의 의무를 다한 것인데, 떠나보내야 하는 사람들에게는 늘 야속하고 더없이 애통하다. 비록 마음의 준비는 하고 있었으나 생전에 응석받이 막내딸에게 깊이 사랑을 주셨던 까닭에 나는 부서질 듯 몇 번을 까무러치며 비통한 심정으로 가족들과 장례식을 준비했다.

부음을 전해 듣고 사람들이 나를 위로하기 위해 도착했을 때 나는 애써 웃었고, 그들은 말없이 내 손을 잡아주었다. 열일을 제치고 내 슬픔을 덜어주고자 부랴부랴 달려온, 생각지도 못했던 이들까지 찾아와 내 등을 쓸어줬을 때 나는 소리 없이 눈물만 뚝뚝 떨구며 울었다. 슬퍼서, 그리고 고마워서였다. 어떻게 은혜를 갚아야 하나, 하는 숙연한 부담감과 내가 사람 '답게'는 아니어도 사람 '처럼'은 살았구나, 라는 먹먹한 감동을 아버지의 죽음 앞에서 처음 느꼈다.

그들이 덥석 잡아준 손이 아니었다면, 입가에 미소를 흘리며 잠시나마 마음을 쉴 수 있었던 그들의 시시껄렁하지만 우정 어린 농담이 아니었다면, 봄날 새벽의 이슬을 맞으며 함께 나눠 먹었던 해장국이 아니었다면, 나는 피폐해진 채 오래도록 멍울진 얼굴로 있었을 것이다. 슬픔은 내 몫만 남겨진 채 정확히 반으로 갈라져 공기 중으로 흩어졌다. 그들이 함께해 준 짧지만 충심 어린 시간들은 서른 살 중턱까지 지나온 내 삶을 아무리 헤집어봐도 그 무엇과 견줄 수 없을 만큼 절대적이다. 누군가 사랑하는 사람을 영영 잃었다면 달려가 그(녀)의 어깨 위에 무겁게 내려앉은 슬픔의 반을 떼어 주어라. 성년이 되어 꼭 기억해야 할 일 가운데 하나가 지인들의 애사를 외면하지 않는 일이다.

그런가 하면 '기쁨을 나누면 두 배'라는, 듣기만 해도 행복한 이 말은 또 어떤가. 경사의 최고봉은 '결혼'이다. 성혼서약이 끝나고 신랑신부가 행진할 때 사회자는 으레 "둘이 아닌 하나가 되어 걷는 이들의 앞날을 축복하자"고 말한다. 새로운 탄생의 순간이다. 누군가의 벅찬 순간을 지켜보고 증명했다는 것은 대단히 근사한 일이다. 우리나라의 경사가 결혼, 돌, 회갑 등 탄생의 순간을 기념하는 것은 서로 어울려 살아가고 있다는 뜻이다. 축복은 당연하다.

몇 해 전 결혼한 친구는 결혼 전과 결혼 후 인간관계를 구분하는 잣대가 추가됐는데, 그것은 결혼식 때 참석 유무란다. 몰랐는데 결혼하고 났더니 식장에 걸음해 준 사람들이 너무 고맙게 느껴지더라는 것. 축의금을 위해 통장번호를 불러주는 일도 얌체처럼 보이겠지만 절대 그렇지가 않다. 단순히 돈을 주는 행위를 떠나 말 그대로 그들의 앞날을 축복하는 의식 중 하나일 뿐, 마음을 주는 것이라 생각하면 기꺼이 통장번호를 메모할 일이다.

당신은 이제 나보다 남을 신경 쓰며 살아야 할 때다. 그 마음 씀씀이 폭을 넓히고 깊이에 파고들어야 한다. 사회 구성원으로서 몫을 다하고, 성숙한 인간관계를 위해 기꺼이 동참하자. 기쁨과 슬픔을 함께하면서 키워지는 동지애는 생각보다 훨씬 감동적이고 끈끈하다.

결혼식장, 봉투에서 들키는 인간성

- **1만 원** 왔다 간다아~
- **2만 원** 액수가 애매하다고? 그렇다고 만 원을 할 순 없잖아!
- **3만 원** 예의를 다해 축하해.
- **4만 원** 깜박하고 만 원이 더 들어갔거나 빠졌거나.
- **5만 원** 과하다 싶어? 네가 뭐라든 이게 내 진심이야.
- **5만 원 이상~** (동성일 경우) 유일한 친구라는 것이 나보다 먼저 가다니. 기집애 잘 먹고 잘 살아랏. 쿨쩍.
  (이성일 경우) 네 옆자리에 내가 섰어야 하는데….

51 가족 앞에서는 눈물을 참지 말라

가족 앞에서 우는 일은 매우 공식적일 때다. 태어나 죽을 때까지, 아니 죽어서도 궤를 같이할 '핏줄'로 연결됐으니 눈물을 보이는 일쯤 대수롭지 않을지도 모른다. 하지만 오로지 당신의 슬픔과 비탄을 담은 눈물은 쉬이 나오지 않는다.

재미있는 사실은 밖에서 모임의 분위기메이커인 사람이 집에선 입에 자물쇠를 채우고, 내성적이고 소심한 사람이 집 안에선 활력소인 경우가 많다는 것. 또 밖에서는 친구의 어깨에 기대거나 남자(여자)친구의 가슴에 안겨 눈시울을 붉히면서도 집에서는 쌩뚱맞은 얼굴로 "나한테 말 걸지 말아줄래?"라고 저항하기도 한다.

절망적인 일을 겪었거나 슬픔에 휩싸여 걸을 힘도 없을 때 당신은 자신과 가장 가까운 사람을 찾는다. 하지만 대개 가족은 아닐

터. "너무너무 슬픈데 언니가 좀 나와줄래?" "화가 나서 미칠 것 같아. 아빠 나 좀 만나줘"라고 말하지는 않는다는 것이다. 태어나 지금까지 한집에서 부대끼고 살아오면서, 세상에서 당신과 가장 닮은 족속들인데도 정작 마음을 여는 일에는 거리를 둔다. 당신의 삶과 가족의 것은 별개여서? 가족에게 속을 보이는 것은 왠지 민망해서? 가족들은 당신의 맘 절대 모를 것 같아서?

아마 아닐 거다. 가족들이 당신의 눈물을 봤을 때 당신보다 더 가슴 아파할까 봐, 당신보다 더 잠을 못 이룰까 봐, 당장 내일부터 당신 눈치를 살피며 안절부절 못할까 봐서다. 한편 미안하고 한편 성가시고 또 한편 스스로가 작아지는 게 싫어서일 거다.

그런데 말이다, 가족 앞에서 눈물을 참으면, 흐르지 못하고 눈물샘 안에 고여 있는 당신의 눈물은 죄다 가족의 가슴으로 옮아간다. 상실과 극심한 우울 때문에 가슴이 터지다 못해 눈물을 흘리려는 찰나의 당신 모습을 보는 것이 가족들은 더 힘들다. 차라리 마음껏 울고 마음속을 모두 보여주어라. 재차 묻지 않아도, 고여 있는 눈물을 모를 리 없다. 적어도 당신의 가족 앞에선 눈물을 참지 말라.

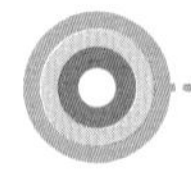

이런 눈물은 참아줄래?

- 돈 줘, 사줘, 왜 못 하게 해 등등 땡깡 부리며 울지 마라.
- 누군가와 싸우고 들어와 씩씩거리며 "아우, 열 받아!"라고 성질부리며 울지 마라.
- 형제자매와의 갈등 때문에 부모 가슴 찢으며 울지 마라, 절대!

52 엄마를 너무 미워하지도 사랑하지도 말라

세상의 모든 딸들은 중죄인이다. 모두 '딸로 태어나 죽는 그날까지 엄마를 이해하지 못하는 죄인'이다. 당신의 엄마도 그녀의 엄마에게 그랬을 것이다. 외할머니가 엄마를 나무라는 방식대로 엄마는 당신을 나무라고, 엄마가 외할머니에게 못마땅하게 생각했던 부분에 대해 당신은 어느새 엄마에게 볼멘소리를 한다. 나중에 당신이 딸을 낳으면 당신 딸도 당신에게 똑같이 할 것이다. 엄마와 딸 사이에 견고하게 자라고 있는 애증의 뿌리는 제아무리 강렬한 카리스마를 가진 여장부라도, 세상의 칭송을 받는 여류 석학에게도 공통된다.

어릴 적 1980년대 드라마들을 보면 딸들은 하나같이 엄마처럼 안 살겠다고 악다구니를 쳤다. 무섭게 경제성장 중이던 개발도상국 혹은 후진국이었으니 허리띠를 졸라매지 않은 사람이 없을 때였다. 가난을 이고 지고 지지리 궁상을 떨어야 나중에 허리 좀 펴고 살던 때였다. 살 만해진 지금, 딸들의 악다구니는 잦아들었지만 엄마의 삶이 재미없는 건 마찬가지. 그렇다고 엄마가 대단히 근사하게 변신하기를 바라는 것도 아니다. 여기부터 못된 딸의 잔인한 경쟁이 시작된다.

모성애라는 원죄로 낳아 키우고 가꿔준 세월을 딸은 웃으며 잊는다. 여전히 사랑스럽게, 여전히 눈에 넣어도 안 아프게 "엄마, 엄마~" 부르면서 엄마로부터 멀어지고, 엄마로부터 타인화하고, 엄마로부터 문을 걸어 잠근다. 그리고 잊는다, 그녀가 홀로 늙도록. 이 얼마나 잔인한 형벌인가.

엄마처럼 안 살겠다고 말하는 딸들에게 묻고 싶다. 당신의 엄마와 당신, 둘의 관계를 두고 한 번이라도 동등한 위치에서 생각해본 적 있느냐고. 따져보면 나이 많은 여자와 나이 어린 여자일 뿐이다. 비교란 평지에 똑같은 무게의 추를 올려놓고 시작하는 것이다. 엄마는 딸에게 늘 약하지만 정작 약자는 딸들이다. 엄마의 자궁을 빌려 태어났으니 당신은 살면서 자주 그 이름 앞에 숙연한 기도를 올려야 한다. 엄마와 딸은 세상에서 가장 아름다운 관계로 태어난 가장 어렵고 복잡한 관계이므로.

엄마처럼 살고 싶다고 생각하는 딸들에게는 이렇게 말하고 싶다. 당신의 엄마가 어제, 오늘 그리고 내일도 한결같이 위대하고 숭고한 까닭은 그녀가 여자이기 때문이라고. 그리고 그녀를 사랑할 수 있는 시간은 매일 조금씩 줄어간다고.

그저 이렇게 얘기하겠다. 언젠가 자신의 자궁에 소중한 딸을 담게 될 준비를 해두라고, 자주 엄마를 안아드리라고.

엄마를 좀더 많이 사랑하는 법

- 엄마와 함께 영화관을 가고 분위기 좋은 카페에서 차를 마셔라.
- 당신의 생일에 엄마를 위한 선물을 준비하라.
- 엄마의 딸로 태어난 건 감사한 일이라고 말하라.
- 엄마에게 더 자주 '사랑한다'고 말하라.
- 굳어가는 손에 핸드크림을, 각질이 터진 발뒤꿈치에 풋케어크림을 발라주어라.
- 당신이 자주 가는 쾌적하고 서비스 좋은 미용실에 가서 뭉텅뭉텅 희끗해지는 엄마의 머리카락을 염색해 주어라.

53 부모님 둘만의 시간을 방해하지 말라

아직 꼬마였을 때 나는 천방지축 소년처럼 뛰어놀던 여자아이였다. '커서 뭐가 되려나' 하는 어른들의 걱정을 유난히 자주 들으며 자랐다. 반면 집에선 유난히 어리광이 심했다. 아직 학교에 들어가기 전, 이른 아침에 잠이 깨는 날엔 늘 졸린 눈을 비비며 안방으로 가 아빠 엄마의 딱 가운데 작은 몸을 누이곤 엄마 품속으로 파고들었다. 요새 문득 새벽에 잠이 깰 때면 그때의 아늑하고 달콤했던 이불 속이 떠오른다. 그리고 일찍 주무시고 새벽잠 없던 두 분의 유일한 시간을 내가 방해한 것은 아닌가 하는 후회가 밀려온다.

나이가 지긋한 중견 배우를 만났을 때의 일이다. 자식을 낳아 제 갈 길을 찾도록 길라잡이를 해놓고 나니 남편과 자신이 할 일을 다 했다는 뿌듯한 생각이 들었단다. 호젓한 기분이 드는 한편 젊어서

는 돈 벌어 가정의 울타리를 단단히 쌓느라 대화가 없었고, 다 늙어서는 서로의 일상만을 알 뿐 어떤 삶을 살아왔는지 도무지 알 도리가 없더라는 것이다. 남편을 사랑하지 않은 것도 아니고, 성실하게 맡은 바 도리를 다한 점은 부부가 서로 인정하는데도 막상 어디서부터 말머리를 잡아야 할지 모르겠더라며 쓸쓸하게 웃었다. 그녀는 남편이 10년 넘게 골프를 쳐왔다는 것도, 와인 애호가라는 것도, 전에 없이 언제부턴가 양말을 신고 자는 것도 까맣게 모르고 있었다며, 부부라는 것이 그렇게 남남처럼 살 수도 있다는 사실이 무서웠다고 덧붙였다.

나는 나직하게 말하는 그녀의 얘기를 들으며 또 한번 꼬마 때의 아늑했던 그 이불 속을 떠올렸다. 어쩌면 부모님은 나이 들어 서걱

서걱해지지 않기 위해 새벽잠을 아껴가며 도란도란(내가 듣기엔 별로 중요하지도 않은) 앞집 얘기, 키우던 강아지 얘기를 나누셨던 것은 아니었을까? 훌쩍 커버린 자식들은 저마다 "너무 바빠요"를 입에 달고 사는데, 당신들은 자식들에게 정기(正氣)를 모두 내어주고 껍데기만 남아 무중력 상태가 돼버린 것은 아니었을까?

당신이 기특한 딸이라면 부모님이 함께 있는 시간은 방해하지 말라. 함께 계신데도 그닥 긴 대화가 이뤄지지는 않겠지만, 소재라고 해봐야 늘 뻔한 것들뿐이겠지만, 얼마쯤 있다가 슬쩍 자리를 뜨시겠지만, 두 분의 시간을 더 많이 더 자주 만들어주어라. 함께하셨던 많은 날보다 남은 날을 더 알차게 두 분만의 추억이 영글 수 있도록.

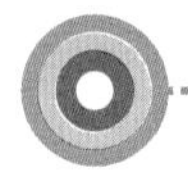

부모님을 위해 딸이 하는 예쁜 짓

- **영화·공연 티켓을 선물한다** 때에 따라서는 호텔 디너쇼도 좋다. 우아하고 품격 있는 저녁식사를 준비하면 '딸 덕분에 호강'이라는 칭찬도 덤으로 받을 수 있다.

- **커플 아이템을 선물한다** 등산을 좋아하신다면 커플 등산화와 재킷, 부부 동반 때 입으시라고 넥타이와 머플러의 톤을 맞춰드리는 것도 좋다.

- **두 분만의 여행을 보내드린다** 겉으론 "니들과 같이 가야 재밌지"라고 하시지만 속으론 매우 좋아하신다. 가능한 범위 내에서 용돈도 두둑하게 드릴 것.

- **잠자리에 들기 전 나란히 팩을 해드린다** 얼굴에 팩을 해드리고 조용히 방을 나온다. 도란도란 얘기를 나누시다 곤히 잠드실 것이다.

54 가족은 내 운명이라는 생각에서 벗어나라

이상하게도 내 주변에는 흔한 말로 '소년소녀 가장'이 많다. 다 자라 정작 소년소녀는 아닐지라도, 말 그대로 아직 젊은 나이에 집안 전체의 생계를 떠안아야 하는 사람들 말이다. 약간 눈물겹게 들리겠지만 '눈물의 생활수기' 류에 등장하는 울적한 지경은 아니니 걱정일랑 마시고.

이 소년소녀 가장들은 연봉 억대의 고소득자이건 저 혼자 살기에 벅찬 수입으로 살아가건 가족의 울타리로부터 좀처럼 벗어나지 못한다. 개중에는 월급을 쪼개 엄마 곗돈부터 시작해 동생 용돈과 학자금, 철없이 놀고 있는 여동생의 새 구두를 사주는 친구도 있다. 또 한 달에 기천만 원을 우습게 벌어들이는 잘나가는 치과의사는 의사 공부를 시켰으니 할 일 다 했다며 조그만 가게를 내달라는 부모님과 걸핏하면 형 때문에 학교를 다 마치지 못했다는 푸념을 늘어놓는 동생 부부, 매달 손을 벌리는 이혼한 누나의 생계와 조카의 학원비 등을 책임지느라 얼굴을 펴지 못한다.

소년소녀 가장의 공통점은 가족이라는 질기고 질긴 끈을 천형처럼 짊어지고 태어났다는 것, 절대로 벗어버리지 못한다는 것, 자기도 모르는 사이에 가족의 수렁에 스스로 몸을 담그고 있다는 것이다. 절대 그러지 말라고, 한번쯤 멀찌감치 거리를 두고 냉정하게 생각해 보라고 말해도 못 알아듣는다. 왜? 그렇게 살아왔으니까. '가족은 내 운명'이라고 여기며 살아왔으니까.

가족이 전부라고 믿고 살아가는 사람들은 '다른 가족을 인정하지 못한다'는 치명적인 오류에 빠져든다. 그런 가족 이기주의에 빠진 사람은 성장해서도 가족의 굴레에서 벗어나지 못한다. 가부장적인 분위기, 의존적인 분위기가 지배하는 가족일수록 정도는 심하다. 뭔가 잘못됐다는 것을 인식하고 벗어나려 해도 가족 중 싫어하는 누군가와 똑같이 닮아 있는 자신을 발견하게 된다.

아무리 힘들어도 자식 얼굴만 바라보면 근심이 사라진다는 부모에게 자식은 살아가는 힘이요, 존재의 이유다. 그런 부모의 맹목적인 사랑은 자식에게 든든한 힘이기도 하지만 한편으론 벗어버릴 수 없는 묵직한 등짐처럼 버겁기도 한 것. 그런가 하면 자식에게 부모는 명예이자 멍에다. 자식은 옹알이를 할 땐 '천재', 유치원 재롱잔치에선 '세상에서 제일 예쁜 공주', 첫 생리를 하던 날은 '불면 날아갈까 조심스러운 꼬마 숙녀', 대학생일 땐 '엄마의 친구이자 아빠의 연인'이었다. 하지만 시간이 지나면 자식은 점점 부모의 사랑을 잊고, 부모는 품 안에서 풍기던 자식의 향긋한 살 냄새를 잃어간다.

가족은 세상에서 가장 가까운 내 인생의 관찰자이자 충실한 조언자다. 사랑으로 이루어진 조직이자, 가장 배타적이고 이기적인 구성원들의 조합이다. 그러니 한번쯤 가족으로부터 진정한 독립을 선언하는 것도 좋다. 가출 따위의 치기 어린 행로가 아닌, 정신적 독립을 통해 한 걸음 떨어져서 가족을 바라보는 태도는 당신과 가족 모두에게 필요한 일이다. 가족은 당신의 운명이 아니다. 가족은 각자의 운명을 함께 헤쳐가는 동반자다.

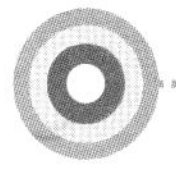

가족으로부터의 독립은 이렇게!

- **부모로부터의 독립** "나는 더 이상 어린애가 아니라고요"라고 떠들어봤자 당신은 부모에게 평생 물가에 내놓은 여섯 살짜리 꼬맹이다. 부모와의 유대에는 감사하되, 보호의 눈길로부터 과감히 벗어나라.

- **손위 형제자매로부터의 독립** 언니·오빠에게 당신은 언제나 만만한 동생. 손위 형제자매 간의 독립은 사회적 인격체로의 독립을 의미한다. 동등하게 사회인으로 제 몫을 다하고 있다는 자부심과 함께 '철부지 동생'이란 이름표를 떼어내라.

- **손아래 형제자매로부터의 독립** 동생으로부터 반말과 사심 없는 욕지기를 듣는 관계가 계속되면 나이 들어 고생한다. 따끔하게 가르쳐라.

55 일일계획표를 세워 실천해 보라

다 커서 이게 무슨 유치한 초등학생 놀이냐고 반문할지도 모르겠다. 일일계획표가 필요한 이유는 한번쯤 당신의 생활을 매우 심플하게 정리하고 생활의 긴장감을 다지는 데 있다.

아마도 가장 어려운 것이 기상시간과 취침시간일 것이다. 계획표에 정해 둔 그 시간을 사이에 두고 오락가락하다가 차차 안정화될 것이다. 다음은 취침 시간. 매일매일 변수가 많은 일을 하다 보니 갑작스런 회식과 모임, 야근으로 어떤 날은 새벽에 귀가하는 경우도 있겠지. 하지만 스스로 만든 기상 시간과 취침 시간은 당신의 인생에서 긍정적으로 작용할 것이다. 오히려 시간이 지날수록 무리 없이 진행할 수 있게 될 테니까.

계획표를 짤 때 유의할 점은 초등학생처럼 획일적으로 짜면 '죽었다 깨어나도 지키지 않겠음'과 다름없다는 것. 방학을 위한 열 살짜리 계획표와 다 자란 성인의 것이 어떻게 같을 수 있겠는가.

기상과 취침, 그리고 매일매일 걸러선 안 되는 것들부터 정리하자. 스트레칭이나 요가, 저녁 먹고 무슨 일이 있어도 TV를 봐야 한다면 'TV 시청'이라고 살뜰하게 기입하자. 독서 시간을 넣은 것은 아주 유용하다. 예전에 잡지나 뒤적이던 것에 비해 훨씬 알차게 시간을 활용하게 될 것이다. 이런 생활이 계속되면 자연스럽게 인터넷서점을 찾거나 직접 서점에 나가는 일이 행복해진다.

'가족과의 맞짱' 시간도 좋다. 글로브를 끼고 악다구니를 치라는 게 아니라 부모님, 동생, 언니, 오빠 등 아무나 붙들고 '당신 잘 걸렸다'는 심산으로 다양한 형태의 '마주 봄'을 시도하라. 가족이란 한없이 뻔뻔해도 좋은 사람들. 엄마의 흰 머리를 염색해 주고 동생에게 누나나 언니다운 뻔한 잔소리를 약간씩 늘어놓고 슬쩍 용돈을 쥐어주거나, 아니면 반대로 오빠에게 라면 한 그릇 끓여주고 용돈을 갈취하는 행위도 계획표에 넣어라. 귀가 시간이 서로 안 맞아 마주할 시간이 없다는 이유로 아빠를 빼먹으면 당근 삐치신다. 구두를 미리 닦아놓거나 와이셔츠를 다림질하는 것도 아빠와의 맞짱 중 하나.

귀가 시간은 '늦어도 몇 시' 정도로만 책정해 놓는 게 좋다. 근면 성실한 새 나라의 처녀가 되겠답시고 오후 9시로 붙박아놓으면 나중엔 지키지 못하는 자신에게 짜증만 난다. '별다른 일이 없으면' '친구를 만나면' '광란의 밤을 보내면' 등 세 가지 경우를 두고 '최소한'의 단서를 달아놓으면 된다.

모든 시간은 탄력적으로 하되 지키지 못하더라도 자책하지 말 것. 계획표를 짜는 것은 동심으로 돌아가 유년의 기억을 떠올리고, 자신이 얼마나 스스로와의 약속을 잘 이행하는지를 파악하며, 하루 중 자신이 낭비하는 시간이 얼마나 많은지 자각하기 위해 하는 일이다. 그러니 이 일로 스트레스를 받는다면 안 하느니만 못하다. 한번쯤 해보면 좋은 이유는 이런 시간을 통해 자신을 더 아끼고 사랑하게 되기 때문이다. 안 지켜도 벌금 내는 일 없고, 누가 뭐라고 잔소리할 사람 없는 자신과의 약속은 그것을 깨뜨렸을 때 누구보다 자신이 먼저 알게 되므로 더욱 무서운 것이다.

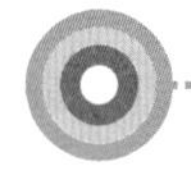

유치하지만 나를 돌아보게 하는 그때 그 행동들

- **그림일기 쓰기** 그날 있었던 일을 그림으로 그리다 보면 처음엔 '얼래? 내가 뭔 짓을 하는겨?' 싶다가도 쏠쏠한 재미가 붙는다. 색색의 파스텔 펜으로 칠하다 보면 장문의 일기를 인터넷 다이어리에 타이핑하는 것보다 괴발개발 그린 그림일기 한 편이 더욱 진솔하게 다가온다. 그렇다고 노트까지 초등학생용 그림일기장으로 갖출 필요는 없다.

- **모교(초등학교) 찾아가 그네 타기** 찾아가자니 너무 멀다고? 바쁜 일상으로 짬이 안 난다고? 나도 그랬다. 어쩌다 마음이 걸레처럼 찢어진 날, 한번 미친 척 해봤다. 우리 할머니 말마따나 '아까징끼', 즉 빨간 약이나 머큐로크롬을 바른 것처럼 마음에 충분한 위로가 되었다.

56 좋아하는 것이 무엇인지 당당하게 말하라

어렸을 때 친구 집에 놀러 가면 친구 어머니는 늘 이렇게 물으셨다. "왔구나. 뭐 해줄까?"

내 친구가 집에 놀러 오면 엄마는 또 친구에게 이렇게 물으셨다. "지영이 오랜만이네? 뭐 먹고 싶니?"

나는 이런 질문을 대할 때마다 난감했다. 친구 어머니께 "아 예, 어머니. 제가 좋아하는 것은 간장으로 간한 떡볶이와 이스트를 듬뿍 넣은 카스테라입니다"라고 말할 수는 없는 노릇이었다. 머릿속으로는 냉장고에서 시원한 주스 두 잔을 꺼내주고 아파트 1층 치킨가게에서 프라이 반 양념 반 섞은 통닭을 시켜주리라 맘먹고 있던 엄마에게 "지영이는 탄산음료는 안 먹고 집에서 만든 수정과를 먹는 애야. 그리고 간식으로는 쌀로 만든 가래떡을 프라이팬에 살짝 구운 것을 좋아해"라고 말하기는 또 뭣하지 않은가. 언제나 어떤 상황에서나 뭘 좋아하는가를 물어보면 난감하다. 그렇다고 뭘 좋아하냐는 질문이 잘못된 것도 아닌데 말이다.

기념일을 챙기는 것 자체에 닭살을 느끼는 남자친구가 모처럼 크리스마스에 이렇게 물었다. "뭐 갖고 싶은 거 없니?"

나는 곧바로 아싸아~! 없을 리가 있겠니? 'B브랜드에서 이번 시즌에 새로 나온 백을 갖고 싶고, 집에서 책 볼 때 앉을 수 있는 조그만 스툴도 하나 필요했는데… 괜찮겠지?'라고 읊고 싶었다. 하지만 막상 닥치고 나니 필요한 게 생각나지 않았다. 얼마만의 절호의 찬스냐 싶어 마음이 바짝바짝 타들어가는데 입은 그저 "웅웅… 뭐가 있을까…"를 웅얼거리고 있었다.

남자친구가 "하긴 필요한 건 알아서 살 텐데, 뭘" 하고 좀 전의 은혜로운 제안을 거두려는 찰나, 내 입에서 나온 대답은 고작 "콤팩트 다 떨어져가니까 A브랜드의 압축파우더 사줘!"였다. 젠장! 남자친구의 입가에 미소가 번졌고, 나는 절호의 찬스를 놓친 저격수가 되어 분한 마음에 푸르르 몸을 떨었다는.

그리고 곰곰이 생각해 봤다. 어느 CM송처럼 '네가 진짜로 원하는 게 뭐야'를 물었더니 뜻밖에 한참이나 생각나지 않는 거다. 언제나 욕구불만으로 살아가고, 뭔가 불충분한 것 같은 느낌으로 하루하루를 보내면서 정작 좋아하는 것은 하나도 생각나지 않았다. 사는 게 아무리 각박하다 한들 자신의 기호 하나 명확히 서술하지 못한다는 게 말이 될까 싶었으나, 사실이었다!

나이 서른이 훌쩍 넘도록 나를 형성하고 있는 위시리스트 하나

작성하지 못하다니. 언제 어느 때 필요할지 모른다. 하지만 그 미정의 날을 위해 꼭 알아둬야 할 건 '내가 진짜로 원하는 게 뭐냐' 리스트다. 뭘 좋아하는지 알아야 상대방에게 당신을 어필할 수 있고, 상대방이 뭘 좋아하는지 그의 기호에 귀를 기울일 수 있다. 당신이 좋아하는 게 분명해야 상대와 당신의 차이를 좁혀갈 수 있다.

그러니 당신의 기호는 살아가는 데 얼마나 중요한가. 누군가 당신에게 "뭘 좋아하세요?"라고 물을 그날 허둥대지 않기 위해 평소에 준비해 둬라. "그냥 아무거나"라고 말하면 진짜 아무것도 아닌 것이 당신에게 온다.

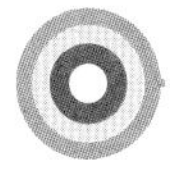

'좋아하는 게 뭐야?'라는 물음에 대한 예상 답변

- **남자친구가 물으면** '네가 말하는 것은 뭐든지 다 해주고 싶다'는 뜻이다. 여유를 갖고 약간의 뜸을 들여도 괜찮다. 남자친구를 사랑하는 정도에 따라 천천히, 하지만 강렬한 한 가지를 대답하라.

- **선배나 직장 상사가 물으면** 된장찌개냐 스파게티냐 식의 간단한 물음이 아닌 평소 좋아하는 게 뭐냐고 묻는다면 필경 '네 인생관이나 삶을 살아가는 태도를 캐치하고 싶다'는 뜻. 평소 생각해 왔던 구체적이고 명료한 대답을 내놓을 것.

- **소개팅 자리에서** 그야말로 탐색이다. 성심을 다한 진지한 태도를 보일 필요도, 그렇다고 대충 듣기 좋은 말로 점수를 딸 생각으로 일관해서도 안 된다. 예의를 갖추되 적당한 형식과 솔직한 태도를 겸비하라.

57 아름답고 자신 있는 뒷모습을 만들어라

내가 기억하는 두 여자의 뒷모습이 있다.

고개는 한쪽으로 약간 쏠려 있고, 오른쪽 어깨에서 흘러내리는 가방끈을 이따금씩 고쳐 메며 약간 굽은 등에 잔뜩 긴장하며 걸어가는 뒷모습. 매우 불안정한 모습으로 걸어가던 그녀의 뒤태는 몇 해 전 업무 관계로 만났다가 우연히 본 홍보사 직원의 뒷모습이다.

내가 그녀의 뒷모습을 또렷이 기억하는 이유는 그녀와 마주 앉아 얘기를 나누던 30분 동안 불안하게 흔들리던 그녀의 눈동자 때문이었다. 그녀가 말하려던 그날의 주제는 두서가 없었고, 당연히 나를 이해시키지 못했다. 그녀의 뒷모습은 내 기억에 '우울한 하루를 살아가는 여성'의 전형으로 남아 있다.

또 한 여자는 프리랜서 작가의 뒷모습이다. 역시 공식적인 일로 만나 먼저 일어선 그녀의 뒷모습을 본의 아니게 오랫동안 바라보게 됐다. 곧은 등과 당당하게 내딛는 발걸음, 지나는 사람들에게 가볍지도 무겁지도 않은 목례를 건네며 빠르게 걷는 그녀의 모습은 한마디로 멋졌다. 사실 만났던 시간 동안은 특별한 감흥을 못 느끼다가 뒷모습을 보고 반해 버린 경우였다.

각설하고, 정돈되지 않은 채 우울하거나 슬프거나 화가 나 있거나 멍청하거나 등등 볼썽사나운 표정을 갖고 있으면서 뒷모습만 그럴듯한 것은 명백히 사기다.

하지만 솟지도 처지지도 않은 어깨, 쭉 뻗은 등, 모델처럼 잘 빠지진 않았어도 탄력 있는 다리 라인, 늘어지지 않고 경쾌한 걸음걸이를 가진 여자의 뒷모습은 아름답다. 그런 여자는 오래도록 바라보고 있어도 질리지 않는다. 헤어진 뒤에도 긴 여운을 남기는 옛 애인처럼 그윽한 향기를 남긴다. 이런 뒷모습은 건강하고 정직한 마음,

삶을 대하는 자신 있는 태도가 아니면 도저히 나올 수 없다. 요가의 달인도 우울한 날은 저도 모르게 등이 굽기 마련이다.

이형기 시인의 시처럼 '가야 할 때가 언제인가를 분명히 알고 가는 이의 뒷모습'도 아름답지만 가야 할 길을 분명히 알고 전진하는 여자의 뒷모습은 더 아름답다. 앞모습은 잠깐의 연기력과 세치 혀로 위장할 수 있지만 뒷모습을 속일 수는 없다.

걸을 땐 무조건 등을 펴고 가슴을 내밀어라. 좀 전까지 당신을 엄습해 왔던 불안감이 사라지고 왠지 꽁하게 뭉쳐 있던 기분이 풀리는 것 같지 않은가? 그렇게 자신 있는 뒷모습으로 공기의 흐름을 주도적으로 바꿔라.

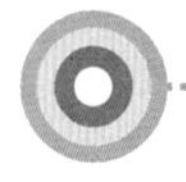

자신 있는 뒷모습 만들기 노하우

- **굽이 닳도록 구두를 신지 말 것** 걸음걸이가 흐트러질 뿐만 아니라 뒤에서 보는 사람들에게 '저는 게으른 여자랍니다' 라고 광고하는 것과 같다.

- **팬티 라인을 정리할 것** 타이트한 진이나 스커트를 입었을 때 선명하게 드러나는 사선의 팬티 라인은 프로페셔널과는 상반된 인상을 준다. 얇고 통기성이 좋으며 라인이 두껍지 않은 팬티를 고르되, 지나치게 허리선이 낮으면 뱃살이 튀어나올 우려가 있으니 신경 쓸 것.

- **짝다리를 짚지 말 것** 한쪽 다리에 체중을 실은 채 서 있으면 골반에 무리가 올 뿐 아니라 허리가 푹 꺼져 뱃살만 늘게 된다. 똑바로 서서 의식적으로 배에 힘을 줄 것. 영화 〈품행제로〉의 여고생 짱 공효진처럼 세력을 과시할 필요가 없다면 짝다리는 절대 짚지 말자.

58 3년 안에 꼭 갖고 싶은 것 세 가지만 꼽아라

하필 3년에 세 가지 아이템인 까닭? 1년은 너무 금방 지나고, 2년은 어중간하며, 4년은 너무 길기 때문이다. 한 가지를 결정하기란 선택의 폭이 좁고, 두 가지의 경우는 왠지 의미가 없으며, 네 가지를 정하면 열 가지까지 정해야 할 것 같기 때문이다. 이런 것을 정하는 이유는 목표를 정하는 삶은 그렇지 않은 삶보다 67배 정도 알차기 때문!

이런 명제는 결정할 땐 단순할수록, 내용을 채울 땐 구체적이고 꼼꼼할수록 좋다. 주의할 점은 소비적인 생필품(옷이나 신발 같은)은 지양하고, 적당한 노력과 인내를 수반하는 목표여야 한다는 것.

정답은 없다! 가이드를 제시한다면 어디 보자. 음, 건강과 뷰티 등을 포함한 외적인 것과 경제적인 것, 내면을 살찌우는 것 등 세

가지로 좁히면 한결 풍성한 인생을 채울 수 있겠다. 당장이라도 비행기에 올라타지 않으면 안 될 것처럼 호들갑을 떠는 여행 상품에 휩쓸리거나, 너도나도 재테크를 하니 주식형펀드라도 들어야 한다는 강박에 시달리지는 말라는 얘기다.

가령 옥주현의 몸매를 갖고 싶다고 정한다면 아주 좋은 선택이다. 70kg이 넘는 우람한 몸매에서 40kg대를 가볍게 오가는 날씬쟁이가 됐으니 타산지석으로 삼기엔 더없는 조건이다. 요가와 헬스, 식이요법을 병행하며 이룩한 성과인 만큼 가느다란 다리와 잘록한 허리가 옥주현만의 전유물인 것은 아니다.

하지만 비슷한 목록이랍시고 송혜교의 미모를 갖고 싶다고 한다면 문제가 좀 있다. 몸매는 지방과 근육으로 이뤄져서 슬림하게 가꿀 수 있지만 얼굴은 거의 골격과 피부조직, 쉽게 변하지 않는 턱근육 등으로 이뤄져 있어 원판 자체를 바꿀 수는 없기 때문이다. 송혜교의 '미소' 정도면 가능하다. '난 소중하니까' 풍의 자신감과 '모두 다 사랑하리' 풍의 사랑스러운 애교, 여기에 거울을 보며 수없이 미소를 짓는 노력의 결과로 탄생한 것이니까.

통장에 1000만 원 모으기는 매우 '깜찍한' 목표. 그러려면 당신의 한 달 수입과 적금과 보험, 학원비 등 고정적인 지출을 제외한 나머지 것들을 얼마나 줄여야 할지 계산하는 것부터 시작하라. 36개월 동안 한 달에 최소 얼마 이상은 저축해야 하는지가 계산되면 당장 씀씀이를 줄일 것. 지출의 폭을 줄이는 것이 가장 성공적인 재테크라는 불변의 진리를 잊지 말자. 아, 1000만 원이라는 숫자에 매달려 주식이나 투자를 하다간 마이너스 1000만 원 되는 경우도 있으니 유념하길.

경제적인 독립과 더불어 일상의 독립도 꿈꿔볼 만하다. 부모님과 살고 있다면 3년 안에 혼자 살 계획을 세워보는 것은 매우 바람직하다. 결혼하기 전에 꼭 해보면 좋을 일이 '혼자 사는 것'이다. 친구와 동거 중이라면 지금의 보증금에 저축한 돈을 보태 완벽한 자유를 꿈꿔보는 것도 좋다. 외롭지 않을까 하는 걱정은 던져버려라. 저녁마다 광활한 우주를 누비는 듯한 짜릿한 행복감을 맛보게 될 테니까.

혼자 살게 되면 웬만한 일을 혼자 해결하다 보니 자연히 독립성이 길러지고 떨어져 있는 부모님에게 더 효도하게 된다. 매일 얼굴 부딪히며 잘못은 자신이 하고선 죄 없는 엄마에게 짜증을 내느니 일주일에 한 번, 한 달에 한 번씩 얼굴 보며 좋은 얘기만 들려드리는 것이 낫지 않겠는가. 아이러니컬하지만 경험자의 충고이니 기억해 둘 것.

세계일주 같은 고색창연한 꿈도 나쁘지 않다. 특색이 없는 게 흠이지만 반대로 이 꿈을 실현한 사람이 몇 안 되는 것은 그만큼 난이도가 높다는 뜻도 된다. '결혼' 같은 아이템은 목록에 넣기엔 변수가 많지만 도전할 가치는 충분하다.

일단 채웠으면 매일 되새길 수 있도록 다이어리에 적어놓자. 그것들을 위해 준비해야 할 세부 계획을 챙겨 넣는 것은 필수.

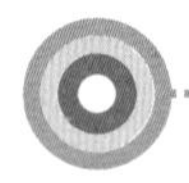

이런 '세 가지'는 어떨까

- **세 가지 유형의 사랑 하기** 목표는 3년이어도 좋고 언제든 상관없다. 세 가지 색깔의 사랑을 경험해 볼 것. 누군가를 스토킹하거나, 천둥이 쳐도 떨어지고 싶지 않은 격렬한 사랑을 경험하거나(아직도 안 해봤단 말야? 큭큭), 믿었던 놈에게 치 떨리는 배신을 당하는 일은 가급적 없어도 좋지만 있다고 해서 흉 될 일은 아니다. 누군가를 자신만큼 믿는 일은 사랑 충만의 인격이 아니면 흉내내기 어려운 일이다.

- **세 가지 자격증 따보기** 운전면허증·요리사 자격증·일본어능력 자격증 등, 1년 단위로 3년, 2년 단위로 6년 동안 '증'을 얻는 일에 매진해 보라. 생각은 쉽지만 막상 실천하는 게 쉽지 않은 것이 '내 의지로 하는 공부'다. 또 시작은 밋밋하지만 이루고 나면 세상과 싸워도 이길 것 같은 자신감이 생기는 게 '내 의지로 이룬 조그만 성과'다.

59 세상은 나를 중심으로 돌아간다는 사실을 잊지 말라

어머니가 굴비를 발라 자식에게 다 주고 머리 부분을 당신 밥그릇 위에 가져다놓으시며 "엄마는 생선 머리가 제일 맛있다"고 했다는 얘기. 결혼해 자식이 생긴 다음에야 어머니의 말이 자식에게 고깃살 먹게 하려고 지어낸 거짓말이었음을 알게 됐다는 얘기. 자식이 세상의 전부인 당신 어머니에 관한 얘기다. 만약 어머니가 "얘야, 엄마도 생선살을 좋아하지만 너를 먹이는 게 우선이니까 참으마"라고 했다면, 자식은 편한 마음으로 먹을 수 없었을 거다.

요지인즉슨 세상의 중심을 어디에 두느냐에 따라 삶의 형태가 바뀐다는 얘기다. 얼마 전 내한한 〈무극〉의 첸 카이거 감독을 만났는데, 그는 "중국의 격언 중에 '팔자는 성격'이라는 말이 있다. 영화는, 사람의 운명은 개인의 성격에 따라 결정지어진다는 확신을 바탕으로 한다"고 말했다. 덧붙여 말하기를 "운명은 정해져 있을지 모르지만, 개인의 삶을 결정하는 것은 어떤 생각과 성향으로 살아가는가 하는 것"이랬다. 고로 하늘이 정하는 운명보다 더 막강한 것은 개인의 가치관이라는 말이다.

스무 살을 관통하는 꽃다운 시절에 당신이 해야 하는 것은 악착같이 자신을 내세우는 일이다. 사람들에게가 아닌 스스로에게! 정작 자신을 사랑할 줄 모르고서 어떻게 다른 사람을 사랑하고 다른 일을 위해 헌신할 수 있겠는가. 예뻐지기 위해 노력하고, 남들보다 조금 더 당당해지기 위해 노력하고(있으나마나 한 삶이어도 좋다면 지금처럼 살아도 괜찮다), 어떤 모임이 있다면 그 자리에서만큼은 반드시 유쾌한 존재가 돼라.

가장 오만한 착각 중 하나는, 사람과 세상과의 커뮤니케이션에는 소극적이면서 '내가 아주 괜찮은 사람이고 진국이라는 사실을, 좀더 알고 지내면 사람들이 알아주겠지' 하는 것이다. 그런 착각으로 스스로를 꾸미는 일, 자신을 내세우는 일은 등한시하며 간혹 누군가에게 존재 자체를 무시당하면 무섭게 분노한다.

사람의 생각과 시선은 거기서 거기다. 모임에선 유쾌한 사람이 좋고, 적극적으로 사랑에 빠지거나 시간이 갈수록 예뻐지는 친구를 보면 즐겁다. 휴가나 방학 때 혼자 뒹구는 사람보다 알뜰하게 계획을 세워 이름뿐일지언정 '자아발견'의 길을 떠나는 친구가 더 반갑다. 물론 처음엔 몰랐는데 시간이 지날수록 '진국'인 사람도 있다. 하지만 어떻게 포장하느냐에 따라 진국의 맛과 멋이 달라진다는 사실을 기억하자.

나를 부끄럽게 만든 사람은 패스트푸드점에서 아르바이트를 하는 예쁘장한 스물다섯의 부자 아가씨였다. 어찌나 바쁜지 한번 만나려면 일주일 전부터 부킹을 해야 한다. 그녀는 네일케어와 저렴한 피부마사지 숍부터 시작해 서점, 미술관을 두루 섭렵하고, 남자친구에겐 앙큼하리만큼 애교 덩어리에, 가끔 동네 복지원을 찾아가 할머니에게 뜨개질까지 배운다(배운다기보다 말동무가 되어드리는 차원이겠지만). 서걱서걱 살아가는 나의 마음에 비하면 엄청난 부자인 것이 얄미워 "그렇게 바쁘게 살면 피곤하지 않니?"라고 찔러봤다. 대답이 걸작이다.

"언니, 늦었다 생각 말고 언니도 나처럼 살아봐요. 진짜 근사해."

세상의 중심에 서는 내 멋대로 규칙

- **일단 당당하게!** 무조건 우기라는 게 아니다. 비양심·비인간적인 짓이 아니라면 매사에 어깨를 펴고 가슴을 내밀어라. 움츠린 사람은 언제나 희생을 강요당하고 당당한 사람은 최소한 본전은 찾는다.

- **내가 무엇을 잘할 수 있는지 파악하라** 잘하는 것과 못하는 것을 구분하고 사는 것이야말로 성공을 위한 지름길이다.

- **잘난 척도 요령이다** 밉지 않게 자신을 드러낼 줄 아는 사람의 주변엔 사람이 많다. 질투하는 사람, 따라하는 사람, 무턱대고 경탄하는 사람. 이런 사람들 속에 있어야 게으름을 피우거나 주저앉지 않으며 건강하게 발전할 수 있다.

60 데이트보다 더 설레는 일을 찾아라

여자가 '당신은 사랑받기 위해 태어난 사람'의 전형이라고 해도, '사랑밖엔 난 몰라'의 마인드로 살아간다는 건 미안하지만 좀 바보 같아 보인다. 할 일이 얼마나 많은데 사랑밖에 몰라서야 되겠는가.

평생 사랑만 해도 모자란 게 여자의 인생(이 말을 한 사람은 아마도 남자일 거다)이라는 사람도 있지만, 그것은 여자의 촉수가 얼마나 복잡하고 에너제틱한지 모르고 하는 소리다. 격정적으로 사랑을 퍼붓고 영혼이라도 팔 듯이 사랑에 매달리는 순간을 경험했던 사람이라면 사랑으로 모든 열정을 소진하고도 발딱 일어나 잘만 살아간다. 아이러니컬한 것은 사랑에 모든 것을 걸어보지 않은 사람들이 '사랑밖엔 난 몰라'라고 부르짖는다는 거다. 정말 중요한 것은 사랑이건 봉사건 개인의 안위이건 각자의 가치를 추구할 수 있는 건강한 미래관이다.

물론 여자가 가장 행복한 순간은 연인으로부터 사랑받는다는 느낌을 받을 때다. 당시의 벅찬 행복감에 도취되다 보면 자신도 모르게 '구름 위의 산책'을 하게 되고, 호르몬 작용으로 피부가 고와지며, 양 볼에 생기를 띤다. 그런데 여자를 변화시키는 사랑, 즉 데이트는 한순간에 여자를 처참하게 배신한다. 그 순간은 동전의 양면처럼 늘 이쪽 바로 건너편 저쪽에 있다. 사랑과 별개로 무조건 남자와 함께 있어야 불안하지 않고, 휴일을 그런 대로 잘 보낸 것 같은데 남자로부터 걸려오는 전화가 없으면 우울해지는 증상. 운동을 하거나 취미생활을 즐기라는 무책임한 말은 아무런 의미가 없다.

듣기 좋은 꽃노래도 한두 번, 애교 어린 투정을 받아주던 꽃 같은 데이트도 한때다. 연애 중이든 이별을 했든 데이트에 집착하지 말고 스스로의 미래를 위해 시간을 투자하라. 젊은 시절 가장 하릴없이 보내는 여자는 바로 데이트 중독증에 걸려 코를 빠뜨리는 부류다. 이제나 저제나 하며 전화기를 만지작거릴 시간에 훨씬 가치 있는 일을 찾아라. 혼자만의 취미도 좋고, 한 남자에게 쏟을 사랑을 여러 남자에게 쏟는 방법을 강구하는 것도 좋다. 지나치게 교훈적이긴 하지만 보육원이나 양로원에 찾아가는 것도 방법이다. 지금까지와는 다른 일상을 경험하면서 남자에만 매여 있던 스스로를 탁 풀어놓아라. 사랑밖에 모르는 바보가 되지 말라는 소리다.

결혼을 하건 안 하건 수녀원이나 절에 들어가지 않는 한, 남자 없는 인생을 살 리 없는 당신이다. 하물며 어느 한순간 올곧게 자기 자신에게만 집중한다고 해서 누가 뭐랄 사람 하나 없다. 그러한 시간을 만드는 사람과 그렇지 않은 사람은 삶의 질, 미래를 바라보는 시각에서 벌써 차이가 난다.

일요일 오후, 데이트보다 더 설레는 일을 찾아 미래를 향해 열린 현관문을 경쾌하게 밀어라.

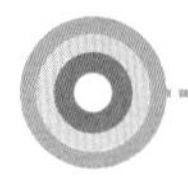

여자는 왜 꽃보다 남자일까?

- **첫째** 본능적으로 남자 앞에선 예쁘게 꾸미고 있는 시간이 많으므로
- **둘째** 나를 바라보는 시선을 즐기기 위해
- **셋째** 남자와 함께 있는 순간만큼은 착각과 상상의 나래를 펼칠 수 있으니까
- **넷째** 조금만 노력하면 뭐든 손쉽게 얻을 수 있으니까
- **다섯째** 여자에게 남자의 구애는 자신감의 원천이라는 생각 때문에

61 여자를 얽매는 언니 문화에서 벗어나라

수업 시간이 끝났음을 알리는 종소리. 선생님이 교실을 나가면 우당탕탕, 부시럭거리며 하나둘씩 일어난다. 중간쯤 앉아 있던 주근깨 소녀가 뒤에 앉은 갈래머리 여학생 쪽으로 몸을 틀더니 둘이 나란히 일어선다. 갈래머리와 주근깨가 향하는 곳은 복도 맨 끝에 있는 화장실. 둘은 화장실 문 앞까지 팔짱을 풀지 않는다. 줄을 설 때도 앞뒤로 나란히 서 있다. 먼저 볼일을 본 갈래머리는 주근깨가 일을 마칠 때까지 화장실 밖에 서서 기다리고 있다. 손을 닦고 나온 주근깨와 다시 팔짱을 끼고 교실로 돌아와 제자리에 앉는다.

여중·여고를 나온 나는 이런 풍경에 익숙하다. 나 역시 친구가 화장실 가자고 하면 생각 없이 일어서고 매점에 가서 호빵 사먹자고 하면 동전지갑을 들고 따라나섰다. 그러면서 나는 가끔 우리가 꼭 비둘기 같다는 생각을 했던 것 같다. 구구구구….

무리지어 동그랗게 모여 고개를 주억거리며 먹이를 쪼고, 서로의 목덜미에 고개를 파묻고 잠을 청하는 비둘기. 그러다가 혼자 농구장의 텅 빈 스탠드에 앉아 있으면 뭐라 설명할 수 없는 호젓한

해방감 같은 것을 느꼈다. 그 뒤로 나는 종종 야간학습 시간이면 친구들에게서 벗어나 농구장 스탠드에 앉아 있곤 했다. 우르르 몰려다니며 싫어도 좋아도 까르르 웃어젖히던 그때의 우리는 우정을 나눈 것일까? 딴엔 그랬지만 한편으론 그렇지 않았다. 습관이었다.

이제 와 생각하면 그것은 일종의 '언니 문화'였다. 함께 있는 무리 중 누군가 독보적인 사람에게 일방적인 선망과 호소의 눈빛을 담는 것. 주의주장 없이 그저 무작정 따라가는 것. 그냥 가만히 무리의 '언니' 뒤에서 미소를 짓고 있는 것. 이것이 '언니 문화'다.

습관은 여간해서 고쳐지지 않는다. 옷을 살 때도 남자친구를 만날 때도 몰려다니다가 중요한 결정을 내릴 때도 친구를 따라한다. 유아적이고 미온한 태도는 누군가 자신을 지탱해 주지 않으면 홀로 설 수 없는 불완전한 인간으로 굳어진다. 일단 다수가 모이면 생각은 과장되고 행동은 커진다. 제3자가 보면 어딘지 불순해 보이게 마련이다.

독립적이지 못하고 의존적인 성격을 드러내기에 딱 좋은 방패막이자 은신처인 셈이다. 남자들의 '우두머리 문화'와는 다르다. 남자들은 주로 힘의 강도에 따라 무리의 서열이 지어지고 우두머리가 결정되며, 당연히 힘을 쓰는 일을 우선으로 우선순위가 정해진다. 하지만 언니 문화에는 힘이 거세돼 있다. 그러니 목적도 명분도 없다. 그저 '함께하는 것'이 언니 문화의 모든 것이다.

남자들은 여자들을 비난할 때 "맨날 할 일 없이 모여서 수다나 떨고…"라며 운운한다. 대응할 필요조차 없는 이 말이 왜 매번 드라마나 영화의 고전적인 시비 조항으로 거들먹거려지는 걸까? 그런 대사를 대할 때마다 솔직히 기분이 좋지는 않다. 나만 아니면 됐지 뭐, 라고 생각하다가도 슬며시 그렇게 단순한 문제가 아니라는 생각이 든다.

언니 문화의 안온한 울타리 안에서 비둘기처럼 지내다 보면 특유의 여성적 사고에 길들여진다. 유연하고 탄력적인 반면 진취적이지 못하고 끈기가 부족해진다. 다양한 가능성에 대해 사고력이 떨어지고 위기의식도 떨어진다. 이런 여성성을, 사회성이 풍부한 여자라면 애교와 사교력으로 극복하겠지만 이것 역시 오래 버티지 못한다.

무리지어 지내는 일시적인 평화에 만족하지 말라. 평화로운 시간이 지나는 만큼 경쟁에선 도태되고 있다는 점을 자각하라. 독립적으로 행동하고, 행동과 판단에 반드시 책임지는 버릇을 들여라. 고등학교를 졸업한 당신에게 더 이상 '언니'는 없다.

언니 문화 거들떠보기

- **혼자서는 못 해요** 어렸을 때부터 무슨 일이든 친구가 있어야 했다. 나이가 들어서도 뭘 하든 누군가가 옆에 있어야 든든하다.

- **습관적으로 수다를 떨어요** 별로 할 말도 없는데 주구장창 엉덩이를 붙이고 앉아 있다. 대화의 주제가 바닥난 상태에서 누군가 새로운 화제를 꺼내면 그 주제로 의미 없는 수다가 이어진다.

- **일단 따라하고 봐요** 다수의 의견에 따르는 것이 속 편하다고 생각한다. 누군가 책임질 사람이 있으니 당신이 크게 스트레스 받을 일도 없다.

62 :: 다양한 친구들로부터 냉정한 평가를 들어라

일 때문에 특정 분야의 아티스트를 만났을 때의 일이다. 그 방면으론 꽤 알려진 편이라 돈과 명예를 모두 거머쥔 사람이었지만, 20대 후반의 나이에 자신감 빼면 형체도 없이 사라질 나르시스트 그 자체였다. 만나자마자 자신이 얼마나 대단한 일을 해왔으며, 모두들 자신을 얼마나 칭송하는지 침을 한 바가지 쏟아가며 얘기하기 시작했다.

"그러니까 내 말은 나만큼 예술적으로 대중과 교감하면서 작가의 자존심을 지키는 사람은 없다는 거예요. 내가 너무 잘난 척하는 것 같죠? 나를 아는 사람들에게 물어봐요. 내가 한 말과 똑같이 말할 겁니다."

틀렸다. 이미 그는 잠깐의 소박한 성공을 담보로 너무 많은 것을 잃어가고 있는 조로한 예술가였다. 대부분의 사람들의 기억 속에는 그를 알았다는 사실조차 까마득해지고 있는데 그는 인식하지 못하고 있었다. 물어본 것도 아닌데 우연히 그를 평가하는 말을 듣게 됐다. 그때의 다양한 평가들은 그 예술가의 작품을 판단하는 좋은 밑바탕이 됐음은 당연하다. 복잡하고 시작과 끝을 알 수 없고, 우울하며 지나치게 과장된 그의 작품들은 그의 성격과 태도를 꼭 닮아 있었다.

친구 L양은 쓸데없는 자책으로 하루를 보내는 게 특기다. 소극적이고 겸손한 태도 때문에 늘 '본의 아니게' 남에게 양보하며 살아왔다. L양은 "나는 양보강박증에 피해망상증까지 걸렸어" 하며 우울해했다. 나는 그녀가 너무 착해빠져서 그런 줄 알았다. 그런데 함께 L양의 스트레스를 들어주던 C양이 아주 정확하게 L양의 문제를 지적했다. 문제는 제자리를 뺏기고 나면 늘 분루를 삼키며 억울해한다는 데 있다는 것. "남보다 더 잘해 보려고 애쓰다 타이밍을 못 맞추다 보니 억울해서 그러는 거다. 네가 고쳐야 할 것은 성격이 아니라 노련한 일처리 감각이다"라는 C양의 말에 L양의 징징거림은 뚝 그쳤다.

모니터 그룹은 중요하다. 신제품 개발 단계에서 순도 높고 적확한 모니터가 제품의 성패를 좌우하듯 사람도 평가단이 얼마나 진지하고 폭넓은가에 따라 '우물 안 개구리'로 도태될 위험에서 벗어날 수 있다.

냉정하고 듣기에 쓰디쓴 평가일수록 천천히 곱씹어 소화시키는 버릇을 들일 것. 이게 잘되지 않는 이유가 '설마 이론' 때문인데,

즉 '설마 내가 그 정도로 영어 실력이 후지겠어?' '말은 저렇게 해도 설마 내 말투가 그렇게 형편없는 건 아니겠지?'라고 자위하는 태도다. 그러다 보면 기분에 맞지 않는 조언과 충고는 한 귀로 듣고 한 귀로 흘리게 되고, 고집스럽게 듣고 싶은 말만 들으려고 한다. 이런 식의 '설마'가 당신 미래의 발목을 잡기도 한다는 걸, 설마 모르는 건 아니겠지?

평가를 건네는 올바른 태도

- 무조건적인 비판은 삼갈 것
- 비판 끝엔 대안을, 충고 다음엔 칭찬을!
- 개인적인 감정은 배제할 것
- 상대보다 우위에 있다고 착각하지 말 것
- 친구의 얘기는 끝까지 다 들어줄 것

63 닮고 싶은 역할모델을 주변에서 찾아라

나이팅게일, 잔 다르크, 신사임당, 퀴리 부인, 헬렌 켈러…. 초등학교 때 선생님이 '본받고 싶은 인물들'로 지정해 준 위인들의 명단이다. 희생과 봉사정신, 진보적인 개척정신, 남편과 자식을 향한 넓고 뜨거운 마음, 역경을 극복하고 세계사에 이름을 남긴 사람들이었다.

'나는 나를 넘어섰다' 시리즈의 박찬욱 감독, 보아, 박지성 등은 요즘 어린이들의 새로운 역할모델이다. 특히 최근에는 예술, 스포츠계의 인사들이 아이들의 우상으로 떠오르고 있다. 아이들은 자연스럽게 '미래에 근사한 영화로 황금사자상을 받고 싶다' '멋진 노래로 아시아를 들썩이게 만들고 싶다' 혹은 '천재적인 슛 감각을 키워 시원한 스트라이크를 날려버리겠다'는 목표를 세운다. 당신도 어렸을 적에는 '나중에 크면 닮고 싶은 인물'이 있었다. 하지만 반 친구들과 경쟁적으로 발표하던 역사 속 영웅들 말고 당신이 정말 닮고 싶은 진정한 역할모델은 누구인가?

대학생이 뽑은 가장 닮고 싶은 커리어는 아나운서 백지연, 가장 부러운 몸매는 이효리의 허리 라인과 전지현의 각선미, 최근엔 요가 미인 옥주현의 늘씬한 균형미가 차지했다고. 이는 '되고 말겠어'가 아니라 '됐으면 좋겠어'라는 소망이다. '역할모델(role model)'과 '워너비(wannabe)'를 혼동하지 말자.

당신이 되고 싶은 것은 무엇인가? 곰곰이 따져보면 위에 열거된 인물들처럼 되고 싶은 건 아니지 않은가? 그들처럼 스포트라이트를 받으며 아찔한 스타의식 속에서 살고 싶거나, 죽어서 역사에 이름을 남기고 싶은 욕망으로 살고 있는 건 아니잖은가? 당신은 어느 순간 역할모델을 잊어버렸다. 어릴 적부터 너무 많은 빼어난 영웅들 속에서 너무 많은 '위대하거나 특출난 업적' 속에서 시달려왔기 때문이다.

역할모델의 원래 의미는 생각보다 거창하지 않다. 자신의 역할이 다른 사람의 역할과 대치됐을 때 느끼는 상대적 쾌감이나 크고 작은 정서적 충격에서 비롯된다. 심리학적으로는 정신적 강박 증세에 시달리는 사람들의 역할놀이를 통해 발현됐고, 일상생활에서는 현재 위치에서 한 단계 업그레이드를 위해 바라보는 대상을 말한다.

따라서 가수나 과학자, 영화감독, 황금비율의 몸매를 가진 연예인이 아니라 현재의 나보다 바람직하고 긍정적인, 그러나 도달 가능한 위치의 역할모델이어야 한다. 이런 관점에서 본다면 당연히 역할모델은 끊임없이 바뀔 수 있다.

패션지 기자라면 멋진 화보와 스타일리시한 감각으로 패션 마니아들을 사로잡는 미국 유명 패션지의 편집장을, 웹 기획자라면 번득이는 아이디어로 매번 유저들을 놀라게 하는 똑똑한 웹마스터를 역할모델로 삼을 수 있다. 혹은 같은 일을 하지만 자신에게는 부족한 감성과 사고방식을 가진 동료의 열린 마인드가 부럽다면 그를 역할모델로 삼아도 좋다. 집안이며 학벌 등 겉으로 보기에 비슷한 위치에서 시작해 당신보다 먼저 독립한 친구가 부러워 보인다면, 전세자금을 마련하기 위해 노력한 그의 알뜰한 소비 행태부터 역할모델로 삼아라. 두부와 줄넘기를 끼고 살더니 2개월 만에 5kg을 감량한 친구가 있다면 당연히 옥주현보다 그 친구가 당신의 역할모델이다.

사회생활에서든 부모로부터의 독립이든 다이어트든, 근접한 목표치를 세우고 목표 공략의 기쁨을 느끼는 것, 이것이야말로 성공의 지름길이다.

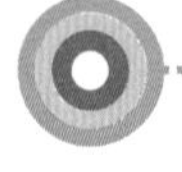

당신에게는 없고 역할모델에게만 있는 그것!

- 위험하지만 자신만을 위한 도발적인 인생 설계를 한 번쯤 시도해 봤다.
- 25세까지는 자신만을 위해, 26세부터는 타인을 위해 살거나 살 준비가 돼 있다.
- 따뜻한 손과 촉촉한 눈, 가끔 사람을 놀라게 하는 마음씀씀이를 가졌다.
- 아무리 친한 사람이라도 자신의 뜻을 관철하기 위해 상대방을 무시하지 않는다.
- 자신이 꿈꾸는 더 좋은 것, 더 멋진 것, 더 근사한 것, 더 재미있는 것을 좇을 줄 알지만 결코 겉으로 드러내며 과시하지 않는다.

64 먼저 여자에게 사랑받아라

남자들에게 사랑받기는 쉽다. 이성에게 끌리는 일은 자연스러우니까. 이러한 태생적인 끌림을 바탕으로 모든 일에 성실과 근면, 요령을 발휘하면 남녀관계의 기본적인 신뢰는 쉽게 만들어진다. 직장생활에서 같은 일이라도 이상하게 동성과 진행하면 한없이 꼬이지만 이성과 함께할 때는 술술 풀렸다면, 당신은 기본에는 충실하되 기본 이상은 하지 못했다는 뜻이다.

아주 사소한 이유로 친해지고 신뢰를 형성했다가도 일로 인해 예민해지면 필요 이상으로 불편한 관계를 만드는 것이 여자 대 여자다. 바로 이런 사실이 여자로서 여자에게 인정받는 일이 얼마나 어려운지 설명해 주는 대목이다. 하지만 여자들은 이러한 난관을 가비압게! 극복한다. 태생적으로 친화력을 타고났기 때문인데, 이런 건 남자들에겐 절대 없는 능력!

남자들은 이런 여자들을 보며 "평생 안 볼 것처럼 으르렁대더니 둘도 없는 친구 사이로 지내는 건 또 무슨 경우냐"며 비아냥거리지만 한번 생각해 보라. 다신 안 볼 것처럼 눈을 부릅뜨다가도 정치적 필요에 의해 악수를 하고, 혈맹 관계를 맺기 일쑤인 것이 누구인지를. 그러한 남자들에 비하면 여자들은 쿨하고 명쾌하지.

적당히 요령도 피울 줄 알고 일처리도 깔끔한 한 직장 여성, 그

녀를 편의상 B양이라고 부르자. B양에겐 이번 주까지 끝내야 할 중요한 프로젝트가 있다. 누군가의 도움을 받긴 받아야 하는데 고심하다 문득 떠오른 사람이 P군이다. 그는 나이는 많지만 입사 동기인데다 잘생겼고(이게 무슨 상관?) 똑똑하고 여성에게 특히 호의적이다. 그래, P군뿐이라고 생각한 B양은 쾌재를 부르며 도움을 요청했다. 예상대로 흔쾌히 수락한 P군은 B양을 도와 문건을 만들고 자료를 스크랩해 주는가 하면 신기(神器)에 가까운 실력으로 파워포인트 작업까지 마쳐준다. 여자 선배인 J양은 손 하나 까딱하지 않고 B양과 P군이 쿵짝쿵짝 프로젝트를 완성하는 모습을 지켜보기만 할 뿐이다.

프레젠테이션을 하는 날. 전무와 각 부서 팀장이 모인 자리에서 B양은 훌륭하게 설명을 마치고 상사의 칭찬을 듣는다. 하지만 벅찬 감격은 하루뿐. 다음날 회사에는 B양이 P군의 도움으로 프로젝트를 완성했고, 결국 그 작업은 B양이 아니라 P군의 능력이었다는 소문이 퍼진다. 누가 그런 소문을 퍼뜨렸을까? 못되고 남에게 지기 싫어하는 선배 J양일까? 드라마라면 보통 그렇게 전개되었을 터. 뻔한 사랑의 라이벌로 선정될 테니까.

그런데 의외로 뒤통수를 치는 쪽은 여자보다 남자가 더 심하다는 사실! 은근슬쩍 부서 회식 자리에서 "그날 B양이 발표한 문건 말인데요, 괜찮았나요? 사실 제가 전체적으로 봐줬는데 혹시 문제가 있으면 어쩌나 걱정했거든요…"라며 눈을 내리깔고 머리를 긁적이는 게 남자다. 뜬금없이 선배 J양을 왜 언급했느냐 하면 그런 상황에서 J양의 활약은 눈부시기 때문. J양은 P군에게 모든 것을 맡긴 B양이 한심하긴 하지만 일단 B양을 위로하고 P군의 남자답지 못한 짓을 폭로하는 게 우선이라고 생각한다.

단도직입적으로 말하면, 백날 남자들에게 잘 보여봐야 정말 힘들 때 당신의 어깨를 부축해 줄 사람은 동기간, 여자라는 사실이다. 특별히 비호감의 코드가 아니라면 남자보다 여자와 함께 걸어라.

당신의 인생에 하나쯤 있어도 좋을 속 편한 남자친구 혹은 인생 선배? 좋지~ 그들은 말 그대로 하나쯤 있어도 괜찮은 존재일 뿐이다. 당신 주변에서 당신과 늘 함께 교감하고 성숙해 가며, 연애·실연·결혼·육아 등 비슷비슷한 행로를 걸어갈 사람이 누구인지 둘러보라. 성공을 위해 향후 30년 대계의 네트워크를 고려하고 있다면 반드시 유념할 것.

당신에게 필요한 여전사 동지들

- **센스쟁이 선배** '센스쟁이'라는 별명이 붙을 정도라면 부지런하고 자기 일에 최선을 다한다는 뜻. 그녀가 친구가 아니라 선배라면 그런 센스를 따라한다고 해서 '따라쟁이'라고 눈을 흘기진 않을 것이다. 보고 배워라.

- **과묵한 친구** 당신의 장점에도 무심하지만 결점에도 묵묵히 눈을 감아주는 친구. 때로는 따끔한 조언보다 이런 묵인이 더 큰 위로가 된다.

- **애교 많은 후배** 친한 후배의 애교는 무미건조한 당신의 일상에 좋은 활력소. 동성에게 애교가 많은 여자는 이성과 동성 모두에게 사랑받을 수 있다는 증거. 두루두루 친화력 뛰어난 후배를 곁에 두는 것은 좌우에 청룡과 백호를 둔 것과 맞먹는다.

65 칭찬받는 기술을 익혀라

여기 칭찬을 받는 세 사람이 있다. 세 사람의 반응은 모두 다르다. 당신은 어떻게 칭찬을 받아들이는가.

사례 1 ● 칭찬을 곱씹지 말라

후배 C군은 백이면 백 칭찬하는 사람을 당혹스럽게 만드는 요상한 재주를 가졌다. 일 잘하고 성실하며 예의도 바른 그는 특별히 나무랄 데 없는 청년이다. 그런데 한 가지 흠이 있었으니 칭찬을 해주면 너무 진지한 게 탈이다.

가령 "C씨, 오늘 문건은 정말 매끄러운걸!"이라고 하면 보통은 "감사합니다. 뭐 그 정도 가지고, 아하하~" 정도가 가장 무난한 반응이다. 그런데 C군은 "진심이세요? 정말로 매끄러웠나요? 저는 그거 작성하면서 이게 매끄럽지 않으면 어쩌나 진짜 걱정했거든요. 그런데 그 뒷 단락은 어떻게 보셨어요?"라고 줄줄이 말을 쏟아놓는다. "…뭐, 다 좋았어…"라고 말하곤 서둘러 자리를 피해야 상책. 칭찬을 가벼운 응원으로 받아들이는 것도 미덕이다.

사례 2 ● 여유 있게 받아들여라

칭찬받는 것에 유난히 과민반응을 보이는 L선배. 평소 방자한 품행과 발군의 능력으로 모든 선후배 동료들에게 인정을 받는 사람 중 하나. 그런데 칭찬받는 일에는 어쩔 줄 몰라하며 얼굴을 붉힌다. 부끄럽게 살짝? 그렇기라도 하면 칭찬하는 사람도 민망하지나 않지.

꾸준히 헬스클럽을 다닌다는 말을 들은 뒤 만났는데 마흔 줄의 나이가 무색할 정도로 건강미가 넘쳤다. "선배, 운동한다더니 몸매가 장난이 아닌걸요?" 했더니 얼굴을 와락 붉히며 화를 낸다. "몇 달 했다고 군살이 빠지겠냐? 거짓말 좀 작작해라!"고 혼쭐이 났다. 어머, 진짠데 없는 말 지어낸 사람 취급을 하다니. 진짜다, 몸매가 권상우다, 뭐 이런 얘기를 이어갔다간 아예 대꾸는커녕 시선조차 안 줄 판. 말 한마디로 천 냥 빚만 얻었다. 흑흑.

사례 3 ● 자뻑 · 확대 해석하지 말라

깐깐하기로 소문난 50대의 여류인사를 만났다. 만나기가 하늘의 별따기인데다 자신이 이뤄놓은 혁혁한 공이 휘발될까 봐 전전긍긍하며 자기 보호를 하는 분이다. 이런 사람은 대부분 자기애가 강해 여간해선 감정을 드러내지 않으며, 우아 혹은 고상함, 이지적인 분위기로 무장하는 경우가 많다. 만나서 대화를 이어가다 보면 자연스럽게 치적(治績)에 대한 품평이 이어지게 마련.

"지난번에 진행하신 일은 탁월했습니다"라고 말했더니 "글쎄, 뭐 난 잘 모르겠는데 남들이 그러대요. 내가 그 방면에 세계 최고라고…"라고 답하는 것이다. 겸손을 가장한 오만은 정말 끔찍하다.

칭찬은 대화의 풍미를 돋우는 가장 좋은 양념이다. 지나치면 맛을 해치고 인색하면 먹어도 먹은 것 같지 않다. 누군가 당신에게 칭찬을 하면 사심 없이 고맙게 받아들여라. 당신의 많은 장점은 칭찬받아 마땅하다. 누군가 당신의 좋은 면을 치켜세워주면 유쾌한 기분으로 받아들여라. 지나친 교만도 안 되지만 칭찬에 반응하는 지나친 겸손과 자기애는 관계를 서먹하게 할 뿐이다. 위트 있는 대꾸로 받아준다면 당신의 매력은 한 단계 업그레이드된다.

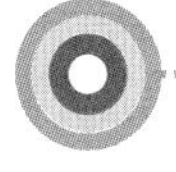

상대방의 칭찬에 대꾸하는 기술

- **사례 1의 경우** 누군가 칭찬을 해주면 몸을 빳빳이 굳히지 말고 제발 가볍게 좀 들어다오. 칭찬하는 사람이 더 부담스럽다.
- **사례 2의 경우** 상대방은 진심인데 칭찬 자체가 거북해 미치겠다는 경우. 유연하게 대응하라. "3개월만 기다려봐. 내가 배에 왕(王) 자 새겨오마"나 "나한테 너무 빠지면 곤란하다. 흠흠" 식의 유쾌하고 가벼운 농담이 좋다.
- **사례 3의 경우** 칭찬하는 사람도 당신이 잘난 줄 알고 있다. 당사자인 본인이 '나 잘났소' 하면 볼썽사나워진다. 잘난 척을 하고 싶으면 말 속에 유머와 위트를 담을 것.

66 필요할 때는 철저히 정치적으로 굴어라

후배 M양은 전형적인 조직형 인간이다. 기본적인 근무 태도부터 조직 내 상사와 동료·후배와의 관계, 기초적인 예절, 그리고 예민한 긴장 관계가 형성됐을 때의 대처 기술 등 깐깐하고 에누리 없는 조직생활을 언제나 깔끔하게 처리한다. 그렇다고 해서 모났거나 튀는 성격도 아니다. 적당한 유머와 친화력을 갖췄고, 정중동을 기본 노선으로 하는 듯 조용하게 움직이면서도 논리와 주장은 분명하다.

그런 후배에게도 고민은 있다. 구속을 너무 싫어해 혼자 마음껏 자유를 누리고 싶었는데 대학 졸업 후 바로 입사하게 되었고, 어딘가에 묶인 이상 궤도 이탈을 하는 건 싫단다. 그 정도로 회사생활을 하면 조직 내에선 환영받는 인간인 셈이니 성공한 것 아니냐고 떠봤더니, 사회 통념에서 벗어나지 않으려는 노력일 뿐이고 가끔은 그런 자신에게 극심한 답답함을 느낀다고 고백한다. 그녀는 문제를 만들지도 않고 요령 있게 회사생활을 한다는 점에선 정치적일 수도 있다. 큰 맥락에서 보면 사회생활 잘하는 커리어우먼으로 꼽힐 수도 있다.

소위 직장 내 '정치'는 상하좌우는 물론 심지어 자기 자신과도 빈번하게 발생한다. 입에 발린 말이나 몇 마디 건네면서 순간 모면용 환심을 사는 행위는 논외로 치자. 이것은 정치가 아니라 아첨일 뿐이니까. M양의 답답함은 아마 매너리즘에 빠진 자기 자신에게 느끼는 자책일 것이다. 일의 성과를 눈앞에 둔 순간에 부드럽고 건강하며 기술적으로 정치를 할 줄 아는 여자는 매력적이다. 기본기를 갖췄다 해도 이 부분에서 낙오된다면, 다시 말해 자신의 커리어를 위해 베팅하지 못한다면 성공한 커리어우먼이라고 볼 수 없다.

여기서 가장 중요한 것은 조직 내 모든 관계들에서 정치적인 포지셔닝을 하는 일. 좀 어렵다. 즉 착한 후배에겐 나이스하게, 잘난 척하는 동기에겐 흐트러짐 없이 똘똘하게, 아무 생각 없는 선배와 깊은 대화는 금지, 사람을 자신의 성공 도구로 삼는 상사에겐 언제든 당신의 뒤통수를 시원하게 갈겨주겠다는 다짐을 하라는 뜻이다. 상사에게 사랑받는 부하직원도 좋고 후배들에게 "참 좋은 선배예요"라는 소리를 듣는 것도 중요하다. 어려운 일은 아니다. 시키는 일은 낭랑한 목소리로 "네~"라고 대답부터 하고, 후배들을 불러 모아 밥 사주고 술 먹이면 '좋은 선배'란 소리는 대략 들을 수 있다.

만약 당신이 직장 내에서 좀더 위력적인 존재가 되고 싶다면 건전하고 명분 있는 정치력을 발휘하라. 딱 받은 만큼 일하지 말고, 때에 따라 받은 것보다 더 많이 일하거나 일부러 농땡이를 피워라. 그리고 성품이 투명하지 않은, 타고난 본성이 정치적인(이제껏 말해 온 정치와는 질적으로 다른 음흉한) 사람과 있을 땐 철저히 본심을 숨기고 느물느물해져라. 당신이 직장생활을 지금보다 더 잘하려면.

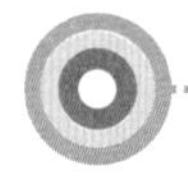

직장 내에서 인정받는 정치력 키우기

- 남들이 주저하는 일 뒤탈 없이 진행하기
- 모두가 싫어하는 상사의 꽃병을 채워줘도 조직원들에게 험담 안 듣기
- 까탈스럽게 일한다는 얘기는 들어도 성격이 까다롭다는 얘기는 듣지 않기
- 후배로부터 "선배 덕분에 많이 배우고 있어요. 더 열심히 일할게요"라는 말 듣기
- 할 말을 야물딱지게 한 뒤에 부당한 대접을 받을까 봐 전전긍긍하지 않기

67 외박은 해도 지각은 하지 말라

고백컨대 나는 곧잘 늦는다. 약속 시간을 지키는 것이 신뢰의 시작이라는 것을 잘 알고 있으면서 간혹 헐레벌떡 시간에 맞추는가 하면 5분, 10분씩 늦기 일쑤다. 만나기로 한 사람이 먼저 나와 있으면 미안한 마음 때문에 이후 이뤄지는 대화의 패권은 당연히 상대방에게 쥐어지고 만다. 다행히 나보다 상대방이 늦을라치면 가슴을 쓸어내리지만 늦게 온 당사자의 다급한 변명을 들으면서 왠지 의심이 간다.

사실 시간 약속에 5분 늦는다고 별일은 아닌데, 늦은 사람과 기다리는 사람 사이엔 이처럼 팽팽한 긴장과 예민한 신경전이 오간다. 왜일까? 시간 약속은 가장 기본적인 믿음의 시작이기 때문이다. 그 사람이 지금껏 살아오면서 몸에 밴 습관이자, 일과 상대방을 대하는 태도의 문제이기 때문이다.

한 번 늦으면 두 번 늦기는 쉽다. 처음 늦었을 때 벼락과 같은 호통이 떨어진다 해도 두 번째 늦을 땐 '늦어서 큰일났다' 조바심 내며 내성을 키우기 때문에 지각에 대한 빈축에도 무뎌진다. 문제는 여기서부터다. 작업 환경이 유연해지면서 '근태 불량'이 구시대적 사고방식의 하나로 치부되곤 하는데, 이런 탄력성은 잘못된 것이다. 가령 학벌 폐지, 성별 폐지는 있을 수 있지만 '시간 관념 없는 사람 환영'이라는 캐치프레이즈를 거는 기업은 없다. 직장에서 당신의 신뢰도가 일차적으로 결정되는 것은 바로 출근 시간을 지키느냐 아니냐는 것, 명심하자.

출근 시간은 구속이나 틀에 얽매이는 것이 아니라 나를 상대하

는 모든 사람과의 약속이다. 특히 당신의 능력을 발휘할 테니 합당한 대가를 지불하라며 취직했다면 구멍가게라 할지라도 그 회사가 요구하는 규율을 따라야 한다. 아무리 일을 잘해도 늦게 출근하는 일이 잦으면 상사 또는 회사는 그 사람을 믿을 수 없게 된다. 집중력이 좋아 성과는 높을지 몰라도 피고용인의 행동으로는 합당치 않기 때문이다.

입장을 바꿔 생각해 보자. 작은 사무실을 꾸려 일을 끝내주게 잘하는 사람을 사원으로 고용했다 치자. 시간이 갈수록 출근 태도가 불량하다면 '저 친구는 시간 약속은 안 지켜도 일은 그런대로 하니까 괜찮다'라고 안심할 수 있을까? 처음엔 일 잘하는 모습에 반해 뿌듯했을지 몰라도 조금씩 정이 떨어지게 마련이다.

출근 시간을 당신 마음대로 바꿔버릴 배짱과 용기가 있다면 계속 늦게 다녀라. 하지만 매번 가슴 졸이면서 전철을 타고, 택시에 몸을 싣고, 차를 몰고 있다면 치사하게 5분, 10분으로 저울질당하지 말고 잠을 줄여라. 밤늦도록 놀아대느라 눈 밑에 다크서클이 선명하게 찍히고, 한 마디 할 때마다 술 냄새 팍팍 풍겨도 일찍 나온다면 용서된다. 외박을 하건 누구와 어디서 무얼 했는가는 티가 안 난다. 하지만 지각은 하는 족족 금세 티가 나기 때문에 사람들의 뇌리에 선명하게 기억된다. 외박은 해도 지각은 하지 말아야 할 이유, 바로 이거다.

부득이하게 지각했을 때의 대처법

- **깜찍한 트릭 선보이기** 죄송하다고 말한 다음 한 시간 뒤 푹 쓰러진다. 밤새 아팠다는 무언의 트릭.
- **아예 결근해 버리기** 그날 하루를 제낀다. 하지만 세 번 이상이면 회사 자체를 제껴야 한다.
- **고도의 연기력으로 상사 속이기** 상사에게 먼저 면담을 신청해 요즘 슬럼프에 빠져 죽을 맛이라고 읍소한다. 고도의 연기력이 필요하다.
- **상사의 잔소리를 한 귀로 듣고 한 귀로 흘려버리기** '생각이 있는 거냐, 없는 거냐'는 잔소리를 귓등으로 넘기고 생글생글 웃으며 열심히 일한다. 이런 부하직원이 상사와 가장 트러블 없이 지낸다.
- **훤히 보이는 거짓말하기** "잠깐 나갔다 온다는 것이 그만…." 먹히지 않는 거짓말이지만 상사 입장에선 어처구니없어서 대충 넘어가줄 수도 있다.

68 믿고 따를 만한 상사와 든든한 후배를 만들어라

직장에서 믿고 따를 만한 상사를 만나는 일은 남들보다 10년 앞서갈 수 있음을 의미한다. 또 든든한 후배를 얻는 일은 남들보다 마지막 10년을 윤택하게 보낸다는 것을 의미한다. 좋은 상사는 훌륭한 지침과 끊임없는 지도 편달로 수많은 오류로부터 당신을 구제해 주니 진창이 아닌 단단한 땅을 걷게 하고, 싹수가 파릇한 후배는 잘 성장해 훗날 당신이 별 볼일 없어졌을 때 든든한 그늘을 제공해 준다.

학교에서 만나는 동문들은 원하든 원치 않든 당위에 가까운 선택으로 어쩔 수 없이 묶여진 그룹이다. 10대부터 20대 초·중반까지 자아가 무르익는 과정에서 함께 지내다 보면 감정적인 끈은 한없이 깊어진다. 현실적인 목표보다 동기간의 교류가 먼저고, 이성보다 감성이 우선하다 보니 견고함은 떨어진다.

하지만 직장에서 만나는 동료나 선후배는 어떤가? 이들에게는 명확한 목표가 있다. 매일매일 프로젝트를 위해 뭉치고, 그로 인해 함께 웃고 옅은 한숨을 내쉰다. 햄버거를 만들건, 은행에서 출납을 하건, 학생들을 가르치건, 주어진 시간 동안 각자의 일을 처리하고 보이지 않게 서로의 일을 응원하고 견제한다.

그래, 누군가의 말처럼 매일매일 '정글'이기도 하다. 정글 속 야수는 목표를 위해 치닫는 당신의 모습이다. 당신에게 이빨을 드러내는 쪽은 욕심껏 성취하려는 당신 안의 또 다른 당신이다. 그런 당신을 가장 가까이서 독려하고 지원하는 선후배가 있다면, 당신의 인생은 절반은 성공한 셈. 이렇게 치열한 한편, 어른스럽고 건강한 인간관계 또한 비로소 진행된다.

존경하는 상사라면 이해관계를 따지지 말고 무조건 믿고 따르라. 설혹 사소한 인간적인 결함이 느껴지더라도 당신을 반하게 할 정도의 리더십과 카리스마, 고결하고 대찬 성품을 가졌다면 말할 나위가 없다. 제아무리 천하무적의 프로페셔널이라고 해도 후배 앞에서 격이 떨어지는 모습을 보일 때가 있고, 상사로서 품위를 떨어뜨리는 과오를 범할 수도 있다. 그도 사람이니까. 이럴 땐 본분을 잊은 채 어설픈 위로를 하기보다 '저는 언제나 당신 편입니다'라는 무언의 성실함이 상사를 감동시킨다. 그리고 그게 옳다.

사회가 조직력에 한계를 드러내는 이유는 선배가 후배를, 전통이 현대를 아우르지 못하는 데 있다. 고루하고 보수적인 조직일수록 더욱 심하다. 괜찮은 후배를 만나는 일은 괜찮은 남자를 만나는 일보다 5만 배 어렵다. '될성 부른 떡잎' 같은 후배를 만났다면 정성껏 가르치고 독려해 그(녀)를 빛나게 하라.

당신의 사랑을 알아차리는 후배라면 의심할 여지없이 아껴줘야 한다. 가끔 제 잘난 맛에 치고 올라오는 '싸가지'들도 있지만, 오만정 다 떨어진다며 "내가 미쳤지, 너 같은 애를…" 하고 혀를 차지 말 것. 당신도 새내기였을 땐 그랬을 것이다. 이런 경우는 매섭게 밟아가며 당근과 채찍을 번갈아주자. 더 견결하고 멋진 녀석으로 커서 훗날 당신의 자랑이 될 것이다.

선후배 관계에서 잊지 말아야 할 세 가지

- **후배를 욕하지 말 것** 후배랍시고 들어온 새내기, 하는 짓마다 마음에 들지 않는다고? 후배를 욕하는 건 당신 얼굴에 침 뱉는 격이다. 왜냐면 당신도 그랬을 테니까. 대부분의 사람은 거의 비슷한 출발선에서 시작한다. 개구리, 올챙이 적 생각을 해보라.

- **상사 앞에서 오버하지 말 것** 자리가 사람을 만든다. 당신의 자리를 거쳐 당신의 상사가 된 선배 앞에서 눈 가리고 아웅 하는 짓은 하지 말라. 윗자리에 앉으면 아랫것들의 사소한 감정까지도 모조리 읽힌다.

- **자신의 감식안을 의심하지 말 것** 한때 친하게 지내던 상사와 후배가 당신을 배신했다. 믿는 도끼에 발등 찍혔다며 격분하지 말자. 당신이 믿었다면 그들도 당신을 믿었을 터. 그들과 쌓은 정은 오래된 통장의 잔고처럼 어느 순간 당신 앞에 짠, 다시 나타날 것이다.

69 극한 상황에서도 내 편이 되어줄 사람을 두어라

사람은 보험과 같다. 당신의 마음을 투명하게 들춰 보여줄 수 있는 누군가가 있다면 참을 수 없는 능욕을 당해도, 가슴을 에는 상처를 받아도, 세상 모두를 상대로 홀로 싸우는 듯한 적막한 외로움에 사로잡혀도… 그 사람으로 인해 씩씩해질 수 있다.

이렇듯 친구이자 소울 메이트(soul mate)이며 든든한 아군을 인생의 지표로 삼는 것은, 당신의 의지와 능력으로는 감당할 수 없는 불의의 사고에 대비해 빵빵한 종신보험을 가입한 것과 같다. 이는 인생을 살아가면서 당신이 해야 할 일 가운데 가장 중요한 일이자 가장 어려운 일이다. 잘난 척하다가 자칫 인생의 진흙탕에 빠지지 않도록 알려주고, 당신보다 더 당신을 아껴줄 줄 아는 사람이어야 하기 때문이다.

아군에도 종류가 여럿이다. 인생 전반을 통틀어 첫 손에 꼽을 만한 친구, 어려운 일이 있을 때 맘 놓고 징징 울어도 허물없을 선배, 드러내놓고 말하기 어려운 일도 척척 헤아려주는 속 깊은 후배, 때로 동성 친구보다 더 섬세한 위로와 충고를 아끼지 않는 이성 친구…. 이미 이런 사람이 있거나 혹은 없다고 해도 상관없다. 어느 조직에서든 그 조직의 일원이 됐다면 그 조직 내 신실한 벗을 꼭 만들어두어라. 언젠가 그 조직에서 이탈하는 순간 "다른 건 몰라도 난 여기서 너 하난 건졌어"라고 자신 있게 말할 수 있을 사람 말이다.

직장을 무수히 옮겨 다니면서 그 동안 같은 부서에서 함께 일한 사람만 100여 명이 넘는다는 후배 S양. 활달한 성격과 좌중을 휘어잡는 말솜씨의 그녀에겐 누구나 자신의 편으로 만들어버리는 친화력이 있었다. 그러던 어느 날 그녀가 풀이 죽은 목소리로 전화를 해왔다. 속된 말로 '왕따가 돼서 회사를 그만두게 됐다'는 것이다. 이해할 수 없었다. 그녀처럼 성격 좋은 사람이 왕따를?

회사 동료들은 위아래 경계 없이 사람들과 잘 지내는 그녀를 처음엔 좋아했지만, 점차 질투하고 시샘하다 결국 의심하고 오해하게 되었다는 것. 그녀, 더럽고 치사해서 때려치운다며 "근데 더 슬픈 건 아무도 나를 이해하려 하지 않아요. 억울한 것보다 외롭고 슬퍼서 더는 못 다니겠어요"라고 덧붙였다.

열 명의 웃음을 얻는 것보다 한 사람의 마음을 얻는 것이 더 어렵다. 그런 면에서 보면 이해가 서로 부딪히는 조직생활에서 진정한 내 편을 갖기란 연애보다 더 예민하고 공이 드는 일이다.

어제는 헤헤 웃다가도 부서 간 이해가 충돌하면 부서에 소속된 사람으로선 날을 세울 수밖에 없는 일. 그럼에도 불구하고 한결같은 믿음과 지원을 약속해 주는 동료가 있다면, 내일 당장 모함을 받아 회사를 그만두게 된다고 해도 절반은 성공한 직장생활이다.(이럴 땐 실업급여를 받을 수 있도록 확실히 조정해 둬야 한다는 것도 덧붙여둔다.)

단순히 같이 밥을 먹고 가끔 시간을 내 따로 만나는 친한 직장친구가 아니라 '사회생활이라는 정글에서 만난 인생의 파트너'여야 한다. 나이가 들수록 당신에게 맞춰주는 사람은 줄어들고, 당신이 맞춰야 하는 사람만 많아진다. 당신의 입맛에 맞는 사람이 좀체 없다는, 그래서 직장(사회)에서 만난 절대 아군은 부활절 달걀처럼 참 귀한 존재라는 사실을 당신도 차차 알게 될 것이다.

누군가의 절대 아군이자 영혼의 우산이 되려면

- **함부로 실망하지 말라** 싸늘하게 던지는 당신의 "실망했다"는 한 마디 말에 상대는 절망한다. 누군가에게 주었던 믿음을 거둔다는 것은 상대에게는 상당히 가슴 아프고 잔혹한 말. 정말 실망할 일인지, 다시는 안 볼 만큼 손톱만큼의 믿음도 사라져버렸는지 다시 한번 생각하라.

- **당신의 것을 나누어라** 서로의 시간을 나누고 고통과 기쁨을 나누는 관계로 발전시켜라. 만약 그가 운다면 손수건 대신 조용히 옆에 있어주고, 그가 일의 성취를 이뤄냈다면 박수만 치지 말고 더 많은 사람들이 그의 성과를 알게 하라.

70 메신저를 멀리하라

오른쪽 N선배, 왼쪽의 C후배, 앞쪽에서 마주 보고 있는 L후배, 대각선으로 앉아 있는 K선배와 P후배, 통로를 사이에 두고 있는 H후배 등, 나는 이들이 매일 오후 3시에서 6시 사이에 하는 일을 알고 있다. 간혹 아침에 출근하자마자 비밀스럽게 자행하기도 한다.

타타타탁, 타타타… 우다다다. 잠깐의 사이를 두고 다시 타타타탁, 타타타…가 이어진다. 한숨을 내쉬기도 하고, 벌겋게 흥분한 얼굴이 됐다가 큭큭큭, 웃기도 한다. 뻔하다! 또 메신저질이다. 뭐, 그들을 탓할 일은 아니다. 나도 빈번하게 메신저를 하니까.

문제는 메신저를 위한 메신저를 한다는 것. 아침에 버스 타고 오다가 원빈 닮은 남자를 봤다는 등, 어제 잠이 안 와서 새벽에 삼순

이 녹화분을 다시 돌려봤다는 등의 지극히 하릴없는 대화나 '저 대머리가 오늘도 어김없이 지랄이셔' '어제 수정이년 말하는 거 들었삼? 나참 기가 막히삼' 등 수준 낮은 험담, '모 하니?' '일하기 싫어' '짱나' 등의 무기력한 신세 한탄이 대부분.

하긴 메신저로 나라와 민족을 걱정하거나 경제위기 극복을 위한 대처방안을 마련한다거나 작금의 심각한 취업난에 대한 성토를 하는 일은 좀 웃기다. 하지만 이 중독성 강한 일대일, 일대다 채팅은 대화의 주제나 내용과 상관없이 회사생활에 엄청난 지장을 초래한다.

한때 나는 왜 진작 이 멋진 시스템이 개발되지 않았을까, 앙증맞은 투정까지 해대며 미친 듯이 이 신종 수다방에 매달렸다. 주로 오전 일을 마치고 한가한 시간이 되면 접속한 친구들끼리 대화창에 서로를 불러들여 신나게 수다를 떨었다. 말로 하는 수다보다 글로 푸는 수다는 왠지 훨씬 다채롭고 정겹게 느껴졌다.

나중엔 전화 한 통화면 될 일을 굳이 메신저 접속을 통해 해결하게 됐고, 친구가 오프라인일 경우 인터넷의 바다에 나 혼자 동동 떠 있는 것 같은 허전한 기분마저 들었다. 지인과 채팅을 하다 여러 차례 마감 시간을 꼴딱 넘기는 만행을 저지르고 나서야 사태의 심각성을 알아채기 시작했다. 안 되겠구나, 라는 자각이 들자, 몇 달 동안 내 정신을 교란시킨 채팅은 더 이상 나의 발목을 잡지 못했다. 이제는 개과천선해 정말 급하게 전달해야 할 내용이나 반가운 마음의 안부가 아니면 가급적 채팅을 하지 않게 됐다. 금단현상이 심각했지만 그 시간에 무조건 밖에 나갈 일을 만들었다.

메신저를 끊게 된 데는 이유가 따로 있었다. 직장 동료와 신나게 상사 욕을 하다가 중간에 잠깐 멈추고 급한 일을 처리했다. 시간이 남아 다시 동료에게 아까 하다 만 상사 욕을 신나게 해댔다. 그런데 이상하게 저쪽에서 반응이 없었다!

다음 상황, 대략 상상이 가는가? 메신저 배달 사고를 내고 만 것이다. 내가 클릭한 사람은 동료가 아니라 직장의 또 다른 상사였고, 그 상사는 표적이 됐던 상사와 절친한 사이였던 것. 이후 얼마 동안 전전긍긍 대략 난감했던 것은 두말 하면 잔소리. 이런 경험이 있다면 공감할 것이요, 아직 없다손 쳐도 언제든지 일어날 수 있는 사고임을 예상할 수 있을 것이다.

업무 시간엔 가급적 채팅하지 말 것. 하더라도 다른 사람에게 '맨날 채팅이나 하는 애'로 찍힐 정도로 빠지지 말라. 무기력해지는 지름길이다. 채팅이건 인터넷 쇼핑이건, 짧고 굵게 농땡이 치는 것도 능력이다.

메신저 금단 현상을 극복하는 방법

- **전화로 수다 떨기** 손가락이 근질근질해 돌아버릴 것 같을 때는 대화 상대의 전화번호를 눌러 입으로 수다를 떤다.

- **인터넷 서핑하기** 무료한 시간에 뭘 하지 하는 생각이 들면, 인터넷에 코를 박고 만화책을 읽거나 부동산 사이트를 보라. 전혀 관심 없던 것들에 취미를 붙이는 재미도 쏠쏠하다.

- **맨손체조하기** 두 팔을 깍지 껴 의자 뒤로 뻗어보자. 허리가 건강해지고 살이 빠진다. 발가락을 꼼지락거리며 발뒤꿈치 올렸다 내렸다를 반복하자. 종아리의 부기가 빠진다.

71 회사 사람과는 일촌을 맺지 말라

"알람 두 개로도 모자란 기상 시간, 고매한 영화계 인사들과 나누는 아줌마 수다, 러닝머신 뛰며 잠을 자는 진기명기, 꼬리를 무는 엽기적인 소개팅, 샤워하다 깜짝 놀라는 완벽한 직선형 몸매, '어머 30대 중반이라니 믿어지지 않아요'라면서 스스로를 위로하는 20대 후반녀들(흑흑), 앞에선 오만가지 친한 척하지만 뒤에선 제 집 강아지마냥 불리는 내 이름, '이 바닥, 뜨고 말 테야! 꼭 사라지고 말 테야!' 하며 회식 때마다 폭탄주 털어 넣으며 불사르는 결연한 각오, 아침이면 오늘도 어제와 다르지 않다는 체념…."

'이 몸이 죽고 죽어 일백 번 고쳐 죽어도 어김없이 반복되는, 나의 일상'이란 부제를 달아 내가 미니홈피에 남긴 낙서다. 나는 그때 딱 도망치고 싶었다. 하루가 멀다 하고 내가 일하는 경계 안에서는 크고 작은 사고가 잇달았고, 그때마다 꼬리에 불붙은 강아지 마냥 헐레벌떡 뛰어다녔다. 컨디션은 바닥이었고, 어울리지 않는 감상주의에 빠져 '아아아, 나도 다 됐나 봐'를 뇌까렸다. 그러다 '사는 게 뭐 이 따위야' 싶은 마음으로 휘적휘적 적어놓은 글이었다.

어느 날 회사 후배가 내게 조용히 다가와 묻는다. "선배, 어디… 옮기세요?"

뭔 소릴 하는 거야, 자다 봉창 뜯니? 하는 눈으로 나는 후배를 빤히 쳐다봤다. "어라? 나도 모르는 얘긴데?" "아니… 선배 홈피에… 뜨고 말 거라고…."

아뿔싸! 그렇지, 넌 내 일촌이었지. 별 뜻 없이 써본 넋두리라고 설명해도 후배는 믿지 않았다. 짜증과 후회가 한꺼번에 솟구쳤다. 정신 놓고 주절주절 읊은 내 판단이 짧았다.

인터넷 라인을 타고 만들어진 일촌들을 믿지 못해서가 아니다. 피 한 방울 섞이지 않았지만 살뜰하게 '일촌'이라고 붙여진 네이밍 안에는 묘한 결속력이 부여된다. 때문에 별의별 것들을 공유해도 하등 낯설지 않다. 하지만 과연 그럴까? 블로그건 싸이월드 미니홈피건 인터넷에 사적으로 만들어진 비밀 공간은 성인들에겐 생활의 더께를 하나씩 벗어던지는 곳이다. 대부분의 더께는 직장이거나 업무와 관련된 것인 만큼 불필요한 역사를 공유하는 위험이 따른다.

이를테면 함께 취미생활을 하는 것도 그렇다. 헬스클럽에 가고 십자수를 함께 놓거나 영화를 보러 간다. 다 좋다. 부쩍 친해져서 회사 내 동지 하나 얻은 것처럼 든든해진다. 여기서 간과하는 것 하나! 이렇게 만들어진 친밀감은 직장생활에 칠하는 기름칠 외에 어떤 기능도 하지 못한다는 것이다. '너 어디 있다 이제 왔니?' 하면서 싹튼 갑작스러운 친밀감일수록 더욱 그러하다.

이 풍진 세상에 직장 동료가 얼마나 단비가 돼주는데 매몰차게 이런 말을 늘어놓느냐고? 설마하니 잔 다르크처럼 강인한 여전사가 되어 직장에서 독야청청 살아남으라는 주술이겠냐마는, 나 역시 잠자는 시간과 러닝머신 위에서 조는 시간을 뺀 나머지를 직장 동료와 부대끼며 웃고 운다마는, 가끔은 잔 다르크가 돼도 괜찮다. 공사(公私)를 구분하는 일은 부장이 말단사원에게 다그치는 잔소리에만 있는 게 아니다. 성공적인 커리어는 스스로 만든 사내 규칙 속에서 자신을 다스리는 일에서부터 시작된다.

미니홈피의 폐단

- **그루핑(grouping)** 인터넷은 정보의 (피)바다다. 공깃돌 나누듯 일촌 그룹을 조각조각 나누는 일은 '너는 내 팔뚝만 봐' '너는 내 목소리만 듣고' '너는 등짝만 보면서 네 맘대로 상상해'라고 말하는 것과 같다. 투명한 인간관계에는 자신 없는가?

- **일촌이 기가 막혀** 일촌 수백 명, 일촌평만 150줄, 일촌관리를 핑계대고 하루 종일 싸이질만 하는 친구. 온라인에선 살갑지만 밖에서는 가물가물. 생각 없이 써둔 글들은 어이없이 퍼져가네. 다 보라고 써놓고선 모모 일촌 욕만 하네. 말이 좋아 일촌이지, 이웃보다 못하다네.

- **방명록 콤플렉스** 나름대로 열심히 업데이트 하는데 하루 방문자가 손가락에 꼽힌다. 방문자 수 헤아리는 게 무서워 강박적으로 일촌을 맺고, 여기저기 돌아다니며 자신의 미니홈피로 사람들을 유도한다. 진심 없는 말들과 의미 없는 댓글만이 넘쳐난다.

72 직장에서도 신비주의를 연출하라

가끔 투명인간처럼 사람들로부터 숨어버리고 싶을 때가 있다. 탁자를 사이에 두고 소소한 일상을 얘기하고 있는 지금 이 즐거운 자리로부터, 아침부터 저녁까지 한순간도 스스로를 놓아버릴 수 없는 하루하루로부터, 때가 되면 늘 챙겨야 하는 사람들과의 복잡한 관계로부터.

그런 충동이 일 때마다 나는 지금껏 다른 사람들에게 나 자신을 너무 많이 설명해 버렸다는 사실 때문에 소심하게 좌절한다. "내 얘기 좀 들어봐" "나 좀 봐봐" "내가 지금 무슨 생각하게?" 등등 나는 너무 많이 '나'를 알려왔다. 그래서 사람들은 내가 어딘가로 숨어버리고 싶다고 말하면 "넌 누군가와 소통하지 않으면 하루도 살 수 없을걸?" 하며 조언이랍시고 얄미운 소리만 골라가며 해준다.

분명 내가 원하지 않는데도 사람들이 나를 필요 이상으로 잘 알고 있는 양 얘기하는 것은 그리 유쾌한 일은 아니다. 솔직히 말하자면 나는 그런 상황을 병적으로 싫어한다. 많이 아는 것처럼(실제는 그렇지 않은데) 얘기하는 사람 앞에서 '나를 잘 아세요?'라며 눈을 동그랗게 뜨고 물어볼 수는 없는 노릇. 그래서 생각한다. 내 탓이라고. 너무 많이 드러낸 탓이라고. 여럿이 모인 자리에서 습관적으로 내 얘기를 늘어놓았던 것, 의견 혹은 주장이랍시고 나를 어필했던 것, 그리하여 스스로에 취해 남의 얘기를 듣지 않았던 것.

직장에선 이렇다. 상사가 무슨 일을 지시했을 때 "부장님, 제 생각에 이번 기획안은 A안이 더 낫다고 봅니다. 왜냐하면…"이라고 의견을 내놓으면 처음엔 '오호, 적극적인 젊은이야'라고 생각한다. 두 번, 세 번 계속 의견을 내놓는다 치자. 그 의견이 아무리 발전적이라고 한들 부장은 슬슬 짜증이 치민다. '저 친구는 기본적으로 내 지시와 명령은 듣지도 않고 덮어놓고 거부부터 하는군'이라고 생각하는 것이다. '발전적인 의견'은 본인 생각이다. 보수적이고 상명하복(上命下服)의 미덕이 건재한 대한민국 조직 사회에서 자신을 효과적으로 드러내는 일은 약간의 내공이 필요하다. 그것은 상대의 말을 잘 들어주는 것이다.

'나'를 필요 이상으로 설명하지 말라는 얘기는 스스로를 숨기라는 얘기가 아니라 상대방에게 무턱대고 자신을 들이밀지 말라는 뜻이다. 상대가 당신에 대한 어떤 생각을 갖고 있는지도 모른 채 당신의 입장만을 고수했다가는 인간관계에서 손해 보는 일만 생긴다. 더 좋은 기회에 더 알찬 인연으로 발전할 수 있는 멋진 파트너를 놓치는 게 손해가 아니고 무엇이란 말인가.

자신에 대한 오해가 없기를 바라는 마음에서 당신을 알리겠다는 순수한 의도로 시작한 '나에 대한 설명'은 오히려 더 큰 오해를 불러일으킨다. 자기 얘기만 하는 사람, 다른 사람의 얘기를 듣지 않는 사람, 지나치게 설명적인 사람은 직장생활에서 원활한 조직 관계를 꾸리기 힘들다. 다소 생뚱하게 들리겠지만 한 울타리 안에서 지내는 직장에서도 적당한 신비주의는 필요하다. 그래야 당신의 성과는 더 빛날 것이고, 알면 알수록 뭔가를 기대하게 만드는 사람이라는 인상을 주니까.

직장에서 절대 하지 말아야 할 말말말

- **"회사 때려치우고 싶어."** 이렇게 말하는 사람 치고 호기롭게 '때려치우는' 사람 못 봤다. 이런 말은 무기력하거나 기회주의자들이 콧노래처럼 주로 쓰는 말이다. 꽃다운 당신이 쓸 말은 아니라는 것.
- **"너나 잘하세요~."** '너나' 대신 '과장님이나' '사장님이나' '대리님이나' 등으로 분명하게 호칭을 밝혀라. 그럴 자신이 없다면 혼잣말로 이렇게 웅얼거리지 말고.
- **"제가 뭘 잘못했는데요?"** 그걸 모르니까 지적당하는 거다. 당신이 그것을 알았다면 상사가 저렇게 핏대를 세우지 않았을 터. 한편 미치광이에 가까운 못된 상사가 아무 이유 없이 당신을 갈굴 때 면전에 대고 할 수 있는 말은 "배운다고 배웠는데 과장님(바로 당신 앞의 상사)한테 배운 게 이것뿐이어서요. 죄송합니다" "속상하시죠? 저도 그래요" 정도. 부당하다 여겨지면 똑바로 말하고, 잘못했다 생각되면 그 즉시 인정하고 반성하라.

73 회사 돈으로 밥 사고 생색내지 말라

J선배는 멋졌다. 첫 직장에서 만난 그녀는 어느 날 혜성같이 나타나, 척박하고 황량한 골고다의 언덕을 힘겹게 오르며 하루하루를 얼레벌레 정신없이 보내는 후배들에게 밥과 술을 사주었다.

우리의 영혼은 선배가 내려주는 양식으로 나날이 살쪘고, 그녀의 푸짐한 씀씀이에 반한 우리는 선배를 'J여사'라고 불렀다. 물론 선배를 '봉'으로만 안 것은 아니었다. 직장생활에서 선배와 함께 보내는 저녁시간은 고단한 하루를 마감하는 해피타임이었던 고로, 선배를 정신적 지주 혹은 영원한 큰언니로 믿고 따랐다. 우리끼리 만나는 것보다 선배가 함께해 주니 든든했고, 후배들을 배려하는 그녀의 모습에 감동받아 나는 정말 그 선배가 멋져 보였다.

직장을 옮기고 하나둘씩 후배가 생기더니 회사에선 못 할 말들을 저녁시간을 빌어 술잔 속에 담을 일이 많아졌다. 후배들과 보내는 시간이 즐거웠던 나는 당연히 기꺼이 계산서를 집어 들었다. 그러다 문득 J선배가 떠올랐다. 기껏해야 월급 몇만 원 차이였던 선배는 당시 그 많던 밥값을 어떻게 충당했을까? 가끔 만나 안부를 주고받던 선배에게 생각난 김에 물었다. 빤한 월급에 어쩜 그리 후배들에게 살뜰했는가 하는 내 물음에 돌아온 대답은 "어? 그거 법인카드였어". 그때 내가 받은 느낌은 묘한 배신감이었다. 법인카드를 들고 후배들에게 인심을 쓴 선배의 마음을 모르는 바 아니나 감동 지수가 급격히 떨어진 것은 사실.

안 그런 척, 후한 선배인 척 법인카드를 당신 것인 양 써대고 있

다면 지금 후배들에게 얻은 환심을 나중에 고스란히 돌려줘야 할지도 모른다. 심지어 계모임의 밥값 계산을 법인카드로 하는 자, 나중에 얄팍한 씀씀이 때문에 크게 당할 날이 올지니.

기껏해야 사회생활 몇 년 차도 안 되는 나이에 법인카드를 가지고 있기는 힘든 일. 그렇다면 영수증 처리는 명확히 하고 있나 모르겠다. 후배 생일날 근사한 곳에서 밥 사먹이고 다음날 영수증 처리해서 회사에 올리는 짓 하지 마라. 상당히 격 떨어져 보인다.

이왕 생색낼 거면 멋있게 선배답게 굴어라. 출장 다녀오면서 귀여운 선물을 사와서 기껏 감동했는데 다음날 영수증 처리하는 것을 보면 '뭐냐…' 싶다. 온전한 의미의 선물이 아니니까. 직장에서 한 살이라도 많은 선배라면 회사 돈으로 치사한 짓 하지 말 것! 매사에 투명하고 명쾌한 선배가 후배에겐 좋은 본보기로 남는다.

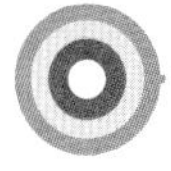

회사 돈으로 생색내도 좋은 경우

- **영수증 한도가 한참 남았을 때** 어차피 회사 돈이다. 아껴봐야 당신 월급으로 쌓이는 것도 아니니 푸짐한 밥으로 안 채워지면 나이트라도 가서 꽉꽉 채워라.

- **후배가 회사에서 포상을 받았거나 당신 팀이 회사에 경제적 이득을 안겼을 때** "특별히 오늘은 언니가 쏠게" 하면서 혼자 기분 내지 말고 "거룩한 회사 돈으로 배를 불리자"는 심산으로 당신과 후배들의 사회생활을 자축하고 자성하라.

- **상사에게 법인카드를 받았을 때** 요령이 필요하다. "후배들이랑 맥주 마시고 싶은데 저희 카드 좀 주세요~"라고 애교 있게 말할 것. 적당한 금액을 결제하고 2차는 선배인 당신이 내라.

74 있으나 마나 한 존재라면 차라리 퇴사하라

당신이 해도 되고 다른 사람이 해도 되는, 손이 모자랄 때 투입되긴 하지만 기획 단계부터 핵심 인물로 뽑히지는 않는, 나름대로 노력해서 마쳤지만 사람들의 기억에서 쉽게 잊혀지는, 즐거울 때나 우울할 때나 사람들의 한결같은 말 "무슨 일 있니?", 열정은 가득한데 사람들 속에 있으면 언제나 낙오자처럼 느껴지는… 이런 상황들이 빈번하게 발생한다면 그 회사, 때려치워라.

항상 멋지고 쌈박한 일을 해야 한다는 목표에 시달릴 필요는 없다. 하지만 지루한 일에 목을 매야 할 이유도 없다. 멋지게 살아야 할 의무는 없지만 멋지게 살아도 되는 권리는 있다. 돈 없이 처량하게 구는 것도 궁상이지만 자신을 속여가며 맞지도 않는 일에 몸을 구겨 넣는 것도 남부끄러운 궁상이다.

'회사가 당신의 능력을 아직 발견하지 못했다'는 말은 하는 사람이나 듣는 사람 모두에게 순간의 위안만 줄 뿐, 낮 간지럽다. 당신이 범하고 있는 큰 과오란 "이놈의 회사, 당장 때려치우겠습니다"라고 당당하게 말하지 않은 것이 아니라 당신 자신조차 당신이 뭘 잘할 수 있는지 능력을 찾지 못한 것이다. 인형 눈알을 꿰도 배우는 것이 있고 나중에 쓸모가 있다지만, 그건 인형 눈알 꿰는 일이 최선의 선택일 때 가능한 얘기다. 당신이 할 수 있는 여러 가지 일 중엔 더 벅찬 일, 더 생산적인 일도 있다. 사람들이 알아주지도 않는 위치에서 자리만 보존하며 뒷방 늙은이처럼 있는 힘껏 "에헴" 기침해 봤자 기척을 느끼는 사람은 아무도 없다.

환골탈태해 180도 변신한 모습으로 사람들을 깜짝 놀라게 할 자신도, 의욕도 느끼지 못한다면 그놈의 회사 당장 때려치워라. '정신없이 신명나게 일해도 모자랄 판에 내가 도대체 이 회사에서 하는 일이 뭐지?' '왜 사람들은 내가 하는 일을 대수롭지 않게 여기는 거지?' '왜 똑같은 일도 김 대리가 하면 판타스틱하고 내가 하면 민숭민숭한 걸까?'라는 고민이 시작됐다면, 모르긴 몰라도 회사도 당신을 지겨워할 것이다.

처음부터 당신은 당신을 마케팅 하는 데 실패했고, 마케팅에 실패한 상품은 영원히 재고로 남는다. 당신은 스스로 창고에 갇혔다. 되돌아보면 늘 아쉽고 애틋한 게 시간이다. 더 늦기 전에 좀더 어엿하고 생산적인 일에 당신을 베팅하라.

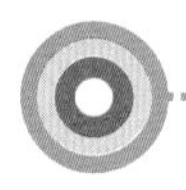

사표 쓰기 직전 갈등하게 만드는 매우 허접한 이유

- **다음 달 카드 값** 회사 일은 대충 했어도 품위유지비가 계속 새나갔겠지. 회사에서 존재감을 주지 못한 당신 스스로에 대한 벌로 생각하고 새 직장 구할 때까지 '없이' 살아라.

- **뭘 해야 좋을지 대략 난감** 이런 의지박약 같으니! 그러니까 당신이 어디에서 뭘 해도 티가 안 나는 거다. 하고 싶은 게 많아서 난감하다면 박수! 하지만 할 게 없어서라면 애도를…. 지금이라도 늦지 않았으니, 뭘 하고 싶은지부터 찾아라.

- **상처 입은 자존심** 회사에 남을 경우 앞으로도 계속 상처 입을 당신의 고귀한 자존심과 당신을 괴롭힐 열패감은 어쩌고?

75 사람에 지칠 때는 식물과 대화하라

사람을 많이 만나는데다 더더욱 멀뚱히 얼굴만 보고 있을 수는 없는 직업인지라 마주했다 하면 쉴 새 없이 떠들어야 한다. 상대방의 얘기에 귀를 기울여야 '하고' 내 얘기를 정확히 전달해야 '하고' 이에 반응하는 상대의 태도에 주의를 기울여야 '한다'. 어떤 사람은 헤어지기가 아쉽고 어떤 사람은 대화가 뚝뚝 끊겨 빨리 자리를 털고 일어나고 싶다. 기를 뺏기기도 하고 에너지를 충전하기도 한다. 이래저래 힘들다, 사람을 만나는 일은. 사람에게 가장 소중한 선물이 사람이고, 가장 위험한 존재가 사람임을 하루에도 열두 번씩 절감하며 산다.

그러다 어느 한순간 사람이 지겨워질 때가 있다. 사람을 좋아해서 사람과 만나고 소통하는 일이 즐거웠는데, 문득 사람으로부터 도망가고 싶어진다. 목소리도 듣고 싶지 않고, 앞에 마주하기는 더 더욱 끔찍하며, 타자의 존재 자체를 완강하게 거부하는 것이다. 그래서 나는 이런 '관계중독증'을 피하기 위해 '식물'을 택했다. 어릴 적부터 녹색을 보면 마음이 편해지곤 했으니까 나로서는 최선의 선택인 셈! 또 하나, 번잡하고 소란한 '사람=동물적 본능과 습관'으로부터 '나무=식물적 안정과 고요'를 찾아 마음을 쉬게 하고 싶었다.

식물에 집착하는 비밀이 한 가지 더 있다. 강아지, 고양이, 청거북, 금붕어 등 내가 기르던 녀석들은 내 곁에서 오래 살지 못했다. 태어날 때부터 소화 기능을 상실한 채 내게 맡겨진 어린 푸들 '마루치'는 3개월 만에 장염으로 하늘나라로 떠났고, 우아한 털을 가진 고양이 '지니'는 동네 수놈과 바람이 나 야반도주해 버렸다.(나쁜 년!) 아는 사람에게 선물받은 청거북 한 쌍인 '견우와 직녀'는 애인이 죽자 건강하던 직녀도 이틀 만에 따라 죽었고, 조그만 수조에서 꼬리를 흔들며 제 몸을 간질이던 금붕어는 어느 날부터 자고 일어나면 하나씩 사라졌다! 그때부터 동물을 관리하는 재주가 없음을 한탄하던 나는, 그들을 사랑하면 꼭 죽거나 사라진다는 일종의 주술적 믿음까지 생겨버렸다.(아아아, 너무 극적이야!)

움직이지 않는 것, 제 혼자 싹을 틔우고 이파리를 다듬고 꽃망울을 터뜨리는 식물은 동물에 비하면 훨씬 점잖고 고상하다. 내 사랑을 받는 데 주저함이 없고 때론 까탈스럽지만, 잘못을 반성하며 정성껏 물을 주고 흙을 살펴주면 천천히 턱(나뭇가지)을 치켜 올리곤 이파리를 살랑살랑 흔든다. 그 모양이 반갑고 고마워서 하염없이 바라보면 흥분과 분노, 지친 마음이 사르르 녹는다.

집에서 키우는 식물이건 아름드리나무가 울울창창한 수목원이건 사람에게 상처를 받으면 식물을 찾아가라. 그러면 상처받은 마음을 위로받을 수 있다. 뒤틀린 심사도 제자리로 돌아온다. 동물은 당신이 먼저 말을 걸어야 반응하지만 식물은 언제나 당신 쪽으로 가지를 향한다. 녹색 잎의 식물이 아니어도 식물성의 존재에 마음을 맡겨라. 탁하거나 복잡하지 않은 사람, 식물의 관용을 가진 사람의 품이라면 흐느껴 울어도 좋다.

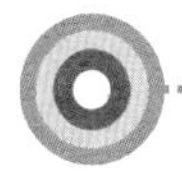

식물과 대화하는 법

- **잔을 부딪히세요** 아주 가끔씩 마시던 소주, 양주, 와인을 한 모금씩만 주자. 꽃은 붉어지고 이파리는 더욱 푸른빛을 띤다. 소량의 알코올 성분에 반응하는 놀라운 변화!(단 너무 잦으면 식물도 알코올중독이 되어 목숨이 위태로워진다.)

- **약속을 지키세요** 5일에 한 번씩 물을 주기로 했다면 그 약속 잊지 말자. '하루쯤이야 어때?'라는 생각으로 거른다면 하루 만에 몹시 늙어버린 녀석을 보게 될 터. 꽃집에서 알려준 주기는 '적어도' 5일, '대략' 5일이 아니다. 녀석과 함께 살기로 했다면 약속을 지키자.

- **말을 걸어주세요** 말을 걸기 위해선 먼저 이름을 붙여주자. 녀석들 앞에 떡하니 앉아서 이파리도 만져주고 부드럽게 쓸어주면서 말을 걸면 된다. "오늘은 비가 와서 시원했니? 곧 따뜻해지면 자리 옮겨줄게. 나는 오늘 이런 일들이 있었단다"라고 말하면 녀석들, 가볍게 팔을 흔든다.

76 여행가방은 최대한 가볍게, 언제든 떠날 수 있도록 준비하라

친구 O양은 스무 살이 되자마자 시간만 나면 해외여행을 다녔다. 돈이 많았냐고? 그것은 호사가 아니라 탐험에 가까운 여행이었다. 과외로 번 돈은 무조건 여행 경비를 모으기 위해 은행으로 들어갔다. 돈을 쓸 땐 모자라다 싶을 정도로 썼고, 남는 돈은 죄다 공항을 오가며 하늘에, 난방이 안 되는 옥스퍼드의 숙소에, 이스트 빌리지의 뒷골목 베이커리에, 별이 쏟아지는 캘커타의 밤거리에, 산타마리아의 작은 여관집 여주인의 저녁 찬거리 값으로 빠져나갔다.

그때 나는 부지런한 그녀가 부럽기도 했지만 또래들과 어울려 청춘을 즐기는 것이 너무 행복한 나머지 옆눈으로 힐긋거릴 뿐이었다. 틈만 나면 여행 떠날 궁리를 하는 그녀에게 이유를 물었다.

"처음엔 신기하고 재밌었는데 지금은 여행을 떠날 때의 마음과 돌아올 때의 마음을 즐기게 됐어. 여행을 다녀올 때마다 세상이 조금씩 달라 보이거든."

그녀는 갈수록 더 오랫동안 떠나 있었고 그때마다 여행가방은 점점 가벼워졌다. 20대의 청춘을 여행으로 보낸 그 친구는 지금 청소년 문제를 다루는 단체에서 일하고 있다. 안성맞춤의 직업 선택이다. 세상을 더 크고 넓게 살아온 그녀와 눈을 맞추는 어린 친구들은 훨씬 견결하고 따뜻한 얘기들을 듣게 될 테니까.

여행을 자주 다니라는 얘긴 굳이 하고 싶지 않다. 귓등으로 듣다가도 제대로 된 여행 한 번이면 그 맛이 얼마나 찰지고 고소한지 알게 될 텐데, 두 번 얘기하는 건 입만 아프다. 대신 한 가지는 알아두자. 여행길에서는 사치 부릴 생각은 하지 말아야 한다는 것.

여행은 빠듯하게 떠날수록 좋다. 여행 경비를 선뜻 마련할 수 있는 복된 형편이어도 마음만은 가볍고 가난할수록 좋다. 여행가방도 마찬가지다. 그날그날 바꿔 입을 옷과 헤어롤, 스니커즈와 구두, 미모를 뽐낼 각종 소품은 여행가방에서 모조리 꺼내 버려라. 여행지에서 정작 필요한 것은 설렘과 기대로 가득 부푼 가슴, 눈에 보이는 모든 것을 차곡차곡 기억하겠다는 맑고 깊은 눈빛, 그리고 짧지만 당당한 영어 실력(중학교만 졸업하면 가이드 없이 세계 어디라도 갈 수 있다)이 입증해 준다. 촌스럽게 터질 것 같은 여행가방을 '모시고' 다니며 생고생을 할 요량이라면 가까운 설악산에 가라.

여행 가기 전날, 이것저것 넣었다 뺐다 하느라 자정을 넘겨버린들 여행지에서 '어머! 깜박 잊고 안 갖고 왔네' 하는 물건이 어디 한두 개랴. 돌아보면 없어도 전혀 대세에 지장 없는 것들이다. 삶이 그러하듯 오래 전부터 떠날 준비를 해온 사람처럼 착착 준비하고 가볍게 떠나라.

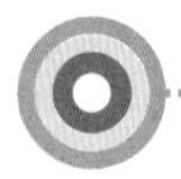

여행 떠날 때 함께 챙겨야 할 자세

- **기초적인 여행 상식은 미리 알아둘 것** 여권 만기일, 출입국 신고서 작성 요령은 미리 숙지하고 여권번호는 주민등록번호 외우듯 달달 외워라. 비행기에서 주는 담요는 일상생활에서 요긴하게 쓰이지만 자칫 없어 보일 수 있으니 올 때 갈 때 두 장씩 챙겨 넣진 말자.(이것도 걸리면 매우 쪽팔린다.)

- **영어 콤플렉스는 버리고 떠나기** 해외에 나가 몇 마디 안 되는 단어를 발음하면서 심하게 혀 굴리는 사람들은 대부분 여행 초보자들이다. 중학교에서 배운 대로 씩씩하게 발음하고 못 알아들으면 몸짓손짓을 사용하라. 알고 지내는 미국인 영어교사 제롬 왈, "한국 사람들의 잉글리쉬는 베리(very) 헤비(heavy)해. 딱딱한 한국식 발음이 오히려 이해하기가 쉬워".

- **현지 풍습 정도는 파악하고 출발할 것** 인도 사람들은 오른손으로 변을 닦고 왼손으로 밥을 먹는다. 일본 택시는 자동이므로 손잡이를 잡으면 안 되며, 홍콩은 반도를 건널 때 통행료를 손님이 부담한다. 가벼운 현지 에티켓 정도는 익히는 것이 여행지에서의 불필요한 번잡함을 덜어준다.

77 추억을 간직한 옷은 아무리 낡아도 버리지 말라

누구나 옷장 안에 오래된 옷이 들어 있게 마련이다. 너무 자주 입어서 소매 끝이 늘어난 티셔츠, 겨울이 올 때마다 재활용 수거함까지 갖고 갔다가 도로 갖고 오는 낡은 더플코트, 유행이 다시 돌아오기만을 기다리며 신발장에 처박아둔 통굽부츠, 어학연수 가서 줄기차게 애용했던 빈티지 캡, 살 땐 몸에 꼭 맞았지만 불어난 살 때문에 허벅지에 꼭 끼는 청바지….

매번 버려야지, 버려야지 하면서도 왠지 버리기가 아깝다. 다른 옷보다 조금은 특별한 추억이 담겨 있기 때문이다. 입어서 기분 좋아지는 옷, 소품들은 아무리 천덕꾸러기가 돼 옷장 한 켠을 차지한다고 해도 가급적 버리지 않는 게 좋다(그랬으면 좋겠다). 너무 낡아 번듯하게 입고 나가기엔 무색해도, 유행이 지나버려 적절한 코

디네이션이 떠오르지 않아도 그 옷들은 그 이유보다 더 톡톡하고 부피감 있는 추억을 간직하고 있기 때문이다.

누구나 살아온 만큼 크고 작은 짐들이 늘어가기 마련. 한 해의 시작이나 새 봄이 오면 대청소를 하며 안 쓰던 물건들, 오래돼 무용지물이 된 것들을 한 자루 가득 담아 내다버리곤 한다. 아까워서 뭘 버리는 것을 잘 못 했던 나는 얼마 전부터 버리는 습관을 들이

기 시작했다. "버려라, 빈 곳을 채울 새것이 온다"라는 마인드 컨트롤을 하며. 구질구질한 것을 갖고 있으면 정신이 산만해진다는 게 내 생각이었는데, 그럼에도 불구하고 버리지 못하는 것들이 수두룩하다. 정리할 땐 죄다 버릴 것들 투성이었다가 청소가 끝난 뒤 옷장을 열어보면 어느새 옷들은 제자리에 걸려 있고, 사진들과 지난 다이어리, 노트들도 서랍에 차곡차곡 쌓여 있다.

지난 것들을 잘 버리지 못하는 내 습성을 탓하면서도 어쩔 수가 없다. 이것들을 버릴 때쯤이면 지난 것에 집착하지 않을 만큼 초연해져 있지 않을까? 기억을 냉각시켜 보관할 수 있다면 좋으련만 아쉽게도 시간에 따라 퇴색해 버린다. 이럴 때 과거의 행복하고 소중했던 추억을 복원시키는 방법은 당시의 내 모습을 반추하는 일. 코트, 티셔츠, 모자, 부츠 등은 촌스럽지만 순수했던 그때를 아스라이 가슴에 안겨준다. 아마도 나는 앞으로 10년이 지나도 계속 갖고 있을 것 같다. 10년 뒤쯤이면 지금 살아가고 있는 순간을 추억하기에 그리 긴 시간이 아닐 것이다. 그때의 행복한 반추를 위해 촌스럽게 색깔이 바래도록 그대로 남겨놓을 생각이다.

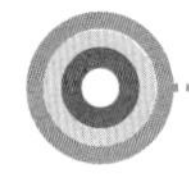

깔끔하게 옷장 정리하는 노하우

- **추억을 따로 보관한다** 철마다 입을 옷들은 하던 방식대로 정리하되 추억의 옷들은 한 곳에 모아둔다. 입고 싶을 때마다 한번씩 들여다보면서 흑백필름 돌아가듯 차르륵 지난 시간을 추억할 수 있게. 수첩을 정리하면서 책갈피를 끼우듯 추억도 따로 보관하라.

- **기록 거리를 함께 둔다** 포켓이나 소매 안쪽에 추억의 사진이나 당시의 메모들을 넣거나 클립해 둔다. 옷을 꺼내 볼 때마다 새록새록 그때가 떠오른다.

- **오래된 옷일수록 보관에 두 배 신경 쓴다** 탈취제, 습기 제거제, 방충제 등 오래된 옷일수록 신경 써서 보관한다. 부주의로 벌레 먹은 순모코트, 습기 때문에 길이가 확 줄어든 스커트를 보는 일은 생각보다 슬프다.

78 남들이 모르는 자신만의 아지트를 만들어라

남자들의 '동굴 이론'은 그 유래가 깊다. 삶에 지치고 피폐해졌을 때, 특히 연인으로부터 도망치고 싶을 때면 남자들은 연락을 뚝 끊고 동굴 속 칩거에 들어간다. 세상을 살아가면서 남자라는 이름으로 책임지고 앞장서며, 이름을 갈고 닦아야 할 무수한 도전과 영욕의 순간마다 끙끙대며 참아오다 한꺼번에 터지면 그들은 어디로? 동굴로 간다!

그런 남자들에게 여자들이 "왜 연락 안 해?" "무슨 일인데, 난 좀 알면 안 돼?" "내가 자기한테 그 정도밖에 안 되는 존재야?" 하면서 널을 뛰면 남자들은 동굴 안에서 '우어어어, 날 좀 내버려두란 말이야~'라고 늑대 울음소리를 내면서 좌절한다. 쑥과 마늘을 먹으면서 사람이라도 되면 좋겠지만 꼼지락꼼지락 저 혼자 가학과 피학을 오가다 아무 일 없었다는 듯 예의 같은 모습으로 나오기 일쑤다. 남자들이 동굴에서 '아무 일 없었다는 듯' 태연할 수 있다는 점이 오늘의 포인트다.

남자들이 동굴에 들어가면 그의 여자들은 이 남자가 딴맘이라도 품었나, 내가 뭘 잘못했나, 잠수를 타? 잘 걸렸다 나타나기만 해봐라 등등 분노와 의심의 칼날을 간다. 하지만 남자들은 대부분 '괜히' 그런다. 이유 없이 정말 그러고 싶어서 그러는 거다.

당신도 만들어라. 연애에 필요한 동굴이 아니라 삶에 필요한 당신만의 동굴을. 그곳이 친구와의 술자리건 하루 종일 호세 펠리치아노가 흘러나오는 골방이건 스스로 만든 안식처 안에서는 움찔거리며 평화를 찾는 시간이 필요하다. 완벽하게 외로움을 털어내기 위해서는 외로움에 빠지는 것이 좋다. 바닥을 친 럭비공이 더 힘껏 튀어오른다. 외로움과 고독을 반등하기 위해서는 누군가에게 순간의 위로를 받기보다 당신이 만들어낸 혼자만의 아지트에서 스스로를 위로하는 게 좋다.

친구 P양도 자주 가는 그녀만의 아지트가 있다. 연락을 받고 가보면 그녀는 언제나 빈 맥주병을 3~4병 늘어놓은 채 음악을 듣거나 어둑한 곳에서 책을 읽곤 한다. 그녀가 그곳에 혼자 가는 일이 잦아지면 뭔가 특단의 처방이 필요하다는 뜻. 나의 임무는 취중 헛소리를 받아주다 그녀가 흠뻑 취하면 쓰러지지 않도록 단단하게 그녀의 팔짱을 끼곤 집까지 안전하게 '모셔다 드리는' 것이었다. 그녀는 대부분 혼자 취해 씩씩하게 집으로 갔고, 내 수행이란 어쩌다 한번이었다.

나는 그런 P양이 부러워 혼자만의 아지트를 무던히도 찾아다녔다. 선곡이 괜찮은 바이기도 했고, 동네 놀이터였다가 호젓한 산사나 따뜻한 마당이 있는 성당이기도 했다. 지친 마음을 위로받을 수 있는 곳이라면 어디건 상관없다. 당신이 혼자이고, 마음이 걸레처럼 너덜너덜하거나 모래바람이 서걱거린다면, 정신없이 달려오느라 지나온 길을 살펴볼 시간이 필요하다면, 당신만의 아지트를 만들어라. 다른 사람은 절대 들이지 않을 당신만의 비밀 아지트를.

아지트에 갈 때 함께하면 좋은 읽을거리

- **『죽음의 한 연구』(박상륭), 『행복한 책 읽기』(김현)** 비교적 오랜 시간을 보내도 되는 곳이라면 날 잡아 읽어야 하는 부피와 질감의 책을 가져가는 것이 좋다. 『죽음의 한 연구』는 언젠가 한번은 꼭 완독해야 할 책이고, 『행복한 책 읽기』는 책 읽는 자세와 애정을 쑥쑥 키워준다.

- **『도련님』(나쓰메 소세키), 『허삼관 매혈기』(위화), 『물의 가족』(마루야마 겐지)** 동양 정서를 담고 있으면서도 이국적인 정서가 익숙함과 낯섦의 사이를 오가며 오래도록 깊은 잔상을 남긴다. 맛있는 필체, 허를 찌르는 내러티브, 먹먹한 감동의 절묘한 3박자!

- **지난 일기장과 다이어리** 책은 아니지만 뭔가 습득할 정신적 여유가 없다면 다이어리에 지금 심정을 쏟아내라. 지난 일기장을 뒤적이며 과거를 정리하는 것도 좋다. 다만 여성지와 패션잡지, 회사에서 가져온 각종 보고서와 진행 중인 프로젝트의 서류들은 절대 가져가지 말라.

79 매일 아침 미소 짓는 연습을 하라

정확히 스물아홉부터였다. 내게 건네는 상대방의 인사가 "좋은 아침~"에서 "어디 아파?"로 바뀐 것은. 알람시계의 배꼽을 누르며 눈을 떴고, 아쉬움을 털어내듯 이불을 박차고 일어났다. 커피메이커나 믹서의 동작 버튼을 누른 뒤 샤워를 하고, 투명 메이크업까진 아니어도 구석구석 들뜨지 않게 화장을 하면서 서둘러 요기를 마쳤다. 그날의 스케줄에 적당한 옷을 골라 입고 거울 앞에서 쓰윽 훑은 다음 기분 좋게 집을 나섰다.

그런데! 어디가 아프냐는 걱정은 뭐고, 어젯밤 잠을 설쳤냐는 수상한 눈빛은 또 뭐람? '오늘 내가 그렇게 후져 보이니?'라는 마음속 절규가, 그러니까 내 나이 스물아홉부터였다.

태생적인 애교덩어리가 아닌 다음에야 멀쩡한 기분으로 출근해 있는데, 이런 말을 듣고 활짝 웃을 수가 있나. 오히려 적당한 의욕으로 가득 차 있던 기분은 아침부터 여지없이 꺾인다. 상대방의 "안녕하세요~"라는 일상적인 인사조차 생략될 만큼 안색이 안 좋은가 하는 생각 때문에 어쨌거나 마음이 좋지 않다.

미안하지만 "굿모닝~"을 외치기엔 당신의 표정은 '과연 굿모닝?'이다. 당신도 모르는 사이 굳어가고 있는 거다. 몸의 컨디션이 약간 저하돼 있거나 간밤에 스펙터클한 꿈이라도 꿨다고 치자. 컨디션이나 간밤의 꿈자리 등 자신의 역사가 얼굴에 드러날 정도로 안색이 정직해지기 시작했다면 스트레스 관리가 필요하다는 증거다. 웃고 울고, 기뻐하고 슬퍼하는 모든 감정을 드러내느라 안 그래도 힘든데 새삼스럽게 안면근육을 움직여 연습까지 하라니, 어처구니가 없겠지.

놀랍게도 의식적으로 표정을 펴주면 나중엔 무의식 상태에서도 예쁘게 웃고 있는 자신을 발견할 수 있다. 무의식적으로 구겨진 표정을 짓고 있으면 나중엔 아무리 의식해도 얼굴이 '죽상'이 된다. 혼자 있을 때 눈, 코, 입, 턱까지 신경 써가며 운동하듯 생글생글, 벙긋벙긋 미소 짓는 연습을 해두면 나중엔 훨씬 매력적인 표정을 만들 수 있다. 이런 표정은 자신감으로 직결된다.

입은 웃는데 전체적으로 얼굴이 묘하게 일그러지는 미소를 본 적이 있다. 괴로워 죽는 줄 알았다. '저기요, 웃기 싫으면 안 웃으셔도 돼요'라고 말하고 싶은, 차라리 안쓰러운 미소였다. '저기요, 웃고 싶은데 마음처럼 잘 웃어지지 않아요' 하는 얼굴로 눈을 부릅뜨며 웃는 그녀의 얼굴은 곧바로 나를 경직시켰다. 그런 얼굴을 보며 웃을 수 있는 사람이 몇이나 될까? 이어지는 미안함의 연속. 그녀가 우스갯소리를 해도 공감이 안 가니 웃어줄 수 없어 미안하고, 중요한 사안일수록 본인은 웃는답시고 여전히 눈을 부릅뜨고 있으니 시선을 맞출 수 없어 미안하고, 결과적으로 그런 그녀에게 마음을 열지 못해서 미안했다.

나이가 들면 무너지는 것은 피부뿐만이 아니다. 얼굴도 무너진다. 눈꼬리가 가늘어지면서 영리하되 노회해지고, 코끝이 뭉툭해지면서 여유 있으되 자만해지며, 입매가 처지면서 야무지되 깐깐해진다. 눈동자를 좌우로 크게 굴리고 양볼을 가볍게 통통 패팅해주자. 아무리 혼자라도 '아에이오우'로 입을 쩍쩍 벌리기가 민망하면 생각날 때마다 입매를 화악~ 올리는 연습을 하자. 습관 되면 효과 만점이다.

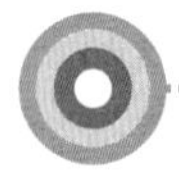

미소를 잃지 않는 좋은 습관

- 긍정적이고 유쾌한 친구를 가까이 두어라.
- 늘 공기를 순환시키고 햇빛을 자주 쏘여라. (자외선 차단제 필수)
- 웃는 모습이 예쁘게 나온 사진을 책상에 붙여두고 미소 짓던 그 순간을 떠올려라.
- 자신도 모르게 입매를 꾹 다물고 있지 않나 의식적으로 체크하라.
- 실소, 비웃음, 미소를 혼동하지 말라.

80 행복한 인생을 위해 자기 최면을 걸어라

인생은 분명 마음먹은 대로 살아지지 않는다. 그래도 당신은 때로 강렬한 자기 최면을 건다. 마음먹은 대로 살 순 없지만 마음먹는 일까지 포기하는 건 인생을 방기하는 것과 같으니까. 생각대로 살아지는 인생처럼 단순하고 밋밋한 것도 없다. 그렇게 되어주지 않아서 인생은 살아볼 만한 것이다.

여기서 떠오르는 두 명의 친구가 있다. S양과 P양이다. S양은 친구들 중 자기 최면을 통해 인생의 행로를 바꾼 용감한 처자였다. 주말이면 임자 없는 노처녀들끼리 모여 수다와 쇼핑, 찜질방 등을 즐기던 시절, 친구들 중 가장 전투적으로 맞선과 소개팅 시장에 스스로를 던진 이가 바로 S양이었다. 어느 날 '올해 안에는 무슨 일이 있어도 결혼할 거야'라는 폭탄선언과 함께. "올해 안에 결혼할 거야"가 '오늘은 떡볶이와 어묵을 먹고 말 테야'처럼 간단한 문제가 아니었기에 친구들 중 누구 하나 그녀의 말을 곧이곧대로 듣지 않았다. 한 선배는 "쯔쯧, 오죽 시집가고 싶으면 그러겠니. 맘이라도 그렇게 먹어야지"라며 초를 쳤지만, 천성이 낙천적인 그녀는 두고 보라는 듯 어깨를 으쓱 올려 보였다.

여름에서 가을로 접어들 무렵 슬그머니 나를 불러낸 그녀는 "남자친구 생겼어"라고 고백했다. 마치 떫은 땡감을 가장 먹기 좋은 홍시로 숙성시키듯 '이제야 너에게 보여줄 수 있게 됐다'는 표정이었다. 이후 3~4개월쯤 바짝 연애를 하며 품질 검사를 마친 그녀는 주변 사람들에게 남자친구를 두루두루 소개시키더니 그해 12월 결혼에 골인했다. 당연히 '아무나'가 아니었고 누가 봐도 잘 어울리는 한 쌍이었다. 친구들은 그녀의 뚝심과 자기 암시의 결과에 혀를 내둘렀다.

한편 P양의 경우, 학창 시절부터 이담에 크면 꼭 딸을 낳아서 그 아이를 인생의 벗으로 삼겠다는 알쏭달쏭한 말을 하고 다녔다. 이 대수롭지 않아 보이는(!) 목표가 그녀에게 운명의 지표처럼 다가가기 시작한 걸까? 결혼을 하고 세 번이나 유산을 한 그녀는 아이를 낳을 수 없을지도 모른다는 의사의 소견을 들어야만 했다. 이후에 다시 만난 그녀는 욕망의 덧정이라도 날려버린 수녀 같은 얼굴로 이렇게 말했다.

"그 아이는 분명 내게 올 거야. 좀 늦는 것뿐이야."

병원을 오가며 임신을 위한 힘겨운 고비를 넘나들던 어느 날 드디어 '그 아이'가 P양에게 다가왔다. 9개월을 탈 없이 살다가 세상

에 나온 P양의 벗은 지금 무럭무럭 자라 올해 벌써 세 번째 생일을 맞는다. 처음 그 아이가 막 세상에 나왔을 때, 그 핏덩이를 안은 P양을 보고 나는 울컥한 감동을 느꼈다. 저 아이는 그녀의 벗이 아니라 그녀의 인생을 가르친 멘토가 아닐까 싶은.

나는 '진실로 원하는 일은 반드시 이루어진다'라고 믿는다. 어렸을 때 애타게 원했던 것들이 진정 이루어졌는지는 기억나지 않는다. 하지만 진실로 갈망하고 원하는 순간만큼은 온 우주가 내 머리 위에서 돌고 있는 듯 야릇한 최면 상태에 빠지곤 했다. 그래서 나는 갈망하고 최면을 거는 그 순간을 사랑한다. 신기하게도 몸의 기운이 다 빠지도록, 혹은 몸에 새 세포가 돋도록 가열했던 내 기도들은 현실이 되기도 했다.

말은 생각의 결과요, 생각은 무의식의 결과다. 그래서 어떤 일에 대해, 다가올 삶에 대해, 꼭 바라는 일이 있을 땐 마음속으로 곱씹으며 자기 최면을 건다. 그렇게 되뇌기 시작하면 이미 반은 이뤄진 것 같은 즐거운 착각이 든다. 돈 안 들고 기분 좋아지는 유쾌한 자기 최면을 마다할 이유가 있을까? 누군가는 '가장 꽃다운 청춘기를 인생의 고해가 시작되는 20대에 보내야 하다니 신은 가혹하다'고 했다지. 하지만 나는 그렇기 때문에 더욱더 힘차게 20대를 통과해야 한다고, 그래야 두고두고 추억할 수 있는 의미 있는 20대를 보낼 수 있다고 믿는다.

심장이 튀어나올 듯 사랑하고, 목울대가 부어오르도록 쓴 이별도 경험하면서 남자에게 향했던 시선으로 자신을 굽어보며 더욱 예뻐지길. 자신에게 집중했던 시간을 줄이고 이제 남을 위해 살아

보기도 하면서 허술했던 소녀 시대의 구석구석을 메워라. 그렇게 평생 함께 갈 고운 인연들을 선물 받아라.

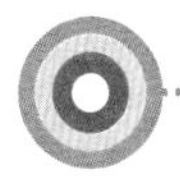

최면을 걸기 전 주의사항

- **착각과 최면을 혼동하지 말라** '누구든 나를 좋아하지 않고는 못 배길걸?' '공주는 외로워' '내 미모를 시샘하는군' 등등 자기 검열이 없는 최면은 착각일 뿐이다.
- **주제 파악을 하라** 무턱대고 긍정적인 최면을 건다고 좋은 것은 아니다. 일시적으로 정신건강엔 좋을지 몰라도 순간적인 자기 만족일 뿐이다. 자기 자신을 정확히 파악할 것!
- **정화수와 촛불, 분신사바?** 내가 아는 어떤 여자는 밤마다 헤어진 남자친구의 사진 속 다리를 오려냈더니, 결국 그가 교통사고로 다리를 잃었다는 끔찍한 이야기를 전했다. 남의 다리 분질러놓고 행복한 사람은 없다. 엄한 대상에 못된 최면은 걸지 말 것.

여자생활백서

초판 1쇄 2006년 4월 10일
초판 37쇄 2015년 10월 25일

지은이 | 안은영
펴낸이 | 송영석

편집장 | 이진숙 · 이혜진
기획편집 | 차재호 · 김정옥 · 정진라
외서기획 | 박수진
디자인 | 박윤정 · 박새로미
마케팅 | 이종우 · 한명회 · 김유종
관리 | 송우석 · 황규성 · 전지연 · 황지현

펴낸곳 | (株) 해냄출판사
등록번호 | 제10-229호
등록일자 | 1988년 5월 11일

04042 서울시 마포구 잔다리로30 해냄빌딩 5 · 6층
대표전화 | 326-1600 **팩스** | 326-1624
홈페이지 | www.hainaim.com

ISBN 978-89-7337-740-4

파본은 본사나 구입하신 서점에서 교환하여 드립니다.